JN125584

襷《たすき》がけの二人

嶋津輝

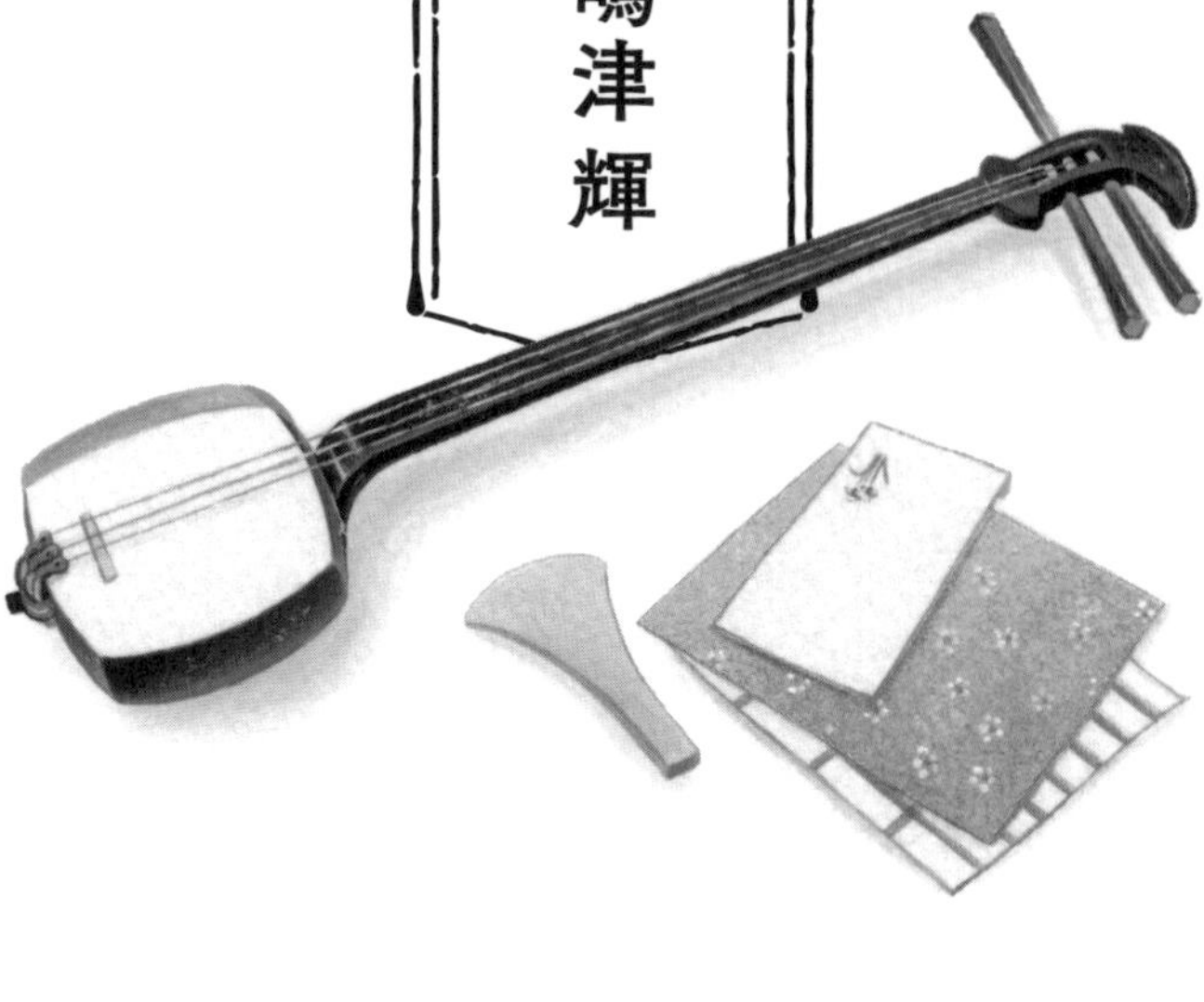

文藝春秋

目次

装画　合田里美
装丁　野中深雪

襷がけの二人

再会　昭和二十四年（一九四九年）

「鈴木《すずき》……きよさんでよかったね？」

問いを投げながら男はすでに筆を走らせていて、千代《ちよ》が「いえ。鈴木、ちよ、です。せんにだいと書きます」と訂正したときにはもう、鈴木きよ、と書き終えてしまっていた。

「ちよ、か」

男はちいさく舌を打ち、きよ、のところを二重線で消し、左にちよ、と書きこんだ。

表戸を開け放していても上がり口は蒸し暑く、男の鼻先からしたたる汗が紙面に落ちたが、幸い文字にはかからなかった。

男ははじめ木村《きむら》きよ、と苗字も名前もまるで別人のものを記し、それをまるごと二重線で消し、さらにいま名前を直したので、本来一行で済むところの氏名は三行に膨らんでしまっていた。

書き損じたのは男であって千代ははなから正しく名乗っていたのだが、このうえ「千代」と書き添えて四行になってしまっては、こちらが間抜けにも氏名を言い間違えたか、あるいは曖昧な偽名でも騙《かた》っているかのように映ってしまいそうで、ならば平仮名のままでいいと思った。

梅雨上がりの日射しに白く灼《や》かれたような往来を、商人や主婦が気ぜわしく行きかっている。

見ているだけで前髪の生え際から汗がにじみ、千代は持っていた手拭いでひたいを押さえる。

書面を完成させた男は、氏名の記入とはうってかわった慎重な手つきで、紙片の角が立つようにきっちり三つに折り畳んだ。この男は口入屋《くちいれや》で、いままさに千代に職業を斡旋《あっせん》しようとしているところである。

「じゃあ、これ持って行って。先方の場所はわかるね？　もっとも紹介状なんて渡したところで本人が見るわけでもないだろうけど。目あきじゃないんだから」

千代はだまって紹介状を受け取った。

目あきじゃない――

そう、千代がこれから出向いて住み込みの職を乞おうとしている家の主人は、光のない世界の住人なのである。紹介状の氏名に書き損じがあろうと、雇い主の目には触れないのだった。

独り住まいで三味線のお師匠さんであるそのひとは、盲人であるということで口入屋もはじめ紹介をためらっていた。でも千代は三村初衣《みむらはつえ》という名を見た瞬間に心を決めていたので、勢いこんで紹介状を書いてくれるよう頼んだ。住み込みの女中は近年なり手が減っているようだがこの求人は待遇がよく、口入屋は千代がそこに惹かれたのだろうと得心したようだった。

千代は紹介状を手提げの底に大切にしまい、口入屋の玄関を出て先刻書き留めた地図を眇《すが》めながら歩き出す。すると後ろから、

「おうい、忘れ物だ。木村さんよお」

と、大声で呼び止められた。

千代は玄関先に手拭いを置き忘れたことにすぐ気づいた。振り返ると、口入屋は千代のすぐ

後ろを歩いていたと思われる、千代とは似ても似つかぬほかの女に手拭いを渡そうとしていた。

「すみません、わざわざ」

千代が駆け寄って割りこむと、男はまるで初めて見る女から話しかけられたように呆けた顔をしている。千代が手拭いに触れると、ようやく「ああ、あんただったか」と呟き、藍色の布切れを離した。間違われたひとはぎょっとした顔で男より千代を見ている。特徴ある千代の声に驚いたのかもしれない。

ふたたび歩きはじめ、角を曲がったところで千代はこらえきれずに噴き出した。

昔から、よくある顔、憶えづらい顔だと言われてきた。級友からは、学校の全員の顔を混ぜ合わせて出来上がったような顔だと評されたこともある。目にも鼻にも口にもなんの特徴もなく、醜くはなく不快感もなく、むろん美しくもなかった。ひとなみに生気はあるつもりだが、なにしろ印象が平板なので後味を残さないらしい。身体つきもいわゆる中肉中背で、肩にも腰にもどこにも突出したところがなくのっぺりとしていた。

おまけに名前までもが「鈴木千代」と、平凡きわまりないのである。結婚してやっと苗字が変わると思ったら、嫁ぎ先は山田《やまだ》家だった。鈴木から山田になって、また鈴木に戻った。

それにしても――、千代はずんずん歩きながら苦笑いする。さっきの口入屋はあまりにも粗《そ》忽《こつ》ではないか。

名前はまあ仕方ないにしても、手拭いを渡そうと呼び止めた女性は、千代とくらべるとずいぶん上背があったし、なにより、四十過ぎの千代よりはだいぶ若く器量が良かった。

千代の容貌に特徴がなく、記憶に残らないのが原因なのであって、けしてじぶんがあの女性のように若く美しいわけではないとわかってはいても、なんだか愉しい。千代の足取りは軽くなり、頬の肉は上がる。鼻の下は倍ほどに伸びる。

しかし、千代と間違えられたほうの心情にすぐ思い至り、なんだかすまない心持ちになる。千代は心のなかで語りかける。貴女が、私に似ているわけではないのですよ、私の印象が薄くて、かつあの口入屋がうっかりだから——。

いろいろ考えながら歩いていたら、いつの間にか根津藍染町《ねづあいぞめ》に入っていた。上野《うえの》の山を北西に向かって四、五町、三村初衣の家があるところである。

千代はここからほど近い池之端《いけのはた》で育ったが、根津の地理には明るくない。おまけに口入屋が描いた地図がいい加減で細部がよくわからず、通りすがりの人に尋ねながらようやく近くまでたどり着いた。

間口の狭い素人家が居並ぶ道筋に、三村初衣の家はあった。見分けのつかない家屋が隙間なくくっつき合っているなかで、遠目にすぐ、あれだとわかった。

玄関先の竹筒に紫陽花《あじさい》花が挿してある。花弁はまだ色づいておらず葉のような薄緑で、それが却って目に涼やかで、清潔だった。筋目だって掃かれた路面には、きちんと水が打たれている。格子窓の手すりには、陶器鉢がひとつだけ、ちんと置いてある。

ああ、きっとこれが三村さんの家だ——。

表札を見ると案に相違なく、乳白色の小判型の瀬戸に細い筆で「三村」と書いてある。千代は「ご免ください」と声を掛けながらそろそろと引き戸を開けた。

三和土《たたき》の向こうはすぐ和室で、奥の台所まで突き抜けて見通せる。左側に二階に上がる階段、階段の後ろが厠《かわや》だろう。三味線のお稽古は二階でするのかしらん――。なにもかも見渡せる狭さだが、すべてが整えられ、けして物の少ない家ではないのにすっきりしていた。

和室の真ん中に丸いちゃぶ台があって、角の立った座布団が二枚据えられている。その片方に、薄い上半身をしゃんと伸ばし、瞼《まぶた》を軽く閉じた三村初衣が、三味線をつまびくでもなく、千代の声に驚くでもなく、つくねんと座っていた。

通いの女中でも出てくるだろうと予想していたので、千代はたじろいだ。それでも、三村初衣の顔はしっかり見た。

小さな唇が静かに合わさっている。鼻先が尖っている。そして、えらが立派に張っている。お初さん、と呼びかけそうになるのを我慢していると、三村初衣が「どちらさま?」と訊ねてきた。よく研いだ包丁の刃を新鮮な蕗《ふき》にあてたときのような、しゃきっとして、すこしの水気を含む声だった。

千代は口入屋からの紹介であることを説明し、ふところに手をやったが紹介状を出すのはやめた。あとで女中さんに会えたときにでも渡せばいい。

「前はどこかで働いていたんですか?」

三村初衣にそう尋ねられ、千代はすぐに返事できなかった。答えあぐねていたのではなく、頭髪に見入っていたのである。半分ぐらいが白髪だ。声にはちっとも老けたところがないが、黒髪の合間に縞模様のように覗いている白い髪が年輪を語っている。もう、あの戦争が終わってから四年が経つのだ。

答えがないのを不思議がるように、三村初衣はかすかに眉を歪ませた。訝《いぶか》しんでいる様子で

はなく、沈黙する相手を気遣うように、口角を引き上げる。千代ははっとし、

「先月まで、寮母をやっていました」慌てて答えた。

「学生さんの？」

「いえ、会社です。製紙会社の寮です」

「へえ、紙ねえ。というと千住《せんじゅ》のあたりかしらん……景気悪いの？」

「は、いえ、景気はいいみたいなんですが……」

千代が口ごもると三村初衣はそれ以上尋ねてこず、では煮炊きは不自由ないでしょう、などと話したのち、

「ご覧のとおりこちらは目が暗いんですけれど、そこのところは、ほとんどご心配には及びません。ほとんど」

「は、ほとんど」

「ええ、ほとんど。空襲の火の粉でやられてから何年も経ってますから、見えないことにはだいぶ慣れてるんですけど、たまに外に出るときだけは付き添ってもらいます。それ以外はふつうの女中さんと同じにしてもらっていればいいです。つまり、炊事、掃除、洗濯ね。それもじぶんでやろうと思えばほんとうはできるんだけど、弟子のひとたちが気を遣ってしまうからそれが面倒くさくてね。あとは取り次ぎくらいなものでしょうか。なにしろ、あたしは家の中なら自由に動き回れるんです。身体が憶えちゃってるんだもの。この狭さだから」

ひといきに話して破顔する。小さく粒の揃った前歯が覗く。千代もつられて微笑《ほほえ》んだ。

「それで、あなたのお名前は？」

「あ……」

鈴木、と名乗ろうとして千代は言いよどみ、

「千代と申します」

と、下の名前だけ告げた。

「千代さんね。あたしは三村初衣です。よろしくお願いしますね」

どうやら、千代の就職は無事に決まったらしかった。三村初衣は立ち上がり、壁をつたうでもなく真っ直ぐ階段口まで歩いた。

「お部屋は二階です。いつから住み始めてくだすってもけっこう」

軽快に階段を上がるのを、千代ははらはらしながらついて行く。

二階には二間あった。手前が広く、道路に面した奥は狭いが日当たりがいい。

「窓際のほうを、好きなように使ってくださいね」

女中部屋といえば日当たりのないものと思いこんでいた千代は戸惑った。

「え、いいんですか、あんな明るいほうを」

と口に出してから、はっと息を呑んだ。

「いいんですよ。明るさは私には関係ないですからね」恐縮する千代にかまわず三村初衣は話し続ける。

「いえね、広いほうが都合がいいんです。私の部屋は寝所兼稽古場ですからね。それに」

「それに」

「このうちは東向きです。あなたが窓際の部屋に寝たほうが、朝日でしぜんと目覚められるで

しょう？」

「ああ――」なぜ急に寝覚めの話になるのか納得しかねつつ、かつてある悪癖により寝起きが悪かった時代があったのを千代は思い出した。「恥ずかしながら、むかし早起きが苦手な時期があったので、朝が明るいのはありがたいです」

「そうでしょう」

「えっ？」

「寝覚めが悪そうだと思っていましたよ」

「えっ？」

「うちに入ってきて、ご免ください、って声を聴いたときからわかりました。このひとは寝覚めに苦労していそうなひとだって」

「えっ？」

千代は何度もえっ？　と訊き返す自分が我ながら馬鹿みたいだと思って口をつぐんだ。そして、目が見えなくなるとそんなところにまで敏くなるのかと恐れ入った。

三村初衣は下段に布団、上段は空っぽの押し入れを開いて見せ、鴨居《かもい》に衣紋掛けがぶら下がっているのを迷いのない動作で指差し、これもどうぞ自由に使ってくださいね、などとすらすら説明した。

千代の持ちものは背中に担いでいる風呂敷包みだけなので、そのまま三村初衣の家に住むことになった。

目が暗いんですけれどほとんどご心配には及びません、と初衣が言ったとおり、千代がひとつ屋根の下で暮らす上で主人の目が見えないことを気にすることはほとんど、いや、まったくと言っていいほどなかった。

むしろ、毎日のようにやってくる三味線のお弟子さんたちのほうがよほど師匠を気遣っているようだった。稽古場は繁盛していて、沢山いるお弟子さんたちは、初衣が立ったり歩いたりするたび腰を浮かせてはらはらと見守っている。盲目の師匠だからというだけでなく、初衣そのひとを慕い敬っていることが千代にもよくわかった。かつて初衣は弟子から気を遣われるのが面倒くさいと言っていたが、いざ手を差し出されると大人しく身を委ねている。

とくに親切な娘がいた。

お弟子さんのほとんどが芸妓か半玉《はんぎょく》とのことだが、美しい娘ばかりというわけではない。なかでも異色なのがその親切な和江《かずえ》さんだった。

和江さんはまるで童子のような、それも女の子というより小太りの男の子のようなあどけない顔をしていた。千代は初めて見たときから、このような素朴な娘が三味線を習っていることを意外に思い、そして好感を抱いた。美人ではないが色白でぽちゃぽちゃしたところが可愛らしく、寮の隣家で飼っていた豚の赤ちゃんのようだと思った。仔豚のよう、というのが褒め言葉にならないことは千代も承知しているのでけして口には出さないが、じっさい仔豚も和江さんも可愛らしいのだ。白い皮膚の下に桃色の血色が透けているところまでよく似ている。小ぶりな鼻の先端もわずかに上を向いていた。

和江さんが稽古にやって来ると千代はうれしくなってつい見つめてしまうので、和江さんがお師匠の顔の周りを飛んでいる蚊を気づかれぬように素早く握りつぶしたり、部屋の隅を走る鼠を見つけては尻尾をつまんで窓の外に投げ捨てたりする姿を何度か目撃した。師匠に気取られぬようそそくさと処理している様子が健気で微笑ましかった。もっとも初衣は気づいているのかもしれないが。

腰高に帯をしめて三味線を構えている和江さんの姿はことに愛らしかった。お稽古のときに千代が二階に上がることはほとんどなかったが、ときには初衣から呼ばれることもある。

「千代さん、すいませんけど、おぶを」

と白湯《さゆ》を頼まれたりするのだ。千代は初衣とお弟子さんの湯呑を二階に持っていく。初衣が飲みたいというよりは、お弟子さんの声が嗄《か》れてきたころに頼まれるのだった。

いろにいでにけり〜と、その日声を張っていたのは和江さんだった。稽古中の和江さんの正座姿は、水風船をぽちゃりと地面に置いたときのように下半身がまあるく膨らんでいる。そこに短めの胴がめり込んだようになり、袖口から覗く三味線を抱える手首ははち切れんばかりに張り切って、白くつやつやしている。

千代は和江さんの姿をほれぼれと眺めてから、お盆を畳に置いて初衣の肩にそっと触れる。それを合図に「休憩にしましょう」と初衣は和江さんの唄を止める。必死で声を張っていた和江さんは掠《かす》れ声で「はい」としたがう。和江さんは行儀よく千代のほうに向きなおって「いただきます」と頭を下げ、ふうふうと吹いてから白湯をすする。雑談するでもなく、ほんとうにただ休むだけの静かな休憩である。

休憩中ばかりでなく、稽古中も静かなものだった。唄と三味線以外の音はほとんど聞こえてこない。

初衣に弟子入りを乞うひとが後を絶たないのは、上手くなるという評判が高いのがいちばんだが、静かで穏やかな指導のせいもあった。弟子がまずい演奏をしようと、初衣が声を荒らげることは皆無だった。そればかりか、ふつうに言葉で指導することも極端に少ない。初衣はじっと目を閉じて最後まで弟子が弾くままにさせている。そして一曲終えたあと、

「ツン、テン、のとこからもう一回やってみましょうか」

とか、ごく短い言葉を発する。それだけで弟子は、ツン、テン、のところがまずかったと理解する。そして師匠がさきほど口から発した「ツン、テン」を真似るように弾くと、階下で素人の千代が聴いてもはっきりわかるくらい良くなっているのだ。

「チンツル、チンツル、チンツルツルツル」

と、小声で唄ってみせるだけのこともある。弟子はそれを注意ぶかく聴いて真似するだけで、人が変わったように上手くなっていく。

その日は、休憩時間の終わりを告げるように、和江さんが弾いていた唄の一節を初衣が爪弾きはじめた。和江さんははっとして湯呑を畳に置き、師匠の声色も手の動きもひとつも聞き逃すまい、見逃すまいと身を乗り出す。初衣が「こんなところかしら」とバチを休ませると、和江さんは姿勢を正して、はなやかに〜、と謡いはじめる。白湯を呑んだせいか声に艶が戻り、節回しも数段よくなっている。

千代は階段の下で、うむうむと二、三度頷く。

和江さんの唄が良くなったことが嬉しくもあったし、さすがはお師匠さん、いや、お初さん

だと感服したからでもある。

お初さんは、昔っから、人にものを教えるのが上手かった。

それればかりでなく、人のいいところを見つけて、そこをさらに際立たせるのが得意だった。

和江さんの唄を名残惜しく耳の端でとらえながら、千代は買い物かごを持って買い出しに出た。


米は相変わらず配給制だが、魚屋に並ぶ魚の種類はだいぶ豊富になっている。今日は尻尾が跳ねるような鯵《あじ》が重なっていた。このごろは塩焼きで食べることが多いが、刺身にしてもよさそうな新鮮さである。千代はトロ箱から顔を上げて、籠の釣り銭をいじっている主人に声をかけた。

「あの、この、鯵を、二、いえ、四尾」

夕餉《ゆうげ》は刺身にするつもりだが、こんないい鯵なら開いてちょっと短めに干して、ふっくらしたのを明日も食べたいと思ったのである。

「ああ、お師匠さんとこの。今日の鯵はおすすめですよ」

主人は愛想よく応じて身の肥った鯵を四尾選びとる。千代が店頭に近づいたときは無関心なふうだったが、声を聞いてすぐに千代とわかったのだろう。

次は八百屋で茄子や南瓜《かぼちゃ》を買う。八百屋のおかみさんはやはり千代が近づいても知らん顔だが、「あの」と声を掛けると「ああ、ああ、お師匠さんとこの」と笑顔になる。そして茄子の山から傷の少ないつやつやのやつを何本かとり、「毎度どうも」と、とびきり大きな南瓜といっしょに渡す。

三味線のお師匠さんの名は商店にも知れ渡っている。むろん師匠としての腕のよさで名高いのであるが、女性としては図抜けて背が高いから人目を惹くし、やはり盲目であることも関心を集める一因となっていた。ただ、初衣を見る人々の目に好奇の色は感じられない。

たまに千代が付き添って外へ出ると、通りがかりの人がみな目を瞠《みは》るのがわかる。

千代は戦後は洋装ばかりだが、初衣は今でも和服しか着ない。縞のお召しなどで長身をすっきりくるんでいる。右手で杖をつき、左手は千代に預けているものの、背筋をしゃんと伸ばし、足取りに危うさは微塵《みじん》もない。しゃっ、しゃっと、草履の裏で砂利を掃いて路上を浄《きよ》めるように、滑らかな足取りで調子よく進んでゆく。顎を上げて首を高々と伸ばし、口元には笑みを浮かべ、ただ瞼だけはやわらかく伏せている。

ただものでない風情のその女性を、街の人々は呆けたように見上げる。そして、ああ、あの評判のお師匠さんだ、とわかると、敬意をこめてさりげなく視線を外す。初衣と直接の接点がある人は、「今日は蒸しますね、お師匠さん」などと声を掛けてくる。「ええ、ほんとうに蒸しますね」と口元をほころばせて答える当の初衣は、湿気などまるで感じさせない涼しげな佇《たたず》まいである。

付き添う千代には誰も注意を向けない。初衣を支える杖と同じ程度の存在感しかないようだが、そんなことは慣れっこである。見た目に特徴がないうえ、地味だから人目に立たないのだ。

だから、商店に通い出して数カ月経った今でも店の人たちに顔を覚えられていない。ただ、声だけは憶えてもらったようである。

「これくださいな」

などと千代が声をかけると、どの店のひとも「ああ、お師匠さんとこの」と相好を崩す。初衣の人徳のおかげで女中の千代も手厚く迎えてもらえるのである。みなは親しみを込めて、千代のことを「お師匠さんとこの」と、呼ぶ。「お師匠さんとこの」のあとの「女中さん」を省略してそう呼んでいるのだが、千代は、みなが陰では、

「お師匠さんとこの、銅鑼声《どらごえ》の女中さん」

と呼んでいることを知っている。

たしかに千代はがらがら声である。しかも話そうとすると喉がつっかえてうまく発声できないから、しぜんと大声になってしまう。以前勤めていた寮でも、寮生から銅鑼声とか胴間声《どうまごえ》のおばさんと呼ばれていた。この町に来てからも「あっ、どらごえの女中さん」と正直な子供が千代を指差し、横にいる母親が慌てて「しいっ！」と子供の口をふさぐ場面に出くわしている。

この銅鑼声は数年前からのことで、それまでは高くも低くもないふつうの声だった。

あの空襲の夜に、喉がつぶれたのだ。あの、終戦の年の、三月の、下町一帯が焼けた夜。千代は熱風と人いきれのなか、ある人の名を叫びつづけたのだった——。

買い物かごをいっぱいにして、千代は家に戻った。

「ただいま」

階段の下から二階に声を掛けてすぐ台所に立ち、鯵のしまつをする。南瓜は半分を煮物に、半分はもちがいいように種をとってしまっておく。種はあとで皮を剝《む》いて食べられるよう笊《ざる》に干す。茄子は切って水に放つ。贅沢な食材を使う余裕はないが、千代は時間が許すかぎり、少

しでも料理が美味しくなるよう手間を惜しまない。

ひととおり下拵《したごしら》えを終えたところで、二階から「どすん」と、重いものを落とすような音が響いてきた。

千代は天井を見上げる。音の出どころは、初衣の部屋の、押し入れのあたりだろうか――。

そういえば、千代が「ただいま」と帰ったとき、初衣から「おかえり」の返事はなかった。初衣は耳が敏い。千代が階段の下から声を掛けて、返事がなかったことなどない。一人で出かけることはほとんどないし、だいたい千代に黙って外出したりはしないから、家のなかにいるのは間違いない。

まさか、賊でも押し入っているのでは――と千代は息を呑む。二階に泥棒が入り、初衣は声も出せない状態なのではあるまいかという想像で顔が強張った。

洗ったばかりの包丁をとり、二階を見上げる。何の物音も聞こえてはこない。

千代はわざと足音を立てて階段を上がる。ふしぎなほど、怖さは感じない。初衣が危険に見舞われているならば、一刻も早く助けねばということで頭がいっぱいである。

あっという間に階段を上がり切り、開け放たれた初衣の部屋の襖《ふすま》の前に仁王立ちになった。

そこで目に入ったのは、泥棒ではなく初衣の尻だった。押し入れの下段から、四つん這いの格好になった腰から下がはみ出ている。

「――お師匠さん！」

千代は駆け寄ってしゃがみ込み、包丁を脇に置くと、初衣の腰に手を回し身体を引き出そうとした。縛られて、中途半端に押し入れに押し込められたのかと思ったのだ。すると、

「なんなの、どうしたんですか、なんだっていうの」

という、初衣の狼狽《うろた》えた声が耳に入った。

ああ、お師匠さんは生きている――。ほっとして千代が手を離すと、初衣は後ろ向きのまま這い出てきた。

「どうしたの、急にしがみついたりして」

眉根を寄せて、しゃんと座る。その姿はいつもの初衣で、猿ぐつわも噛まされていないし、手足を縛られてもいない。泥棒らしき人影もない。千代はその場にへたりこんだ。

「千代さん、あなた、どうしたの。あら、ひょっとして腰を抜かしてるの」

今度は初衣が千代を心配している。にじり寄って千代の肩や背中をさする初衣に、千代はことのあらましを話した。

「あら、泥棒だと思ったの。ごめんなさいね、帰ってきたの気づかなくて」

初衣は呆れたような声色ながら首をすくめ、座ったまま後ろを振り返って手探りで押し入れから紙袋を引っ張り出した。なにやら薄い袋である。

「これを探してたの。押し入れの奥にしまったのは覚えてたんだけど、いざとなるとなかなか見つからなくて」

袋から取り出してみせたのは、数枚の千代紙であった。菖蒲や梅の花柄や、黄色の格子柄など、地厚で色とりどりの千代紙が揃っている。

魚屋の品ぞろえがよくなったとはいえ、まだまだ物資不足の世の中である。千代は思わず膝を寄せた。

「見事なもんですねえ」うっとりと眺める。

「そうでしょう？　私には柄はわかりませんけど、手触りで、上質なものだってことはわかります」

なんでも、初衣が三味線を教えるようになってからの最初のお弟子さんが飛び抜けた出世をしたそうである。売れっ妓になったそのひとが、千代紙やらお菓子やらの手土産を大量に抱えて遊びに来てくれたときのものだという。

「すっかり仕舞いこんじまって。でも、折れたりもしてないみたいでよかったです」

初衣は口元に笑みを浮かべ、愛おしそうに膝の上で千代紙を撫でている。昔のお弟子さんの思い出にでも浸っているのだろうか。

邪魔にならないよう千代はそっと立ち上がり台所へ降りた。包丁の刃を布巾でくるみながら、探し物があったのなら、なんだって初衣は自分に頼まなかったのだろうと不思議に思う。千代紙のような薄いもの、手さぐりで見つけるのはさぞ大変だっただろうに——。首を傾げつつ、ご飯炊きにとりかかった。

その晩は、鰺の刺身を生姜《しょうが》醤油で食べた。旨いねえ、と初衣は満足げに頷いている。

「魚屋さんが、鰺をすすめてくれたんです」

「いや、鰺もだけどね、この切り方がね、よぶんにいじってなくて、千代さんの腕ですね」

初衣は、料理が美味しいと必ずどこがどういいか具体的に褒めてくれる。黙って食べているときはだいたい千代のほうにも火加減や切り方をしくじった覚えがあるので、近頃ではきゅうりの輪切りのような簡単な作業でもおざなりにはしない。

刺身でふたりともご飯をおかわりし、南瓜の煮物を茶菓子がわりに番茶を飲んでいると、初衣が静かに話し出した。

「今日も来てた、あの、和江さんですけどね」

「ええ」大好きな和江さんの名前が出たので千代は座り直した。

「そろそろ、一本におなりですって」

「まあ、一本」

花柳界のことに詳しくない千代でも、若い芸者さんが半玉と呼ばれ、それが一人前になると〝一本〟になるということはなんとなく知っている。でも、和江さんが半玉だということを、千代は今の今まで知らなかった。初衣はお弟子さんの出自やら事情やらをいちいち話さないし、千代も自分から訊ねたりはしない。

「あの、私、素人がこんなこと言うのは生意気なようで恥ずかしいんですけれど……」

「あら、どうぞ？　遠慮なく何でも言ってくださいよ」

「和江さん、このごろ、めきめき腕を上げたなあと思っていたんです」

「まあ、千代さんもそう思ってた？」

初衣の眉が山型に跳ね上がる。

「ええ、お稽古のとき、お師匠さんに何か言われると、そのあとすぐ、すごく良くなるんです」

「ええ、ええ、そうなのよ。あの子は素直ですからね。おまけに練習もしっかりやるから、あたしが一言いうと、凍り豆腐みたいになんでも吸収しちゃうんです」

お初さんは何度もうなずいて番茶を啜る。それから湯呑を膝の上に置いてほっと息を吐き、天井の角のほうを見上げた。身体の力を抜いて背を丸め気味にしているのに、その格好にはちっともだらしないところがない。首をわずかに傾げ、肩から腕にかけての線は今日買った茄子のようになだらかで、何も映さない瞳で月でも仰いでいるように、いかにも充たされた様子でゆったりと座っている。

千代はその姿から目を逸らし、芸者さんの装いをした和江さんの姿を想像してみた。しかしあの丸っこくて子供子供した和江さんの芸者姿をどうしてもうまく思い描くことができない。和江さんも、世が世なら、ふつうに嫁に行っていたのだろう——。

彼女がふだん初衣に示す控えめな思いやりを見ていても、いい奥さん、いいお母さんになりそうな娘だと思う。何年も続いた戦争で、街も暮らしも破壊され、たくさんの若い男が命を落としたこんな時代でさえなければ、和江さんは、三味線を習う必要すらなかったのではないか。

戦中と終戦直後の混乱を思い返し、千代は慄然《りつぜん》とする。しかしだからといって、これから一本になってゆこうとする和江さんの前途を憂えるわけではない。

初衣は女一人で師匠として生計をたて、それればかりか町の人々の尊敬さえ集めている。自分だって初衣とは比ぶべくもないものの、寮母や女中として食べていくことはできている。千代は自らの来し方を振り返り、ふつうにお嫁に行くことが女の最善の道であるとは、これっぽっちも思わないのである。もちろん妻や母として生きていくのは立派な道ではあるが、どの道を選ぶかより、どのように歩むかが肝心なような気がしている。いや、べつだん、歩む必要すらないのかもしれない。ただそこに在るだけでもいいのではないか——。

気がついたら番茶がすっかり冷えていた。見ると、初衣の湯呑もとっくに空になっている。

物思いに耽《ふけ》っていた千代に付き合ってくれていたのかもしれない。

「あらやだ、お茶、熱いの足しますね」

千代が腰を浮かすと、初衣は「千代さん」と歯切れのよい声で引き留めた。

「はい？」

「和江さんが凍り豆腐みたいになんでも吸収する、なんて言ったら、なんだか凍り豆腐が食べたくなってしまいましたね」

「……さっきご飯をおかわりしたばかりなのに、ですか？」

「あれはお出汁をよく吸ってね、旨いもんですよね」

「そうですね、薄味で、甘さだけちょっと立たせて――」千代はそこで唾を呑み込んだ。「明日、乾物屋を覗いてみますね」

そう言うと初衣は大きく頷き、ふたり声を上げて笑った。

翌日になって千代は、初衣がなぜ自分で千代紙を探していたのかわかった。

その日は給料日だった。いつもお札をちり紙でくるんで渡す初衣が、華やかな千代紙の封筒に入れてそれを渡してきたのである。

「これは……」

お札の大きさにぴったり合うように拵えられた、蓋つきの美しい封筒に千代は見入った。

「いきなり渡して吃驚《びっくり》させようと思ったんですけどね。毎月ちり紙じゃあんまり味気ないから」

昨日初衣が押し入れから探し出した千代紙の、一番上にあった菖蒲の柄が封筒になっている。目が見えない人が作ったとは思えない、出来合いのような精巧な仕上がりである。

「これを……」

私のために探して、作ってくださったんですか。目の不自由なあなたが――。

「ありがとうございます」

なんだか感極まってきたので、千代は慌てて頭を下げた。あんまり大げさに喜ぶのは初衣の好むところではないとわかっている。

案の定、照れを隠すかのように二階へ上ろうとしている初衣に、千代は声を掛けた。

「あの、これ、中身を銀行に預けたら、いったんお返ししますね。一回きりじゃもったいないですから」

すると初衣は、

「ああ、そうですね。じゃあ通い袋にしましょう。なんだか恋文みたいですけどね、ふふ」

含み笑いをしながら階段を上がっていった。

千代は買い出しの前に銀行に寄って給料のほとんどを預け、封筒を買い物かごの底に用心深くしまいこんだ。銀行を出たとき、ふと、昔のことが頭をよぎった。何年も前、まだ焼けていない東京の町で、千代が銀行に毎月通い、お給料や積立てを出し入れしていたあの頃――。

あのときは、今とは立場が逆だったのである。千代が、初衣に、お給料を渡していたのだ。

かつては、千代が雇い主で、初衣が女中だった――。

雇い主と女中といっても、いわゆる主従の関係といった、四角張ったものではない。家族のような、仲間のようなものだった。いやむしろ、初衣が師匠で、千代が弟子といってもよい、ふたりの結びつきであった。

だけど、どんなに親しく砕けた関係になろうと、初衣はどこまでも立場をわきまえていた。自分は雇われの身であるという基本の部分は、あくまでも崩そうとしなかった。

だから千代は、いま現在、自らの正体を隠しているのである。自分がかつての雇い主だとわかったら、初衣はけして千代のことを女中として雇おうとはしなかっただろう。

喉がつぶれていてよかった、と、千代はつくづく思う。

これほど別人のように声が変わっていなければ、いくら目が見えなくても、初衣は千代が千代であることに気づいてしまうだろう。発声がいくらか難儀なぶん、話す速度も昔よりだいぶゆっくりになった。声や話し方が変わっただけで、まるっきり人が変わったようになったという自覚が千代にはある。

銀行から商店のほうに向かいながら、買い物かごの中になにげなく視線を落とす。千代はハッとしてそのまま買い物かごを見下ろしながら歩き、徐々に速度を緩め、やがて立ち止まった。買い物かごの底に横たわった、初衣の手により一分のズレもなく揃えられた千代紙の封筒の、凛々しい菖蒲の柄がよく見ると上下さかさまなのである。

千代は胸がつぶれる思いで紫色の封筒をあらためて手に取った。

家のなかではほとんど支障なく日々を過ごし、たいていのことを器用にこなしてしまう初衣でも、千代紙の天地はわからないのだ。

往来の邪魔にならないよう千代はすぐに歩き出したが、目に熱いものが滲《にじ》んできて、周りに気取られぬよう親指でそれを払った。

初衣に対する同情の涙ではない。不便をものともせず、美しいもので女中を喜ばせようとする彼女の思いやりと美意識に、あらためて胸がふるえたのである。

ああ、私はやっぱり、お初さんが大好きだ——。千代の涙の温《ぬく》みが、全身に広がっていく。

このまま正体がばれることなく、ずっと二人いっしょに暮していきたいと千代は思いをあらたにする。このさきも目の不自由を抱えた初衣の助けになっていきたいし、またそれ以上に、初衣とともにいることで自分自身が充たされるのだ。

かごの中から財布を取り出し、乾物屋に入った。

「凍り豆腐いただきたいんですけど」

銅鑼声を張った千代の顔は晴れやかで、もう先刻の涙はすっかり乾いていた。店の売り物のようにカリッと痩せた初老のおかみさんは、

「あらあら、お師匠さんとこの」

と、前掛けで手を拭いながら、顔中に深い皺《しわ》を寄せて白い歯をのぞかせた。

嫁入　大正十五年（一九二六年）

祝言の日の朝、千代は期待と不安で膨れ上がった胸を帯でぎゅうぎゅうに圧し潰され、すこし気分が悪くなっていた。十月初めとはいえ、残暑がぶり返したような陽気のせいもあるかもしれない。三三九度は口をつけるふりをするだけでよいと聞かされていたものの、それでもちょっとは舐めてしまおうかと前々から目論んでいたのだが、当日になってみると匂いも嗅ぎたくないほど胸がむかついている。

子供のころから塩辛いものばかり好んでいたので、いける口だろうと、祖父からも父からも言われ続けてきた。それで、煮魚の味つけをしているすきに日本酒をわざと指にこぼしてこっそり舐めたりもしたが、それはなまぬるい指の味しかしなくて、千代は自分がいける口なのか結局知らないままだった。

とにかく、高く締めた帯が苦しかった。

そして、十九歳の花嫁は、吐き出したくなるような思いを抱えていた。

千代は、さっさと嫁ぎたかったのである。

本来ならば女学校を出てすぐに嫁に行くはずだったが、卒業前年の女学校四年のときに震災が起きた。両家ともまずは生活を立て直し、それから改めての縁談だったので、予定より二年遅れた。

震災は強烈な体験だったが、それでも下町に住んでいた身としては苦労が少ないほうだっただろう。なにより家が上野の山に近いのが幸いした。十分な家財道具を持ちだす時間の余裕があったし、避難途中に火に巻かれることもなかった。上野の山に到着したときはまださほどの避難者もなく、大きな樹の下の平らな土の上を確保できた。九月一日の晩の空が赤く染まっていたのは不気味だったが、迫りくるほどの恐怖ではなかった。むしろあとで被服廠《ひふくしよう》の火災旋風の話を聞いたときのほうが血の気が引いた。

震災では鈴木の実家が倒れ、嫁ぐ予定の山田の家は焼かれた。借家であった千代の生家の痛手はさほどでなく、倒壊を免れた左官屋の二階の一間に逃れその後ふたたび池之端の借家に移った。むしろ嫁入る先の山田家のほうが復旧に手間がかかった。千代は持たざる者のすがすがしさをそのとき初めて味わったが、山田家が以前よりも凝った家を普請しているのを知ると、不謹慎と知りつつ嫁入りを待ちわびて家の手伝いをこなす日々を送った。

そもそもは、両家の父親同士が学生時代からの親友であるゆえの縁談だった。大学でともに学び、ともに剣術に親しみ、父は中学の教師となって、山田のおじさんは家業の製缶工場を継いだ。それからもふたりのつき合いは続いた。それぞれが結婚し、山田家に男の子が生まれ、そのあと鈴木家に千代が生まれてからは、将来一緒にならせてはどうかと会うたびに冗談を言い交わすようになったが、じっさいに対面させるまでには至らなかった。

それが具体的な縁談に発展したのは、どうやら千代の母の働きによるものらしかった。働きというか、ごり押しに近いものであったろう。母は千代が子供であるうちから、山田家に嫁入りさせようと画策していたふしがある。

　山田のおじさんはよく千代の家に出入りしていた。おじさんの家と工場は下谷《したや》にあり、池之端にある千代の家とは上野の山を挟んで間近である。当時は珍しかった魚の缶詰を持って遊びにやってきては、父と祖父といっしょに酒を呑んでいた。三人はつまり気が合っていたのだろう、子供の千代が見てもその晩さんは好ましいものだった。三人が三人とも健啖家であり、かつ酒豪であるものの、騒いだり乱れたりすることはなかった。まだ子供子供した千代が、母に言いつけられてお銚子を運ぶことがある。すると、

「や、ありがとう。お手伝いして、千代ちゃんは偉いなあ」

と山田のおじさんが満面の笑みで、しかし静かな声色で褒めてくれる。その脇で祖父は、

「千代は子供のわりに口がませてな。ここに並んでいるような、塩辛とか、干し鱈《だら》なんかが好きで」

　と膳の上をつつく。

「漬け物も、漬けたばかりの色のきれいなやつより、古漬けのほうを食べたがるから、酒飲みになるだろうと家では言っているんだ」

　父が続けると、山田のおじさんが、

「そりゃあ頼もしいな。うちのもやたら塩辛が好きで、ためしに勧めてみたら顔色ひとつ変えずずいぶん飲んだことがある」

「あの大人しい細君が酒豪か。それは驚きだな」

そう言って三人で笑う、といった具合である。

千代には塩辛いものが好きなことと酒飲みになることとの関連がわからないが、祖父ら三人の調子に下卑たところがまるでないので、酒飲みになるのはきっと良いことなのだろうと信じ、大人になったら頼もしい酒飲みになろうと決意するのだった。

千代が配膳に出て、さっさと台所に引き上げないと母に叱られるのが常だが、山田のおじさんが来ているときだけは別だった。空いたお銚子を下げて千代が戻ると、

「山田さんとちゃんとお話しした？」

などと訊ねてくる。

千代は酒席の大人と言葉を交わしたりはしない。ふだんそれをすると母が厭な顔をしたし、祖父も父も山田のおじさんも、千代が現れたときに千代を話題にすることはあれど、会話に参加させるわけではない。だから千代は、母がなぜそんなことを訊ねるのかまるでわからなかった。

その後山田のおじさんの奥さんが病没し、おじさんの足はしばらく遠のいたが、一周忌を過ぎたころから再び顔を出すようになった。

千代が女学校の三年に上がったころ、帰る山田のおじさんを玄関でみなで見送った。母は、すぐ後ろにぼーっと立つ千代のほうをわずかに振り返ってから、腰をかがめて、

「あの、茂一郎《もいちろう》さんのこと、そろそろ」

と、山田のおじさんに囁いた。すると山田のおじさんが反応する前に、父が低い声で「おいっ」とたしなめた。山田のおじさんは上機嫌で――このおじさんは呑んだときはもとより、ふ

だんどこで会っても上機嫌だったのだが――「ふふ、そう、そうか。茂一郎のことね。はいはい」と、変にふわふわした、雲の上を歩くかのような足取りで去っていった。

このときの光景が、妙に千代の印象に残った。茂一郎さんというのが山田家の一人息子であることはわかっていた。たしか千代の七つ上で、来年大学を卒業して山田の家業を手伝うとか。でも、父同士が将来ふたりを一緒にしたら、という冗談を言い合っていたことなどはこの段階では知らなかったし、母が急にあちらの息子さんの名前を出したことも、そして珍しく父が母を叱責したことも、さっぱりわけがわからなかった。

もともと千代は敏いところのない娘なのだ。だから、この日のことは、ただ不可思議な映像として千代の脳裏の片隅に貼りついていただけだった。

それから一年以上も経ったころ、母に呼ばれて父の書斎に行くと、父は座布団の上で胡坐《あぐら》をかいたままこちらへ反転し、母が父の横に正座した。あらたまってなんだろうと千代も正座すると、父が出し抜けに、

「千代。お前、山田の茂一郎君のとこへ行くんでいいね」

と訊ねてきた。いくら敏くない千代でも、その「行く」が「嫁ぐ」を意味することはさすがにわかった。わかったが、まるで思いがけないことだったのでしんから驚いた。千代は膝の上に手を揃え、顔中の筋肉が弛緩《しかん》したかのように口をぽかんと開いたまま動けなくなった。そのさまを父も母もしばらく怪訝《けげん》そうに見ていたが、しびれを切らした母の叱責が飛んだ。

「なんです、その間抜けな顔は」

そう言われて千代はなんとか下顎を持ち上げて口だけは閉じたが、戸惑ったのは父だった。

「おい、千代は山田の家に行くことをわかっていたんじゃないのか」

「当たり前ですよ。昔から私はそのつもりで山田さんがいらっしゃると千代を配膳にやらせていたのだし、千代の前で茂一郎さんの話を何度もしてきたんです」

父の倍くらいの声量で答える。

茂一郎さんの話——なんて、何度も聞かされたことあったかしらん——。千代が首を傾げていると、母はシャッとこちらに向き直り、

「ぼうっとした娘だとは思っていたけど、まさかここまでとは」

と、苦々しい顔をして、これはもうお父様と山田さんとの間で決まった話ですから、学校を終えたらすぐに嫁入りなのでそのつもりで過ごすように、と事務的に言い放って座を立ったのだった。父は呆れたような、気の毒なような顔をして千代を見ていた。そのとき千代の脳裏に浮かんだのはあの日の山田のおじさんのふわふわした足取りだった。ああ、あのときには決まりかけていた話だったのか——、とようやく不可思議だったやり取りの意味が頭の中で形になった。

それにしても、縁づく話をしているというのに、母の怖さといったらどうだろう。目出度《めでた》いことなのだから、少しくらい浮かれた様子があってもいいものだと、部屋に戻って千代は嘆息した。

三つ下の弟は布団でもう寝入っている。千代は押し入れをそっと開けて、千代紙を貼った箱を取り出した。

蓋をとると、なんということのない、ちびた鉛筆とか、木綿の端切れとか、到来物の菓子包

みに巻いてあった綺麗な紐などが入っている。

この箱自体も到来物の饅頭が入っていた空き箱で、母に頼みこんで千代が貰った。ただの真っ白だった紙箱に、色とりどりの千代紙を糊《のり》で貼り付けた。

べつだん何を容れる必要もない。学校の道具は風呂敷に包んであるし、着るものは引き出しに収まっている。

ただ箱が欲しかったのだ。

千代は、母の持ちものである文庫箱を真似したかったのである。

母は、膝にちょうど載る大きさの文庫箱を持っている。嫁入道具なのか、和紙で覆われた箱は美しいうえに水にも強く、市松華紋の朱色は結婚から二十年近く経った今もちっとも褪《あ》せておらず、頑丈なものである。

千代は幼いころから母が文庫箱の蓋を開けたてする姿をよく見かけた。何を出し入れするでもなく、開けては閉め、ときには中に入っている物の位置を動かしては再び閉める。そんな母の動作はどこか秘密めいて、箱の美しさと相まって千代は文庫箱に興味をそそられた。

五つか六つのころだったろうか、千代は母の不在時にこっそり文庫箱を開けてみた。

中には小さな帳面とか、和紙の葉書とか、手拭いとか、実用的なものばかりが入っていた。どれも新品のようである。使った形跡がないこれらのものを、母はなぜ頻繁に蓋を開けて中をあらためていたのだろうと千代は不思議に思った。箱の美しさと比べると、帳面も葉書も手拭いも質素でつまらないものだった。しかし千代は、帳面や葉書を手に取り、眺め、そして中に戻したりしているうちに心が沸き立つのを感じた。箱に入っているだけで、宝物を扱っているような気分になる。母もこんな気分を味わっていたのだろうか。

千代は箱の中味を出し入れすることに夢中になった。いつの間にか母が帰宅しているのにも気づかず、突如後ろから腕をつかまれ、振り返ると鬼の形相の母がいた。

ひどく叱られた。新品の帳面や手拭いをいじったから叱られているのではなく、母の大切な文庫箱を勝手に開けたことがいけなかったのだということはよくわかった。

千代はそれ以来母の文庫箱に触れていない。しかしあのときの心が沸き立つ感じが忘れられず、この千代紙の箱を手に入れてからは、どうでもいいようなものを後生大事に仕舞い、三日に一度は押し入れから取り出して中をあらためている。

この日、千代は箱の中身を出し入れしながら、嫁に行くときはこの箱も持って出るのかとふと考えた。

――母のような、立派な文庫箱を嫁入道具に持たせてくれないものかしら。

しかし今日の母の不機嫌そうな様子では、そんなことはとても頼めそうにないと頭を横に振る。

千代が物心ついたとき、母はもう少し優しかったような気がする。厳しくなったのは千代が小学校に上がったころだったろうか。あるいは、あの文庫箱を開けて叱られたのがきっかけだったのだろうか。

千代は、布団の中の弟の泰夫《やすお》を見やる。声変わりが始まったばかりの弟の寝顔はまだあどけない。それでももう育ちざかりなのか、とにかくよく食べるし、寝るのも早い。

母は、この弟のことは甘やかし放題なのに、千代にはきつい言葉ばかりを投げかけてきた。

それは自分と同性であるいずれ嫁に出す娘と、物領息子に対する態度の違いというには度を越したもののように千代には思われた。

男たるもの大らかな人格を備えてほしい。

長男には頑丈に育ってほしい。

そんな母の気持ちはわかる。千代だって、弟には大らかで頑丈であってほしいと思っている。だから、父と弟の膳にだけ玉子が置かれていても、生唾を呑みこそすれ卑屈にはなりはしない。女が男と同じに扱われないのは仕方のないことだ。

千代を戸惑わせているのは、千代に向ける母の態度に愛情のかけらも感じられないことである。母は千代を前にいつも疎《うと》ましそうで、いつも苛ついていた。それは、ざっかけない近所のおばさんたちの物言いと比べても、ひときわ冷淡なものだった。

千代はその晩、風呂釜に片膝立てて湯に浸かりながら母のことを考え、気づけばのぼせる寸前だった。あわてて風呂から上がると、錆で黒ずんだ鏡に映るおのれの上気した顔と目が合った。そこでハッと、ああ、自分は嫁に行くのだ、ということを思い出した。

縁談が決まった――。鏡の中の自分を見つめ、全身の水滴を丹念に拭う。

その晩千代は、いくぶん色っぽい気持ちで寝床に入った。華やいだような気持ちの高まりは次の日に学校に行っても続いていて、まだ茂一郎に会ったこともないというのに、千代は仲の良い級友の志《し》げさんに縁談の話を打ち明けた。

「あら、千代さんが。学校出てすぐに。まあ、それは驚いた」

目を剥いて仰天する志げさんを見て、千代は少々傷ついた。級友のなかには間もなく結婚して学校を去ろうという人が何名かいたし、許嫁《いいなずけ》がいるものも少なくないのだ。しかし志げさんは、千代は学校を出たら職業婦人になるものと思っていたと言う。

「私、職業婦人って感じ？　そうね、お父さんだって学校の先生だし、先生あたりが任かもしれないわね」

「学校の先生って柄じゃないわ」

「あらそう？　じゃあ、百貨店の売り子さんとか？　それともタイピスト？」

「千代さんが百貨店なんて、そんなのちっともしっくりこないわ。タイプも違うわよ」

「じゃあ、女工とか……？」

「うーん……そうねえ……」

女工はあながちハズレでもなさそうだったが、志げさんはぽんと手を打ち、

「職業婦人が似合うというより、花嫁さんになるのが想像つかないのよ」と、すっきりした様子で言う。

「どうして？　私炊事なんてけっこうやるのよ。ずいぶんお母さんの手伝いしているもの」

「炊事してるのはわかるわよ。手だって荒れてるし。なのに、いったい何がしっくりこないのかしら……。そうだ。花嫁姿だわよ。千代さんが角隠しかぶって、白粉《おしろい》塗って紅さしてる姿が思い描けないの」

「あら、どうしてよ」さすがに千代も気色《けしき》ばんだ。

「ごめんなさいね。でもね、飾り立てた千代さんって、どうしたって想像つかないわ。頭の中で姿を描いても、顔だけがのっぺらぼうなんだもの」

そこまで言われて千代は噴き出した。なんら特徴がないと言われつづけてきた自分の容貌。ごてごてと重ね着をして飾り立てられたら、その中に居る自分の印象など何も残らないのかもしれない。

「気を悪くしないでよ」志げさんも笑いながら、「でもね、奥様になっている姿は想像つくわ」

「あら、どんな奥様よ」

「そうねえ……どんなって言われると、思いつかないわ……」

「え？　想像つくって言ったばかりじゃないの」

「なんか、千代さんに似た紙人形が、家のなかをうろうろしてるところしか頭に浮かばないの。目と鼻と口をちょいちょいっと描いてね。縞のお召しかなんか着せて」

志げさんが奥さんになった千代を想像しようとすると、それは生身の千代ではなく、のっぺらぼうの紙人形なのだという。長年顔を突き合わせてきた仲の良い友人でこうなのかと千代はがっかりした。

千代のうかない表情に気づいた志げさんは「お相手はどんなおうちなの？」と話題を変えてきた。千代はほんとうは、山田の家はまずまず大きい製缶工場で、庶民には縁のない魚の缶詰なんかも手に入ったりするんだと喋りたいと思っていたのに、お嫁さんよりも製缶工場の女工のほうが似合いそうと言われそうだったので、「何かの工場をやっているみたい」とだけ答えて終いにした。

志げさんとの会話から三年が経ち、それで実際の千代の花嫁姿はどうだったかというと、これが満更でもないのである。なんの特徴もない目鼻は白い画用紙のようなものなのか、黒くひいた眉も、目尻と唇にさした紅も、平坦な千代の顔のなかで冴え冴えとしていた。あながち自己満足でもなく、ふだん千代に厳しい母も「あなた、化粧映えするたちだったのね」と目を瞠《みは》っている。

珍しく母に褒められて千代は反応に困ったが、鎧《よろい》のような婚礼衣装と厚化粧で動きが制限されていたし、なにしろ胸苦しさに閉口していたのを言い訳に、ただそっと目を伏せるだけにした。

母はそんな千代の様子を感極まっていると勘違いしたらしい。しばらく鏡に映る千代の姿を黙って眺めていたが、やがていつもの調子に戻って語り出した。

「千代、これまで何度も言ってきたけれども、嫁いだらあなたには茂一郎さんしかいないのよ。もう鈴木の家には帰ってこられないのよ」

縁談がまとまってから何度も言われてきた台詞《せりふ》である。しかしまさに嫁ごうというその日に、実家に帰る帰れないの話を持ち出すとはどういうことだろうとますます千代は胸がむかついた。

早く嫁ぎたかったのは、この母から離れたかったからでもある。

母の情愛の薄さを憂えてはいたものの、性分である鈍さが幸いしたのか、千代は母の態度に深くこだわることなくおおむね太平に日々を過ごしてきた。

それが婚礼の準備に入ったころから、いくらなんでも母は少しおかしいのでは、と疑いを抱くようになったのである。さきほどの「あなたには茂一郎さんしかいない」「もう鈴木の家には帰れない」というのはほんの一例だが、母はやたらと千代を脅すようなことを言うのだ。花嫁教育のつもりなのかもしれないが、千代には恐ろしく感ぜられた。特に怖いのは、母が、夫婦の夜の営みのことを執拗に説いてくることだった。

母はまず、閨《ねや》のあらましをざっと説明する。それから、注意点をひとつずつ挙げていく。注意点は毎回同じ順序で、厳粛な口調で、一言一句たがわず言い放たれる。それは次のような内容だった。

痛みには黙って耐えねばならない。茂一郎さんに身を任せて従順でいろ。たしなみを失ってはならない。しかし人形のようでいてはならない。そしてなにより、痛いそぶりを見せてはならない――。

はじめのほうの教えはわかる。でも、「人形のようでいてはならない」のあたりは、出すぎた指導のような感じがしてならない。厳しい母の口から出る言葉であっても、それが夜の営みのこととなればどこか卑猥な空気が漂うものだ。少なくとも千代にはこの話題は気恥ずかしい。また、たしなみを失うな、と、ふだんの母がいかにも言いそうなことを言ったあとの、人形のようでいるな、という教えはやや唐突に感ずる。いささか淫《みだ》らに聞こえてしまう。いや、それとも、まさに淫らであれと母は言っているのだろうか。ということは、母も……。千代はしたくない想像を振り払う。さらに、人形でいるなと言ったあと、最後にまた痛がるなと念を押す。そのしつこさも怖い。そのことは、そんなにも痛いのであろうかと千代は気が重くなる。そして、そんな教えを繰り返す母が、だんだん奇怪な生き物のように思えてくる。嫁入りというのは、本来もっと心華やぐ、無邪気な喜びに浸れるものなのではないのか。

そんなわけで祝言のこの日、千代は生家を出るさみしさをほとんど感じていなかった。嫁に行けば「痛いこと」が待っているのはわかっているが、ずっと脅されて怯えているよりは、さっさと済ませてしまったほうがいい。

「では、そろそろ」と、迎えのひとに声を掛けられた。式は山田の家で行われる。山田のおじさん、いや、義父の高助《たかすけ》が、車と女中さんを鈴木の家に寄越してくれたのだ。千代は母にうながされて立ち上がる。そして廊下を兼ねた縁側のほうを向くと、迎えにきてくれた女中さんが、

「まあ、お綺麗な花嫁さん」

と、小さく言うのが聞こえた。低いが歯切れのよいみずみずしい声で、千代ははっとその女中さんを見た。えらく上背のあるひとだ。そして、顔がとても四角い。

女中さんが「さ」と言って手を出す。千代はごく自然にその手に自分の左手を預けた。すっと手を出せたことが自分でも意外だった。山田家には女中さんが二人居るが、鈴木の家では女中さんを置いたことがない。家のことはすべて母と千代の二人でやってきた。だから、家の中に家族ではない人がいることにどこか恐れを感じていた。しかし、この見上げるような背丈の女中さんから出た声は実に涼やかで、真っ直ぐで、嘘やお世辞の匂いはどこにもなかった。千代は瞬時に、このひとについていけば大丈夫、という心強さを得ていた。

二人いっしょに玄関を出るころには、胸のむかつきはすっかりなくなっていた。

山田の家にやって来るのは今日で三度目である。一度目は鈴木の両親と挨拶に、二度目は招待されてひとりでお茶とお菓子をごちそうになった。どちらの日も千代はひどく照れくさくて、おじさんや茂一郎の顔をろくに見ることができなかった。ただ山田家の客間の、手の込んだ欄

間だけが記憶に残っていた。

女中さんに手を引かれて車を降り、山田の家をあらためて見上げる。生垣で囲まれた二階建ての家屋は、白い壁が目に眩しい。建ててからまだ三年と経たないのだ。壁と反対に、窓枠や付け柱などの木材は墨を塗ったかのように黒い。この、黒と白の対比が鮮やかで、なんとも粋である。古ぼけた焦げ茶一色の板張りの千代の生家とは大違いで、千代は晴れがましい気持ちになる。女中さんといっしょに中に入ると、客間と仏間のあいだの襖《ふすま》が開け放されていて、あらためて見る欄間はやはり見事だった。

しかしそれよりも千代の目にとまったのは、思いがけないほどの参列者の少なさだった。山田の父に兄弟がないため、親戚が少ないのだ。また、茂一郎の母が亡くなっているためそちらの縁戚もいない。「お年寄りがいないなんて恵まれているわよ」と母が自分の手柄のように言っていた通り、高助の両親も他界している。製缶工場の幹部や取引先、両隣の家族なども招いたものの、鈴木家も叔母一家が来ているだけなので、ざっと見ても三十人くらいしか並んでいない。

参列者の少なさを、千代は目の次に耳で実感した。静かなのである。花嫁が登場しても感嘆の声ひとつ上がらない。厳粛な場とはいえ皆あまりに行儀がいい。高砂に着いてから千代は、この静けさは花嫁である自分が綺麗じゃないからではないかと思い至り、徐々に湿っぽい気分になってきた。

母は千代を「化粧映えする」と褒めたが、ふだんの千代を知っているから「映えている」ことに気づいたのだろう。もとの顔を知らない参列者には、のっぺらぼうのような花嫁にしか見えていないのではないか。千代はかつて志げさんに言われたことを思い出して俯《うつむ》いた。

祝宴が始まってしばらくすると、場はようやく賑わってきた。義父、祖父、父はなから気心が知れているし、山田家の招待客も酒が入るとよく喋る人たちである。弟は目を丸くしてご馳走を頬張っている。花嫁の千代はつくねんと座っているだけだが、隣の茂一郎には何人かが酒を注ぎにやってきた。その合間に、千代は茂一郎の横顔を盗み見た。

色白で、面長である。よく見るとちょっと品のいい顔立ちをしている。

鈴木の家に山田のおじさんとともに茂一郎が挨拶にやって来たとき、美男子というほどではない、というのが千代の受けた第一印象であった。そのことに千代はほっとしていた。

生家と比べて山田の家が裕福であることに、千代は若干の引け目を感じていたのである。山田家は自宅とは別の敷地に製缶工場を持って数十人の工員さんを雇っているそうで、それは下町の工場としては大きな規模に違いない。対して鈴木家は懸命に磨いても煤《すす》けたような借家で、この上容貌まで開きがあっては申し訳ないと思っていたところなのである。だから、茂一郎の素っ気ない顔立ちも、その容貌を裏切らず多くを語らない大人しい性質も、こちらが肩肘張る必要がなくて気楽でよいと感じていた。

それが、婚礼の座で間近に見る和装姿の茂一郎は思いのほか男っぷりが良くて、千代はどぎまぎした。どうしよう、花嫁姿の私よりこのひとのほうが綺麗なんじゃないのかしらん――。

そこへ先ほどの女中さんが徳利を盆に載せて入ってきて、千代はその動きを目で追った。なんとなく目の離せなくなる立ち居振る舞いである。大柄だからだとはじめは思ったが、それだけではない。動きのひとつひとつが素早いのにけして雑でなく、優雅なのだ。徳利を傾けたあと下げる仕草も、しゃがんだ格好も、立ち上がるときの滑らかさも、仇《あだ》っぽいとはこういうことなのかと初めてわかったくらい、いちいち見栄えがいい。

女中さんが徳利をすべて配り終えたとき、千代と目線が合った。彼女は立派に張ったエラを強調するように微笑んで部屋を出ていった。そのとき千代の耳に、

「まあ、お綺麗な花嫁さん」

と言ったときの、女中さんの涼しい声がありありと甦った。

女中さんは、これまで千代が山田の家を訪れたときに姿を見ているだろう。だからあの褒め言葉はやはり「普段とくらべて」という意味合いなのかもしれないが、それでもいいと千代は思った。なにせ今日のじぶんは、ふだんのじぶんよりは間違いなく綺麗なのだから。

充たされた心持ちで、千代は畳に溶け込むようにゆったりと座った。そんな千代の横顔を、今度は茂一郎が凝《じ》っと見ていた。


夕刻にはお開きとなり、義父の高助と茂一郎は取引先の人たちといっしょに浅草《あさくさ》へ出かけていく。玄関先はがやがやと賑やかで、母たちはいつの間にかいなくなっていた。

帯と胸の間に親指を入れて隙間をつくり、ふうと一息ついていると、どこに居たのかというほどの大勢の割烹着《かっぽうぎ》姿の婦人が現れ、あっという間に食膳を片付けていった。手伝いに来た近所の人たちらしい。

「立てますか」

気づくと、あの背の高い女中さんがすぐ傍にいた。千代は言われるまま立ってみる。すると

脚が思いのほか痺れていて、一歩前に踏み出したとたんよろめいてしまった。「あっ」と声を上げたと同時に、女中さんがすかさず肩を抱いて支えてくれる。そのまま身を任せながら廊下に出た。

「お部屋はお二階ですけど、そのままじゃ大変ですから、狭いところですけどちょっとこちらへ」

通されたのは階段の後ろにある六畳間で、どうやら女中さん達の部屋らしい。室内には千代より少し若いくらいの娘がひとり控えていた。

「あたしが頭やりますから、お芳《よし》ちゃんは着物をお願い」

お芳ちゃんと呼ばれた女中さんは無言で千代の帯紐を解きにかかった。顔の四角い女中さんとは対照的にお芳ちゃんは頰も鼻も真ん丸い童顔で、見かけによらぬ機敏な動きでどんどん衣装を脱がせていく。それと同時に先刻からの女中さんが背の高さを生かして千代の高島田を手早くほどく。気づけば千代は浴衣を着せられ、頭も小さくまとめられていた。

「じゃあ、お芳ちゃん、運んできてちょうだい」

はい、とお芳ちゃんは部屋から出てゆき、千代がわけもわからず立ち尽くしていると、女中さんは膝をたたんで形よくその場に正座し、

「本日はおめでとうございます。私はずっと前からこちらのうちのお世話になっています、お初といいます。今後ともどうぞよろしゅう」と頭を下げた。

きちんと挨拶され、千代も慌てて正座した。こちらこそよろしくお願いします、とお初さんよりも頭を低くしたところへ、お芳ちゃんが戻ってきた。

ふたりが正座して頭を下げているので、お芳ちゃんは手に持った盆を慌てて鏡台に置いて、じぶんも正座した。そして「この子は女中のお芳ちゃん。この新宅が建ったあとから働いてもらってます」と紹介されると、お芳です、と、額を畳にこすりつけた。

お芳ちゃんが持ってきたお盆には、おむすびと香の物と番茶があった。なにも食べていない千代のためのものである。

「では、あたしたちは助っ人さんたちを見送りに」

そう言ってふたりは出て行ったが、たぶん千代をひとりにしてくれたのだろう、千代は辺りを気にすることなくおむすびを頬張った。一口食べると自分が空腹であることがよくわかった。きつめに塩をした焼鮭入りのおむすびと、千代の好みの古漬けのたくあんと白菜をむさぼるように平らげた。

ちょうど番茶を飲み終えたとき、お芳ちゃんが戻ってきた。

「お風呂が沸きました」

脱衣所に連れて行かれる。お芳ちゃんもいっしょに入ってきたので千代はぎょっとした。まさか、背中まで流してくれるつもりなのだろうか。じぶんはこの家の嫁であり、お姫様ではない。これからは女中さんたちとともに立ち働いていく身分である。

浴衣を脱いでいいものか千代が戸惑っていると、お芳ちゃんはしばらく横に立っていたが、やにわに、

「ハッ、すみません。私がここにいてはお脱ぎになれませんよね」

と慌てて外に出て行った。

千代はひとりになって、浴衣を脱ぎ、風呂場に入った。新しい浴場はまだ木の香りがする。手桶には糊のきいた手拭いが掛かっていて、新しいシャボンも置いてある。家ではぬか袋しか使ったことがない千代は、濡らした手拭いに恐る恐るシャボンをこすりつけた。

なんとも甘い匂いがする。

その甘い匂いの泡を、千代はじぶんの身体に塗りつけていった。乳白色のシャボンはおそらく舶来のものだろう、泡の手触りのなめらかさといったらなかった。お初さんとお芳ちゃんがこれを用意してくれたのだ。手拭いもおろしたてで、風呂も沸かしたばかりの一番風呂だ。

それもこれも、婚礼の一連の儀式を初夜まで恙《つつが》なくまっとうさせようという、ふたりの心づくしである。千代は神妙な気分で唇を噛み、身体じゅうを丁寧に洗い上げた。

湯に身を沈めると、手拭いできつくこすりすぎたのか熱さが肌にしみた。のぼせないようにさっと風呂から上がると、脱衣所にはいつの間にか寝巻が畳んで置いてあった。

寝巻で身をくるみながら、千代はさっきのお芳ちゃんの慌てた様子を思い出して笑みを浮かべた。

嫁を迎えるというのは、女中さんたちにとっても初めてのことなのだ。それどころか、これまで山田家は高助と茂一郎の男所帯だったのである。嫁入りが千代にとって人生の節目であるように、山田家にとっても新しい家族を受け入れることは一大事だろう。たとえ千代のような印象の薄い嫁であっても。

廊下に出ると同時に、女中部屋からお芳ちゃんが現れた。互いに微笑んで会釈しあう。

「こちらへ」

お芳ちゃんは千代を振り返りながら階段を上がる。

「そういえば、さっき、お初さんが、お部屋は二階とおっしゃってましたね」

「はい、旦那様もはじめは二階にいらしたんですけど、ちかごろは膝が痛いとおっしゃって、一階の仏間で寝起きされてます。ですから、若旦那と奥様でお二階まるごとお使いいただけます」

「まあ、二階、ぜんぶ」二階へ上がるのは今日が初めてである。

二階には和室が三部屋並んでいる。はじめの部屋の前を通り過ぎるときに千代が襖を眺めると、その仕草に気づいたお芳ちゃんが襖をちょっと開けてくれた。

「ここは以前旦那様が書斎として使ってました。もっとも今は階段を上られませんので……」

たしかに今は使われていないらしく、文机と座布団が形だけ据えられている。お芳ちゃんはその部屋の襖を閉め、隣の部屋に千代を招じ入れた。

「お使いいただくのは、こちらと、奥の間になります」

真ん中の六畳間に、鈴木家が支度した嫁入道具の行李《こうり》が置いてある。襖で隔てられた奥が八畳間で、千代は息を呑んだ。若い夫婦に与えられた部屋の広さにも驚いたのだが、八畳間に、布団が二組並べて敷かれている。

八畳間は薄暗く、枕元のガラスランプだけが妖しく灯っている。千代が唾を呑み込むぐびりという音が、静かな二階に大きく響いた。どれくらい大きかったかというと、お芳ちゃんがぎょっとしてこちらを振り向いたほどである。

いよいよ母の教えを実践するときがやって来たのだ。

枕が並んだ布団から視線を動かせず、目の表面が乾いてきた。血走っているのかもしれない。お芳ちゃんはそんな千代を不気味に思ったのか、そそくさと階下に去っていった。

ふと我に返り、千代はどこでどうやって茂一郎の戻りを待つべきか、所在なく行李の蓋を開け閉めしたり、布団の周りを歩いたりした。しかしあまり動き回っているとせっかく流した汗がまた滲《にじ》んできてしまいそうで、布団の脇の畳の上にじかに正座し、母の教えを頭のなかで諳《そら》んじながら瞑目した。

ようやく茂一郎が帰ってきたのは、千代の脚が痺れきったころだった。

茂一郎はだいぶ酒が入っているのか、どかどかと喧《やかま》しい足音を立てて階段を上がり、物凄い勢いで手前の元書斎の襖を開けた。部屋を間違えたと気づくまでに少々の間があり、そのあとふたたび足音がして、真ん中の六畳間の襖が乱暴に開けられた。

色白の頬を上気させた茂一郎の眼が、八畳間に座る千代を見据えた。

茂一郎がゆっくり歩いてきて、千代は身を固くした。彼は千代のすぐ前でしゃがみ込み顔を近づけ、

「なんだ、もう化粧していないのか」

千代の顎に手をやって顔を上へ向けさせた。

これまでの大人しさとは打って変わった荒々しい手つきである。酔っぱらった茂一郎と対峙するのは初めてだ。無造作に上体を起こされた千代は、ちょうど布団の上にくずれる格好になり、正座で痺れていた両脚がほどけた。

滞っていた血流が一気に解放され、両脚がくるおしいほどむず痒《がゆ》くなる。思わず悲鳴を上げ

そうになるのを千代はこらえた。この不快感をなんとかしようと、脚をこすり合わせたりして身悶《みもだ》えしているうち、いつの間にか千代の寝巻はほとんどはだけられていた。茂一郎は帰宅した勢いで、このまま床入りするつもりらしい。

脚の痺れと羞恥とで、千代はもうなにがなんだかわからない。ただ、茂一郎にのしかかられ、なまで触れ合う他人の素肌のあまりの熱さに驚いていた。じきに脚の痺れもおさまり、混乱のなかで千代は、従順に、茂一郎さんに身を任せて、ということだけを考えた。やがて千代の膝が割られ、茂一郎は千代に入ろうとしてきた。

「い……た……」

千代は思わず声を洩らし、茂一郎は動きを止めた。千代の腹のあたりに茂一郎のつめたい汗が落ちて、そのしずくが肌の上を移動して千代の臍《へそ》に流れこんだとき、茂一郎はふたたび力をこめた。

千代は眉間を絞って必死に耐えた。気を逸らそうと、あの忌まわしい母の教えを頭の中で諳んじようとするが、集中できない。どうしても痛さのほうに注意が向いてしまう。しかも想像とは異なる痛みである。めりめり来るのかと思われたそれは、引っ張られるような疼痛である。このままでは、皮が、肉が、千切れる。ああ、痛い、いた……

「いたいっ！」

叫んですぐ、千代は息を呑んで目を開いた。いけない。痛いと言ってしまった。しかもかなりの大声だ。

恐る恐る目線を動かすと、さっきまで千代にかぶさっていたはずの茂一郎が、なぜか布団の足元のほうで尻もちをついている。千代の大声に驚いて飛びのいたのだろうか、仰天したような顔でこちらを見ている。気づけば、自分の右足が伸びている。つい先ほどのおのれの動きを反芻《はんすう》すると、足が、勝手に動いたような気がする。そして、右のかかとに、たしかに、人の肌の感触が残っている。

どうやら、自分は茂一郎を蹴飛ばしたようである。茂一郎の顔がそう物語っている。汗でぬらぬらした品の良い顔は、呆然としたような、泣き出す寸前のような、これはもう被害に遭った者としか思えない気の毒な面差しになっていた。

千代は跳ね起きて、

「も、申し訳ありませんっ」

と頭を下げた。敷布団にひたいをつけ、ガラスランプが薄く灯るなか、敷布の布目を間近に見つめて茂一郎の反応を待った。

茂一郎は無言だった。やがて敷布が擦れる音がしたので千代はすわ再開かと覚悟を固めたが、着物を乱暴に取り上げるような風が起こり、足音が部屋の外へ出て行った。階段を降りる音、玄関を開け閉めする音、と続いたので、茂一郎は外に出ていってしまったらしい。

千代は青ざめて上半身を起こした。一気に汗が引き、背中の表面が冷えている。なんてことをしてしまったんだろうと寝巻を引っつかんだが、今さら追いかけても追いつけまい。のろのろと寝巻を着こんで布団の上に座った。しばらく襖のほうを眺めていたが、茂一郎が戻る気配はないので、隣の部屋の行李を開け、自分の荷物を見て気を落ち着かせた。一番上に手拭いが乗っており、それで汗の残る襟足を押さえたら、手拭いに風呂で使ったシャボンの匂いが移った。

「──いい匂い……」

小さな声で呟いて、薄暗い部屋を見廻した。

初めて過ごす立派な家の広い部屋で、自分の呟く声を聴いたらようやく我に返った。今日は朝から自分が自分でなかったような気がする。ああ、ここにいるのはいつもと変わらぬ私なのだと、終日昂《たかぶ》っていた千代の気持ちは急速に鎮まった。

布団を整えて横になった。天井の木目を眺めていると、さっきの茂一郎の顔が浮かんでくる。大変なことをしてしまったと、あらためて焦りが押し寄せてくる。初夜だというのに、夫は出て行ってしまった。母の教えを守れなかったばかりでなく、暴力まで振るってしまったのだ。しかも、手で押したのならまだしも、足蹴にしてしまった。

それでも、あの痛さから解放されてよかったという、安堵の気持ちもあった。とりあえず今は逃れたという安らかさと、ひとり残された気まずさで、千代は、明日へ向けて建設的な気分になっていた。今度こそ我慢しよう。そして夫に身を任せて、従順にして、たしなみを失うまい。今日はしくじったけれど、今度は無事に勤めてみせる。でも、あんなに痛かったということは、私はもう女になったのだろうか──。

夫の戻らない広い寝室で、千代はいつの間にか深く眠っていた。

イロハモミジ、ヤマボウシ、柚子《ゆず》……。

嫁いでからひと月と少しが経ち、季節は晩秋に入ったが風は暖かく、庭の緑はまだ盛んである。千代は庭の樹木を端から指差し、その名前を頭の中で諳んじる。

柚子の隣の、あれはなんといったっけ。あの、枝の細い……。

山田家の家屋はなかなか大きいのだが、住宅や商店が密集した下町にあるので、庭はさほど広くない。縁側を飛び出てちょっと駆ければ塀にぶつかってしまう。

だから庭掃除は楽な労働である。おそらく、それゆえお初さんが千代に割り当ててくれたのだろう。

その広くない庭の樹木の名を、一本一本、この一カ月の間にお初さんがすべて教えてくれた。地面にはまだ落葉もなく、箒《ほうき》で掃いても集まるのは石ころだけで、千代はすぐ掃除の手を休めて木々の名を思い返す。どうしても、あの、柚子の隣の木がわからない。黄色くて丸っこい葉っぱとは対照的に枝ぶりが貧弱だから、弱々しいような名前だったろうか。

実のところ千代は、植物に興味がないのだ。花を見てもほとんど心がときめかない。可憐だとは思うものの、それをわざわざ家に活けようなどという気は起らない。茎を切ったり水を替えたりする面倒くささが先に立ってしまう。

そんなところも、母に呆れられていたのだっけ――。

千代はうなだれた首を上げ、あらためて庭を見渡した。せっかくお初さんが丁寧に、さも庭木を愛おしそうにひとつひとつ教えてくれたのだから、ちゃんと覚えよう。柚子の隣の枝の細い木の名前はあとでまた教えてもらおう。庭をぐるりと囲む生垣、千代の背丈より少し低く、でも厚みはたっぷりあって、小さな葉がびっしり生えているあの木の名前も教えてもらった。何という木だったっけ。なにやら面白い名前であったような記憶はあるのだが、なにしろ一遍に言われたので……。

そのとき、垣根の枝がざわざわと動いた。

千代は身構えた。風は吹いていない。人影もない。なのに、垣根の地面に近いところだけが、わさわさ音を立てている。葉っぱが揺れて、盛り上がっている。箒を握りしめたまま目を凝らしていると、葉陰に、黒っぽくて毛むくじゃらな生き物が顔を見せた。

（狸！）

思わず箒を倒しそうになった。

上野の山で狸を見たことはあるが、ここいらは街なかである。まさか狸がいるなんて。

千代は目を輝かせて二、三歩垣根に近寄った。植物に興味はないが、動物は好きなのである。鈴木家のお隣が飼っていた犬のシロなど毎朝学校に行く前に触らせてもらったものだ。晩年は薄汚れてシロというより灰色になったが、脇腹を掻いてやると寝そべって喜んで、懐っこい可愛い犬だった。シロが死んだとき、千代はお隣のうちの人よりも派手に泣いた。

「千代さん、お庭終わったら、お昼の献立を——」

縁側に現れたお初さんに、千代は飛びついた。

「お初さん、いま、狸が」

「狸？」

「ええ、そこの垣根の下に顔を出して」

「いや、このへんに狸は——。あっ、そこの垣根とおっしゃいましたね」

お初さんは庭に降りてきて、垣根の前に屈み込んだ。

「ああ、やっぱり」

枝の中に手を差し入れ、躊躇《ちゅうちょ》せず狸を引っ張りだした。

「えっ、さわれるんですか、狸」

「狸じゃありません。虎です」

その焦げ茶色の毛むくじゃらを抱えてお初さんは立ち上がった。

「トラオです。この家の飼い猫」

千代は駆け寄ってお初さんが抱く毛のかたまりを覗き込んだ。犬だけじゃなく猫も大好きなのだ。顔を見たいが、猫はお初さんの胸に顔を埋めていてこちらを向いてくれない。みっしりと豊かな被毛は焦げ茶に黒の縞柄で、手足の先だけが足袋を履いたように白い。それにしても、どうにも猫とは信じがたい。丸まった身体は大柄なお初さんの上半身を覆い隠すほど膨らんでいる。

「猫ってこんなに大きくなるものですか」

千代がその毛に触れると、思いのほか柔らかく、ふわふわしている。そしてその下の、これまた柔らかな身体が小刻みに震えているのが伝わってきた。

「おびえていますね」千代は手を引っ込めた。

「とびきり臆病なんですよ。名前に似合わず、このトラオは」

「虎みたいな縞柄だからトラオなんですね」

「それだけじゃなく、まだ子猫のときにこのへんに流れてきたんだけど、そんときはそりゃあ精悍《せいかん》な顔してたんです。それこそ虎みたいにキリッとして。それで旦那が気にいって、オスの虎と書いて虎雄だって」

「今は精悍じゃないんですか」たしかにこの丸い体つきから、虎のような顔は想像できない。

「そうねえ……、意気地のなさが顔に出てきちゃったっていうか。なんせ、千代さんがこの家に来てからというもの、一度も家に上がってきませんでしたしねえ」

「ひと月も、ずっと？」

「軒下に置いたご飯はなくなってるから、食べてはいるんだろうと安心してましたけどね。でもこうやって庭に顔を出すようになったってことは、千代さんが居ることに慣れてきたのかもしれませんね」

「ずっと外から様子見てたのかしら……、なんか悪いことしたみたい。今だって、あの垣根の中に隠れたりして」

「ああ、あの垣根はね、もともとあそこの下に居るのが好きなんですよ。臆病者が身を隠すにはもってこいなんでしょう」

へえ……と、千代はトラオが潜んでいた辺りに目をやる。

「そうだ。お初さん、あの垣根の木って、なんて名前でしたっけ。教えてもらったのに、私忘れちゃって」

お初さんは上体だけで振り返って垣根を見る。トラオの巨体を抱えているのに立ち姿がさまになっている。

「ああ、あれはね、イヌツゲっていうんですよ」

「イヌツゲ？　猫のお気に入りなのに、イヌツゲっていうんですか」

ふたりで声を揃えて笑っていると、トラオがお初さんの胸元からこちらを見上げた。

「あっ、かわいい！」

トラオの顔はかつて精悍だったとは思えないくらい目も輪郭も真ん丸で、千代は思わず声を上げた。トラオは恥ずかしそうにお初さんの胸にまた顔を埋めてしまった。

「……でも、やっぱりこれは虎というより狸ですよ」

「ふふふ。狸でも虎でもなくて、猫なんですけどね」

お初さんがトラオを地面に置いてやると、彼は真っ黒な目で千代を見上げ、そして太い肢を大儀そうに前後させて家の中に駆けていった。

「良かった、家に入ってくれた」千代はほっとして息を吐く。

「これで全員が揃いましたね」お初さんも満足したような笑みを浮かべ、「さて、お昼の献立決めちゃいましょう」と縁側に上がった。

「あっ、お初さん、もうひとつ」

「はい？」

「あの、柚子の隣にある木って、なんて言いましたっけ。あの枝の細い……」

「ああ、あのヒョロヒョロとした。あれはね、マンサクっていうんです」

「マンサク……。へえ」

ひょろっとした華奢な木に人間の男のような名前がついていることが意外で、千代は四方に枝が伸びた複雑な樹形をしばし眺めた。

「さて、次はいよいよお肉屋さんですね」

頬を強張らせて言うお芳ちゃんの顔が青ざめていて、千代は「ぷっ」と噴き出した。

「どうしましたか、奥様」お芳ちゃんは真面目な顔を崩さない。

「い、いえ……。お芳ちゃんがあまりに真剣なので」

笑いたいのをこらえながら千代が答えると、お芳ちゃんは眉尻を引きつらせて、

「まあ、奥様は怖くないんですか」

ずっしり重くなった買い物かごを両手に提げたまま千代に近寄ってくる。

ふたりは昼食前に揃って家を出て、乾物屋、八百屋、豆腐屋、という順でたっぷり買い物をし、最後、肉屋に向かっている途中なのである。

食料の買い出しはふだんは千代がひとりで行っているが、今日は買うものが多いのでお芳ちゃんと一緒に出ている。

千代が嫁入ってからの家事の分担は、お初さんが決めてくれた。千代の生家に女中がいなかったのを知ると、「それじゃあ、あたしが決めてもいいですかね」と、千代の手際を窺いつつ三人の受け持ちを割り振ってくれたのである。

すぐに任されたのが買い出しだった。はじめ千代は、嫁入ったばかりの自分に息抜きをさせようとしてお初さんが割り振ってくれたのだと思った。でも、他所で女中奉公をした経験のあるお芳ちゃんによると、前の奉公先でも買い出しは家の奥さんがしていたという。

「なにせ財布を持って出るわけですから」

お芳ちゃんにそう教えられ、お初さんがこの家の嫁として自分を立ててくれていることに千

代は気づいた。新参者の気分でいたが、ほんとうは主婦として女中さんを采配していかねばならない立場なのだ。

千代の母は、千代によく家事を仕込んだ。女中を置いていない家だったので、千代が手伝うのは当然のことだった。だから千代は、煮炊きも掃除も洗濯も繕いものも、大抵のことは一人前にできるという自負があった。

千代は婚礼の翌日から十日ほどの間に、昼食をひとりで膳立てしたり、廊下や窓を拭いたり、畳を掃いたりした。その試験期間の結果、任されたのが楽な庭掃除と買い出しだったのである。食事の仕度は三人でやるが、千代が火を使うことは滅多になく、洗い物や皮むきなどの簡単なことばかり頼まれる。

どうも自分の負担が軽い。遠慮されているのか、それとも腕が悪いのか――。

千代が思い悩んだのはほんの二、三日だった。自分の腕が及んでいないからだとすぐにわかったのだ。

お初さんとお芳ちゃんの働きぶりは見事だった。掃除や裁縫の早さも、仕上がりの美しさも、千代や母と比べても段違いである。しかしそれ以上に差があるのが、食事の内容であった。

鈴木の家で出すものとはまったく違う。食材の種類も、かける手間の数も多い。鈴木の家では魚は焼くか煮たもの、野菜は煮物かお浸しか酢の物、あとは漬け物や佃煮、汁物がせいぜいであったが、山田の家ではまず凝った前菜が出る。これで高助と茂一郎は酒を呑むのだが、この前菜に、肉料理があったりする。牛肉を焼いて薄く切ったものを冷やしたり、甘い汁でガラス器に浸けたり。ほかにも煮凝《にこご》りに蟹を入れたものや、大根を花の形に切って花芯がわりにイクラを載せた美しいものが出てきたりする。一見鈴木家と同じようなきゅうりの酢の物も、食べてみると旨味があって今まで食べてきたものとは全然違う。一度お初さんが料理しているところを見ていたら、鯵《あじ》を洗ったあとの酢で酢の物を作っているのだった。

洋食の日もある。千代は一度だけ精養軒《せいようけん》でビーフシチューを食べたことがあるが、あれは外で食べるものだと思っていた。お初さんはシチューもビフテキもお手のものだ。高助が肉を好むので、週に何度も肉を焼いたり煮込んだりする。

それで、今日である。

先日、高助が経営する製缶会社の新工場が落成した。震災後の食糧配給に缶詰が用いられてからというもの製缶業界は有卦《うけ》に入り、下谷の工場だけでは生産が追い付かなくなって埼玉の草加《そうか》に工場を新設したのだ。めでたい業容拡大を高助の好物で祝おうということで、お初さんが珍しい牛の舌を肉屋に注文した。

牛の舌！

タンと呼ばれるそれが食べられるものであることは千代も知っていた。しかしそれを自分で料理する機会が訪れようとは考えたこともなかった。それを肉屋に引き取りに行くことも——。しかも切って売っているのかと思えば、ベロはまるごとだとお初さんが言う。まるごと煮込んでシチューにするのだから切ってあってはいけないのだという。千代は、肉屋でまるごとのベロを受け取ることを考えただけで血の気が引いた。

そして千代以上に怖気づいているのがお芳ちゃんだった。お芳ちゃんは山田家で働くようになって初めて牛を食べ、それが美味なものであることは知っているがまだ生肉に触れたことはないという。凝った料理はいつもお初さんがひとりで作るのだ。

「いままでお遣いはお初さんが行ってたから肉屋さんも行ったことなくて……。あれ、目の前で切り離したりするんでしょうか」

「まさか。ベロだけを売っているわよ」

「ああ、もう切ってあるんですね」お芳ちゃんは安心した顔になる。

「でも、今日は牛のベロまるごと買うんですってよ。いったいどんなのかしら……」

「牛のベロなら私、食べたことあります」

「あら、すごいわ。どんなだった？」

「甘辛く煮たやつがお正月に出ましたけど、薄くって小さかったですよ」

「小さいって、どれくらい？」

「手のひらほどもありませんかねえ……」

「そんなものなの？　じゃあ触っても怖くないわ」

勇んで千代は肉屋に向かった。

そして渡されたのがなんとも重量感のある巨大な塊で、紙で包まれたのを両手で受け取って千代は総毛だった。

「重たいし、冷たいわ」青ざめた顔でお芳ちゃんのほうを向くと、

「そりゃあ、冷やしてあるんでしょう」さも薄気味悪そうな顔で千代のかごを開く。

千代は紙包みをかごに入れ、代金を支払ってふたりで肉屋をあとにした。

「手のひらどころか、ずいぶん大きいじゃないの」お芳ちゃんに恨みごとを言うと、

「食べたのはほんとうに小さかったんです」いくぶん肩をすくめながらも、タンを持っていない気楽さからかお芳ちゃんの足取りは軽かった。

「それって、これを薄く切ったあとだったんじゃないの」

「……そうだったのかもしれません。食卓には何枚も出ていたから、いったい牛を何頭殺したんだろうって気になってたんですけど」

「きっと、煮込んだあと、お初さんが切りわけたのね」

「そういうことになりますね」

「これを、煮込んで、何枚にも切ったのね」

ふたりは黙って歩いた。しばらくして千代が、

「お初さんて、すごいわね」としみじみ言うと、

「すごい人です。なんでもできるし、優しいし」お芳ちゃんは力をこめて頷いた。

「私、お初さんに奥様って呼ばれるのが妙な感じがして、千代って呼んでもらうようにしたの」

「ああ、そういえば、千代さんって呼んでますね」

「お芳ちゃんも、私のこと奥様なんて呼ばないでいいわ」

「いやあ、奥様は奥様ですから……」

お芳ちゃんはそう言ってからしばらくもじもじとして、意を決したように「あのう、千代さん」と恥ずかしそうに話しかけてきた。

千代が敢えてさりげなく「なあに？」と返すと、

「私、千代さんが奥様でよかったです」

などと、意外なことを言う。

「どうしたの、急に」

褒められることに慣れていない千代が照れて帰る足を早めると、お芳ちゃんは小走りに追いついてきて話を続けた。

「……私、お初さんのことは大好きで、お初さんみたいになりたいって思ってるんですけれど、ずっとそばにいると緊張しちゃって」

「わかるわ、尊敬するってそういうものよ」

「それで、私、千代さんのことも、お嫁入りの日から優しい奥様だと思ってうれしかったんですけれど、お初さんと比べるとなんだか安心するというか……」

「そりゃあ、私はお芳ちゃんと大して齢が離れていないし、お初さんみたいなしっかり者でもありませんからね」

照れ隠しできつめに言うと、お芳ちゃんは「いえ、そんな……」と急に言葉少なになり、口の中で何かもごもご言いながら千代のあとをついてきた。

千代はあらためて、自分と二つ三つしか齢が変わらないこの娘が、尋常小学校を出て間もなく親元を離れ、他人の家に住み込んできたことを思いやった。生家は霞《かすみ》ケ浦《うら》近くの米農家だと聞いた。あのへんに牛はいるのだろうか。お芳ちゃんは、牛の姿を見たことがないのかもしれない。

「お初さんのような手本にはなれませんけど、私たち、友達みたいにやっていきましょうよ」

「友達だなんてそんな、滅相もない」

「だって、お芳ちゃんにお給金払っているのはお義父《とう》さまだもの。私とは友達でもいいじゃないの」

「そういうわけにはいきません」

見た目から丸々として柔和なお芳ちゃんは、ここで意外な頑固さを見せた。ならばと千代は、

「そう言うなら、私の荷物とお芳ちゃんの荷物、交換してよ」

牛の舌の入った買い物かごをお芳ちゃんの目の前に突き出した。するとお芳ちゃんは、

「それだけはご免こうむります」

きっぱりと言い切り、早歩きで千代を追い抜いたあとふふっと笑って振り返った。


帰ってすぐに夕餉《ゆうげ》の仕度が始まった。

千代は、台所に入るたびに胸が躍る。山田の家の台所は千代にとって初めて見るものばかりだ。

千代の生家の台所は土間に竈《かまど》、板の間に水場を置いたよくある造りで、竈も水場も地べたに近いため、火加減するのも包丁を使うのもすべて座り込んでしなければならなかった。対して山田家の台所は、板間に腰高の広い台があり、その台の上に火も水も集まっている。千代はこの台所を初めて見たとき目を白黒させた。まず竈を探したのだが、お初さんが指差したのはその台の上に載った七輪である。千代の家にも七輪はあって、そこで干物を焼いたり海苔をあぶったりしたが、山田家の七輪は炭火ではなく瓦斯《ガス》を使うのだという。火の勢いは安定し、そこでご飯も炊ける。うちわで炭をあおぐ必要もない。

またすべてが台の上にあるために、しゃがまずに済むのが驚くほど楽であった。膝が痛くならないし、女三人が台所を自由に行き来できるのはいかにも負荷が軽い。鈴木家の台所でしゃがんで皿を洗ったりしていると、わざとではあるまいがよく母に蹴飛ばされたものである。逆に千代が母に躓《つまず》いて転んだこともあった。

この立ち働き式の台所は西のほうで普及しているそうで、どこかで聞き知ったお初さんの発案により取り入れられたものだということをお芳ちゃんに教えてもらった。

そのお初さんは、千代から買い物かごを受け取るとすぐ、紙の包みを剝がして中をあらためた。そしてためらいなく舌の塊をつかみ、沸かしてあった大鍋の湯に沈めた。

千代は、お初さんが手に持つ塊を横目で覗いてみた。全体に薄い桃色の牛の舌は鶏肉と変わらないようでもあるが、ところどころ黒い斑《ぶち》のような模様が入っている。千代は慌てて目を逸らした。

白黒の牛の毛皮と同じだ――。乳牛と肉牛の違いなどわからない千代はホルスタインの姿を思い出し、ベロまでもあの柄なのかと額に汗をにじませる。お芳ちゃんの姿を探すと、彼女は流しに覆いかぶさるような格好で菜っ葉を洗っていた。

「私、お芋を洗うわ」

千代がお芳ちゃんに身体をくっつけるように流しに割り込むと、お芳ちゃんは、

「置いといてくだされば私が洗っときますよ」

と、すげなく押し返す。夕食まではまだだいぶ間があり、急いで用意するようなものもない。手持ち無沙汰だが舌の鍋には近づきたくなくてもじもじしていると、

「では、豆腐の仕度しましょうか」

鍋の火加減を済ませたお初さんが声をかけてきた。

湯豆腐にはまだ時期が早いので冷や奴でも出すのかと思えば、胡麻豆腐なるものを作るという。初めて聞いた千代はお初さん得意のハイカラ料理だろうと思ったが、胡麻を炒りながらお初さんが話してくれたところによると、それは精進料理のひとつだそうだ。千代は胡麻を擂《す》る役を仰せつかった。

板の間に上がり、家でいちばん大きなすり鉢を柱に押し当てて固定する。大量の胡麻をすりこ木で潰しながら、千代は精進料理と牛の舌料理のなじまなさに首を傾げた。西洋料理を作るお初さんの横で、千代は坊さんの料理の仕度をする。ひとつの食卓にそれらを並べて、果たしてしっくりくるものなのだろうか――。

あれこれ考えながらすりこ木を動かしていたが、胡麻の粒がつぶれて粉になったあたりから、千代は手元の作業に没頭し始めた。すりこ木を回すたびに胡麻の香ばしさが鼻腔にまとわりつく。粒から粉になった胡麻は、やがて油が出てしっとりとまとまりだす。あの粒のどこにこんな湿り気があったのだろうと不思議になるほどだ。手応えの重くなったすりこ木を千代は腰を入れて回し続ける。香りはどんどん濃さを増し、白かった胡麻はねっとりした褐色の糊状のものに姿を変えた。

「ああ、こりゃあいい練り胡麻だ」

お初さんが腰を折ってすり鉢を覗き込んでいる。

「千代さんはきっと根気よく擂るだろうと思ってましたよ。これできっと滑らかな豆腐になる。

胡麻豆腐は多少ぶつぶつしてるのが好きなんて人もいるけど、あたしは断然つるっとしたのが美味しいと思いますねえ」

お初さんは千代からすり鉢を受け取ると、練り胡麻を雪平にあけ、葛粉《くずこ》と混ぜて漉《こ》し、火にかけた。そして「ここも、千代さんの出番です」と木べらを手渡した。「大きく、ゆっくりと、休みなく」というお初さんの声に合わせながら、千代は鍋のなかで木べらをゆったりと動かしつづける。はじめトロトロだった鍋の中味は徐々にもったりと粘りを増し、千代のひたいの生え際からは汗が滲んでくる。手首が痛くなってきたころにお初さんが、

「さあ！　ここで交代」

と雪平の取っ手を持ち、鍋の中味を缶の箱にひといきに流し込んだ。

「これであとは冷やして固まるのを待つだけです」

お初さんは缶の粗熱がとれたのをたしかめ、台所の反対側にある冷蔵箱の扉を開けて缶をしまう。千代はその姿を目で追った。そう、山田家には冷蔵箱もあるのだ。鈴木家にはなかったものだから、千代は自分がそれを開け閉めするたび惚れ惚れするし、お初さんやお芳ちゃんが冷蔵箱を開けるときもついその内部を見つめてしまう。

上の段に氷を入れて下の段を冷やすその箱は、いかにも大切なものをしまうに相応《ふさわ》しい重厚な木製で、まるで蔵戸のように頑丈な鍵と蝶番《ちょうつがい》で密閉されている。取っ手を押し下げて扉を開けると、ひんやりとした空気が漏れ出てくる。箱の中と扉の裏はブリキのような金属で覆われ、この金属によって冷気が保たれるらしい。千代は、冷蔵箱の道具としての便利さ以上に、その佇《たたず》まいに惹かれた。扉を閉めた姿だけでもさまになっているが、中に物がしまわれているとこ

ろに興味をそそられる。かつては母の文庫箱に執着したり、自分はよくよく箱が好きなのだと思う。

山田の家は裕福とはいえ、そう華美にしているわけではない。家の造作などは鈴木家と比ぶべくもないが、高助や茂一郎の身なりは質素だし、銀座《ぎんざ》で豪遊してくることもない。ただ、食事の内容と台所の造りは飛びぬけている。お初さんの采配するところだけ妙に進化して、垢抜けている。お初さんは、どこでこういう技や知識を身に付けたのだろうか。山田家に来る前はよほどのお大尽の家で働いていたのだろうか。

そういえば、お芳ちゃんからもお初さんの前身については聞いたことがない。いつか教えてもらいたいものだ。

冷蔵箱を閉めたお初さんはふたたび火の前に戻り、タンの茹で具合をたしかめたり、昨日から煮込んでいるソースを温め直したりしている。

胡麻を擂ったり鍋を混ぜ返したりといった根気のいる作業はのんびり屋の千代にまかせ、機敏な動作が求められるところは自らがやる、というお初さんの手綱に千代は感心した。たしかに、熱い鍋の中味を千代だったらあんなに大胆に空けられなかっただろう。もたもたしているうちにせっかく柔らかくなった葛を固くしてしまいそうだ。

機敏なお初さんはいまは火の前で静かに姿勢よく立っている。その真っ直ぐな背中が、胡麻豆腐はきっと美味しく仕上がると語っている。千代はこの短い期間でお初さんが自分の得意な部分を見抜いてくれていたことがくすぐったく、雪平を丁寧に、かつ、のんびり過ぎないようにしっかりと洗った。

いつもは一時間で終わる夕餉の仕度が、今日は三時間かかった。

いっしょに帰宅した高助と茂一郎はもう風呂から上がり、かますの昆布締めとこのわたで一杯やっている。女三人は残る前菜を膳に載せて居間に入った。

居間には一枚板の大きな座卓があり、そこで全員がいっせいに食事をとる。

お芳ちゃんによると、「主従そろって卓を囲む」ことはかなり珍しいことだそうだ。

お芳ちゃんが以前奉公していたのは筑波《つくば》山のふもとのお大尽の家で、女中はお芳ちゃんを含めて三人、そのほかに子守が一人、さらに下男が二人もいたそうだ。大所帯のせいもあるが食事は主人一家、女中、下男と場所も時間も内容も異なっていた。女中は料理の仕度を終えたところで大急ぎで簡単な食事を済ませ、主家の食事の給仕をし、最後に下男が食べる。お芳ちゃんとともに寝起きした女中仲間にはもう少し小さな家で働いたことがある人もいたが、やはり主人とともに食事をすることはなかったということだ。

女中も揃って皆で食事をとることは、高助の強い希望によるらしい。

千代は、昔から鈴木の家で機嫌よく愉しげに酒を呑む高助の姿を見てきたので、なるほどあの山田のおじさんならば大勢で賑やかに膳を囲むことを好むだろうと納得した。それに高助は女子供に威圧的にふるまうことをしない人で、千代やお芳ちゃんにも常に丁寧な言葉遣いで接してくる。誰に対しても平たい態度なのだ。

ただ、お初さんにだけは長い付き合いのためか、ときおりぞんざいな口をきくこともある。風呂上りに「湯冷めしないうちにさっさとやっとくれよ」と、忙しいお初さんに按摩《あんま》を頼んだりする。湯で身体が緩んでいるうちに揉んでもらいたいらしいが、お初さんは「はいはい」とどこかうれしそうに仕事の手を止めて小走りで一階奥の仏間に向かう。

「この胡麻豆腐は千代さんのお手製ですよ」浅葱《あさぎ》色の小鉢を配りながらお初さんが高助と茂一郎に微笑みかける。

「ほぉ、千代ちゃんが、これを」くつろいでいた高助は跳ね上がるように居ずまいを正し、伸ばした背を前に倒して小鉢に顔をくっつけんばかりにまじまじと見た。「こりゃあ大したもんだ」

高助が感嘆したのは大げさでもなく、かるた札ほどの大きさに切り分けられた胡麻豆腐は雲《う》丹《に》と松葉で化粧され、もとは精進料理であったとは思えないほど華やかな一品になっていた。仕上げたのはもちろんお初さんだ。鮮やかな雲丹の橙色に、まるで正反対の浅葱色の鉢を合わせたところも彼女の腕である。鈴木の家で目刺しや芋の煮っころがしばかり運んでいた千代を見てきた山田のおじさんにしてみたら、これが千代の手になるものと聞かされて驚くのも無理はない。

「お手製といっても私は胡麻を擂って混ぜただけで……」栗の甘露煮焼きの小皿を膳に配しながら千代がそう言うと、

「胡麻豆腐は固める前の下拵《したごしら》えが肝腎ですからね、仕事が丁寧で根気のある奥様が来てくれて大助かりってもんです」千代の声をかき消すようにお初さんが言う。

「……まあ、あと、松葉を摘んできたのも私でしたかね」

千代が所在なげにひとりごちると、隣の茂一郎が表情を変えず鼻息だけでふっと笑ったので千代はハッとした。

食事中、茂一郎はほとんど口を利かない。

千代ははじめ、自分のことを気に入らないから茂一郎はむっつり黙っているのだろうと肝を冷やしていた。しかし、茂一郎は家でほとんど誰とも喋らない。用を言いつけるときだけお芳ちゃんに声をかける。お芳ちゃんが見当たらないときは不承不承といった態《てい》で千代に言いつける。

会社ではどうしているのだろうと心配になるほど、高助とも碌《ろく》に話さない。よほど寡黙な人なのだろうかと観察しているうち、高助が食事の場にお初さんやお芳ちゃんを同席させてきたのは、茂一郎と二人きりの食事が気詰まりだからではないかとこのごろ思うようになってきた。一献やりながら喋りたてるのは高助ばかりで、それにお初さんが合いの手を入れ、千代が笑う。お芳ちゃんは忙しくたち働きながらも、素早く食事を平らげていく。茂一郎は大人しく飲んで食べるだけだ。

千代が胡麻豆腐に舌鼓を打っていると、二階から軽い足音が聞こえた。

「トラオ？」

珍しく茂一郎が口を開いた。皆天井を見上げる。たしかに、猫が廊下を走って行き来するような足音だ。茂一郎はお日様を見上げるような眩しい目つきでしばし天井を眺め、音がやむと同時に俯き、おちょこを口に運んだ。

「私、今日、初めてトラオちゃんに会いました」

千代は思い切って口を開いた。食事中、高助やお初さんに何か問いかけられれば返事はするが、自分から話し出すのは初めてのことである。

「今日初めて？　そういや、最近姿を見てなかったな」

高助が応じる。するとお初さんがすかさず「今日お庭で、例のイヌツゲの下に隠れてて」と昼間の出来事を話す。

「じゃあアイツ、千代ちゃんに人見知りしてずっと隠れてたのか。しょうがない臆病者だなあ」

「それで千代さんが、猫なのにイヌツゲが好きなんておもしろい、って」

「ははは。爪とぎはもっぱら松だけどな。木肌がごつごつしてるから爪がよく引っかかるんだろう」平らげた胡麻豆腐の鉢から松葉をつまんで高助が言う。隣の茂一郎の鉢を見ると、こちらも松葉しか残っていない。千代はなんとなく気分が高揚し、

「お庭の木、お初さんにぜんぶ名前を教えてもらいました。ヤマボウシとか、イロハモミジとか、いろいろ」

酒を呑んでいるかのように頬を紅潮させながら勢い込んで言う。

「千代ちゃんは樹木が好きか？」

「あ、いえ、実は今までほとんど関心がなくて……。上野のお山の木も何がなんだかよく知らないんです。池の周りに植わってるのが桜ってことはわかるんですけど」

「そりゃあ、桜は子供でもわかるだろう」高助は大げさにのけぞって笑う。

「うちにもいくつか花が咲く木はあるよ。柚子と、あと何だったかなあ、お初さん」

「クチナシも咲きますね。今年はどっちももう終わっちまいましたけど」

「そうだなあ。なにか千代ちゃんが好きな木を新しく植えてもいいな。千代ちゃんはどんな木

がいいか？」

「私は、その、よく知らないので……。それに、これ以上増えると覚えきれないので、今ある木で充分です」

「なにかお気に入りの木は見つかりましたか？」お初さんが訊いてくる。

「お気に入り……」千代は慌てて庭の木々を思い出そうとする。さりげなく窓の外に目をやるが、もう庭は真っ暗で、ガラスに映る自分たちの姿が見えるだけだ。

ふと、ひょろひょろした枝の姿がよみがえった。あの、男の人の名のような木。

「マンサク」

思い出した名前をそのまま言った。なぜか隣の茂一郎がぴくりと反応する。

「マンサク？　そんな木あったか？」高助がお初さんに訊ねる。

「向かって左のほうにある、あの、幹の細い」

お初さんに説明されても、高助は記憶にないようだ。

「黄色い花が咲きますよ。たしか、震災前の庭にも植えてありました」

お初さんの言葉に茂一郎が小さく頷いた。このひと、草花が好きなのかしら——。千代は意外に思う。普段の茂一郎からは、植物を愛でるような情趣めいたものを感じ取ったことがない。

茂一郎の好き嫌いどころか、いまだに、どんな人なのかもよくわからない。食事の場と同様、ふたりで二階にいるときも、茂一郎はほとんど話さないのだ。

千代は、茂一郎の感情の読めないすんなりした横顔を盗み見る。

千代も口まめなほうではないし、沈黙を苦にする性質でもない。だから茂一郎とふたりで二階で静かにしていても、さして気詰まりでもない。しかし気掛かりなことはある。千代はまだきちんと謝っていないのだ。初夜に蹴飛ばしてしまったことを。そしてあの晩以来一度も、茂一郎は千代の身体に触れようとしない。

あの晩、千代はぐっすり寝入り、目覚めたら隣の布団にいつの間にか帰宅した茂一郎が眠っていた。朝餉の仕度を手伝おうと、千代はそおっと身じまいして一階に降りていった。食事の用意が整うと、お芳ちゃんが二階に声を掛けた。茂一郎は寝足りないのかむっつりと降りてきて、何もしゃべらずご飯を食べた。そのあとも、そんな感じのまま、仏頂面を緩ませることなく今日まで生活を続けている。

千代は機を見ては謝りたいと思ってきたのだが、その機が毫《ごう》も訪れない。千代が話しかけようと茂一郎のほうを向くと、茂一郎はすうっと後ろを向いたり、厠《かわや》に立ったりする。話したくないのだろうということは、いかに鈍感な千代でも察しがついた。

また、二人ともやたらと寝つきがいいことも会話を阻む要因となっていた。横になったら一分以内で寝入ってしまうのは千代にとっては昔からだが、一見神経質な茂一郎も、枕に頭を乗せるとすぐにスーッと寝息を立てるのだ。

はじめは、千代に話しかける隙を与えないために狸寝入りしているのかと思っていた。しかし横になったばかりの茂一郎の瞼はぴくりとも動かず、死んだように静まっている。自分よりも寝つきがいい人がこの世にいたことに千代は半ば呆れ、茂一郎の白い横顔を眺めながら追いかけるように自分も眠りに入る。

そんな毎日を過ごしているうちに一カ月が経ってしまったのだった。

まだマンサクの話は続いている。黄色い花が咲くのがいつごろだったか、お初さんが思い出そうとしている。

「柚子よりは早かったと思うんですが――はて」

「マンサクは一番早いよ。まだ寒いうちだ」

茂一郎がはっきりした声でそう言ったので、みな目を丸くした。千代も箸を止めて思わず身を乗り出した。この人と、喋る機会が訪れている。まさかこの場で初夜の失態を謝るわけにもいかないが、千代は、茂一郎と話をしたかった。

「黄色い、どんな花なんですか」

良人《おっと》の横顔をしっかりと見て、訊ねてみた。高助も、お初さんも、息を呑んで茂一郎の様子を窺っている。茂一郎はすぐには答えず、栗の甘露煮焼きをちょっとつついてから箸を止めて、

「小さくて、ひょろひょろした花だ。貧相な花だよ」

不機嫌そうに答える。食卓にしょげたような空気が広がる。しかし茂一郎は、

「でも、それが一遍にたくさん咲くから、なかなか見ごたえがある」

そう言ってからちょっとだけ微笑んだので、皆が一斉に安堵した。

「ああ、あの春先にワーッと咲く黄色いやつな。あれは綺麗なんだ」と高助。

「じゃあ、そろそろ牛のタンにしましょうかね。お芳ちゃん、いっしょに」声の調子を上げて立ち上がるお初さん。

「はいっ。え、舌ですか……」途中から腰が重くなるお芳ちゃん。

茂一郎と千代の短い会話に、明らかに皆が浮き立っていた。私たちが打ち解けていないこと

を、みんなわかっていたんだ……と、千代は恥ずかしくなった。でも皆と同様、千代も安堵し、浮き立っていた。牛の舌でもなんでも食べられる気分になっていた。

お初さんが牛のタンで拵えたのは、シチューだった。白いお皿の真ん中に茶色のどろどろした液体と肉の塊が盛られ、焼き目をつけたじゃがいもと青い野菜が添えてある。

白黒の牛の柄の面影もないので千代はほっとした。手のひらほどの大きさに切り分けられた舌はスプーンでつつくだけでもろく崩れ、茶色のシチューと一緒に口に運べば滋味ぶかい甘さがあった。こんな美味しいものがあるのかと千代は夢中になった。そこへお初さんが葡萄酒を運んできた。

「みんなで呑もう」

そう言い出したのは高助である。お芳ちゃんが追加のコップを三つ持ってきた。高助が葡萄酒をコップに注ぐ。高助と茂一郎とお初さんが同じくらい。千代とお芳ちゃんにはその半分くらい。

「草加工場の落成、おめでとうございます」

お初さんがおごそかに言い、高助らに続いて千代もおそるおそるコップに口をつけた。

ん？　というのが最初の印象だった。もとが葡萄なのだから甘酸っぱい味を想像していたのだが、なんだかしょっぱい。でも不味くはないような気がする。そんな程度だった。それが、そのあとタンシチューを食べると、さっきより美味しい。そして、タンシチューを食べたあとは、また葡萄酒が飲みたくなる。一口飲むと、美味しい。またタンシチューが食べたくなる。そのあとまた葡萄酒が飲みたくなる。

あっという間に千代のコップが空になったのを見て、茂一郎が同じ量だけ注ぎ足した。「大丈夫か」と高助が案じたが、千代はまるで大丈夫だった。いくらでも飲めそうだったが、高助や茂一郎の分まで飲んではいけないと、後ろ髪を引かれながら三杯目は「もう沢山」と断った。祖父や父が予言した通り、どうやら千代はいける口らしかった。高助や茂一郎の顔は真っ赤っかだが、千代は頬にも首にもまったく熱さを感じない。食後の片付けも手早く出来た。お芳ちゃんだけは「私、なんだか気持ち悪いです」と顔を青白くさせていたが、お初さんと千代はまったく普段通りに立ち働いていた。

それが、お風呂に入っているときから鼓動が速くなってきた。のぼせたのかと慌てて湯船から上がると、頭がくらっとして、歩く足がふわふわした。

転ばないように慎重に階段を上がって寝間に入ると、茂一郎は布団の上に胡坐をかいて、膝にトラオを載せていた。

「まあ、トラオちゃん」

声をかけると茂一郎に喉を撫でられていたトラオは顔を上げて、ゆっくり膝から降り、こちらに向かって歩いてきた。すれちがいざま千代を見上げて「ナッ」と短く鳴くと、畳に爪が引っかかるのかぱりぱりと音を立てながら部屋から出ていった。

猫がいなくなって二人きりになると、広々した和室内に、どこかもわりとした空気が漂った。

その晩、千代はようやく茂一郎と結ばれた。

酔いで目が回っているうちにそういうことになり、やはりそのときになると千代はやたらと痛くて、肉だか皮だかがやたら引っ張られて千切れるのではないのかという危機感を覚え、これは茂一郎が何か間違っているのではないかという疑念すら頭をもたげたのだが、歯をくいしばり、なにより足が悪さをしないように気をつけながら身をよじっているうち、にわかにスルッと、茂一郎を受け入れたという実感がおとずれたのだった。

それぞれの布団に別れたのち、千代は、こういうときは何か話したほうがいいのだろうかと、寝巻の襟もとを整えながら言葉を探した。でも喉からは何も出てこなくて天井を見つめていると、茂一郎が、

「マンサクは母さんが好きだったんだ」

ぽつりと言った。

それは独り言のような小さな呟きであったが、千代は「お母さまが？」と訊き直した。しかし茂一郎の返事はなく、かわりに微かな鼾《いびき》が聞こえてくるのだった。

噂話　昭和四年（一九二九年）

「ご免ください」

　声を掛けると同時に勝手口の戸を開け放したまま土間から上がり、台所を覗き込む。「奥さんいるかね？」

　ぬっと現れる化粧っけのない浅黒い顔。日焼けしているわけではなく、年輪が黒ずみとして容赦なく皮膚に刻まれている。まるく見開いた目玉がぎとぎとと脂ぎって、お初さん、お芳ちゃん、千代、と見回し、まな板の上の野菜を抜け目なく盗み見る。

　慣れた御用聞きでもこんなに遠慮なく上がってはこない。とっさに千代は鍋の中に目を伏せる。しかし「奥さんいるかね？」と尋ねられている以上、千代が応対するしかない。奥さんがそこにいることは、ぎょろぎょろした黒目がもうとっくに捉えているのだから。

「こんばんは、タケさん」

　千代は鍋の前から振り返る。すると、

「んまー、そこにいたんですか」

　と、大げさに驚く。いつものことだ。見えていたくせに。こういう芝居がかったところが苦手だと思う。そう、千代はこのタケという女性のことが苦手だ。いや、もっとはっきり言うと、嫌いなのだ。千代はぼこぼこと沸き立つ湯の表面に視線を落とす。

タケは山田家のすぐ近所に住み、夫婦ともども「山田製罐《せいかん》株式会社」で働いている。夫の剛《ごう》三《ぞう》は先代のころから勤める営業、タケはしばらく工員として働いたのち事務員になった。近所付き合いが長いので気が知れていいと、社長の高助が異動させたらしい。千代が嫁入ったときには既に年季の入った事務員で、夫婦そろって祝言にも出ていてくれたそうだ。

会社が引けた夕刻、タケはよく山田家の勝手口に現れる。

用件はまちまちで、すでに帰宅している高助に何か言づけしに来るときもあれば、高助や茂一郎が会社に忘れていった背広だの煙管《きせる》だのを届けにくることもある。取引先からの菓子折りをわざわざ持ってくることも頻繁だ。毎回「会社の人で食べてください」と言って千代は受け取らないのに、「今日会社で、このような大層なものをいただきまして」と、煎餅やカステラの箱を開けて中を見せて報告する。その、わざわざ家の嫁に見せて、勝手に食べたりしていませんよ、と念を押してくるしつこさが、千代のような大人しめの女を尻込ませる。

それだけではない、このごろタケは余計なものまで持ってくるようになったのだ。

「や、どうも、お芳ちゃん。あんたまた太ったんじゃない?」

千代が火加減を弱めている間に、手前にいたお芳ちゃんに話しかけている。お芳ちゃんは言われた内容が内容なので、鍋やざるを洗う手を休めず不機嫌の色を浮かべて曖昧に頷いている。

「タケさん、今日はどうされたんですか」

前掛けで手を拭きながら千代が台所の入口まで出ていく。タケはお芳ちゃんから千代に目線を移し、頭からつま先まで無遠慮に眺め回す。

一奥さんは太った様子はありませんね」

そう言って手に持った袋から紙包みを取り出す。

「これはあたしの妹が嫁ぎ先から送ってきたんですよ。葛粉です」

手渡された紙包みは手のひらに収まる小ささで、送られてきたなかのほんの一部を包んだのだろうということが窺える。しかし葛粉？

「出汁にとろみをつけたりするのにね、馬鈴薯《ばれいしょ》でんぷん使ってやしませんか？　あれは身体を冷やすんですよ。冷えは女の大敵ですからね。ことに、身籠ろうとしているときには」

そらきた、と千代はげんなりする。嫁に来て三年、おめでたの気配がない千代にタケがあれこれ口出しするようになったのは数カ月前からである。

はじめは、山芋を持ってきたのだった。「短冊に切っても旨いけど、できればとろろにして、玉子と混ぜて召し上がってください」と、剛三の故郷から届いたという木片のような土付きの芋を大量に置いていった。言われた通り千代は翌朝のご飯にとろろ汁にして出したが、長持ちするので残りはそれから何日か放っておいた。すると数日後現れたタケが台所の隅に立てかけてある山芋を見つけ、

「ちゃんと食べさしてください。若旦那だけでもいいから」

と、声を荒らげて去っていったのだ。啞然とする千代に、お初さんは「山芋は、精がつくから」と苦笑いして耳打ちした。千代はタケの意図を理解して耳を赤くした。

このおタケさん、嫁入ってしばらくは千代のことをほとんど無視していたのだ。勝手口から台所にずかずか上がってお初さんやお芳ちゃんに話しかけるものの、千代のことは黙殺してい

た。買い出しの際に外ですれ違うようなことがあっても、知らん顔をする。千代から「こんにちは」と頭を下げても、不思議そうに首をひねるばかりで返事もしない。千代は、自分の見た目がありきたりなので憶えてもらってないのだろうと気に留めていなかったが、ある日、茂一郎が履いていった靴の底が剝がれてしまったというので会社に替えを持って行ったときに、事務室から、

「それにしても若旦那の嫁さんは影が薄いねえ。仮にも事業をやる家の嫁がお化けみたいに影が薄いんじゃ、縁起が悪いよねえ」

というタケの声が聞こえ、影の薄い嫁としてちゃんと認識されていることを悟ったのだった。千代は自分が話題とされていることにどぎまぎして、いったん外に出てからわざと事務室に聞こえるくらいの大きな足音をたて、「ごめんください」と声をかけた。そして「あらあら、ご苦労さまです」と悪びれずに出てきたタケに、夫の靴を託した。

帰り道、千代は、靴を受け取ったときのタケの歪んだ笑顔を思い返し、タケは自分が靴を届けにくることがわかって、わざと千代の悪口を言っていたのだとはっきり理解した。他人の意地悪を察知することは、鈍い千代には珍しいことである。珍しいぶん、千代はむかむかした。タケは、千代のなにが気に入らないというのだろう。さっきの言葉の通り、影が薄くて縁起が悪いからだろうか。それとも身ごもる気配がないからだろうか。どうもそれだけではないような気がする。あの底意地の悪さには、なにか別のものが潜んでいるように思える。

山田家の台所では、「とろみづけ」にはもともと馬鈴薯でんぷんではなく葛粉を使う。お初さんの好みでそうしている。だからわざわざ葛粉をもらう必要はないが、千代はお礼だけ言っ

てタケから葛粉を受け取る。代わりになにか持たせてやりたいところだが、それはタケが頑強に断るのでいつももらう一方だ。そのうちマムシ酒でも持ってくるのではないかと、蛇が苦手な千代は気が気でない。

夕食の支度にもどってしばらくすると、帰ったよーという声と、どさりと鞄を床に置く音が玄関に聞こえた。高助が帰ってきたのだ。

ちかごろ高助は日の高いうちに帰宅することが多い。「俺も年を取った」が口癖になり、浅草に飲みに行くことも、千代の実家に遊びに行くこともなくなり、晩御飯は毎度毎度家で食べる。肉料理は牛や豚よりも鶏を好むようになった。鶏肉を叩いていたお初さんは、包丁を置いて高助を出迎えに行く。

お芳ちゃんは菜っ葉を茹で、千代は汁物を料《りょう》る。この三年間で三人の連携ぶりは磨かれ、献立さえ決めてしまえばあとはめいめいがしぜんと自分の持ち場につく。肉料理はお初さんの担当と決まっているが、あとは相談せずとも端から順に仕上がってゆく。千代が野菜を洗い出せばお芳ちゃんが魚をおろすし、お芳ちゃんが湯を沸かせば千代はぬか床からほどよく浸かった大根や茄子を取り出す、といった具合だ。

夕餉《ゆうげ》の仕度は一時間もかからなかった。千代が本格的に戦力化し、ぜんたいの作業速度が上がったというのもあるが、嫁入った当初より品数を作らなくなったのだ。高助の食べる量がだんだん減ってきている。お初さんが気にして、胃腸の先生に診てもらったり、人参やら甘草やらを煎じたものを飲ませたりしているが、ほとんど効果がない。どこも具合は悪くないというが、千代の目に映る高助はなんとなしに小さくなり、静かになった気がする。本人が言う通り、これが年を取るということなのだろうか。

前菜を何品も並べることもなくなり、食べるものは一遍に出して高助は少しのお酒を吞む。今晩は常温のお酒をちびちびやっている。胃を気にしてか、お初さんはきんきんに冷えた冷酒を出したりしない。

「うまいなあ、これは千代ちゃんが味付けたのか」

わけぎのぬたを摘まんで嬉しそうに訊ねる。大仰に美味しがり、さも手柄かのように作った人を讃えるところは以前から変わらない。

「いえ、それはお芳ちゃんが作りました」千代が答えると、

「お芳ちゃんはますます腕を上げたな。こんなコクのあるぬたは食べたことないよ」とお芳ちゃんに笑みを向ける。

褒められたお芳ちゃんは頰を上気させて「そんな」と恐縮する。ぬたのコクの秘密は、お芳ちゃんが酢味噌に混ぜた胡桃《くるみ》である。ごく少量の胡桃をこまかく砕いて酢味噌といっしょにすり鉢で擂《す》った。実はお芳ちゃんは酸っぱい味が得意ではないが、胡麻や油揚げなどの香ばしいものと一緒だと美味しく感じてちゃんと食べられる、というところから思いついた工夫なのである。

食事を終えると高助はすぐ一階奥の寝室に下がり、お初さんもついていく。以前は寝る前だった按摩《あんま》を、このごろは夕食のあとすぐにやる。身体をほぐして酒が抜けたころ風呂に入ったり、按摩を受けた格好のまま朝まで寝入ってしまったりとまちまちらしい。

下げた食器を千代とお芳ちゃんで洗っていると、玄関が開く音がした。「ただいま」という

かすかな声が聞こえる。茂一郎だ。

千代は皿洗いをお芳ちゃんに任せ、小走りで玄関に出てゆく。茂一郎の鞄を受け取り、脱いだ靴を揃え、いっしょに二階に上がって着替えを手伝う。一連の流れも慣れたものである。

「お酒は」

「熱いのがいい」

「はい」

ぬるいのがいい、冷たいのがいい、という日もあり、だいたいこの三種類のうちのどれかが返ってくる。麦酒はあまり好きではないのか、夏場でも頼んでこない。今時分のような暑さが残るころに熱燗を所望する一方、雪の日に冷や酒を啜ったりもする。よくわからない人である。

千代が一階に降りると、お芳ちゃんが茂一郎の食膳を整えてくれていた。

お燗をつけ、食卓に運ぶ。茂一郎はすでに座についている。わけぎのぬたを「うまい」と盛んにつついている。千代はお銚子を傾けながら、

「そっちの、白和えは私が作ったんです」

と、さりげなく主張する。すると茂一郎は隠元《いんげん》の白和えに箸を伸ばし、「うん」とだけ言う。ちりめんを混ぜたのが千代の工夫だが、今日に関してはお芳ちゃんのぬたに軍配が上がったらしい。

今年に入って草加工場の工場長の体調が悪く、休みがちになっている。茂一郎は会社に入ったころから営業部長の役を与えられているが、工場長の代理として週に一回は草加に顔を出すようになったので、不在時に溜まった仕事の片付けで帰りが遅くなることが多くなった。茂一

郎を除く面々で先に夕食をすませ、茂一郎の食事には千代だけが介添えするのが習慣になりつつある。

女中が先に食事を済ませることにお芳ちゃんは恐縮していたが、茂一郎はそういうところは気にしない。わりに神経質で、ズボンに皺が寄っていたりするとうるさくアイロンをかけ直させたりするが、男でございい、といった居丈高なところはない。高助の明るさは受け継いでいないものの、やはり親子だなあと千代は思う。

「君も呑んだら」

お猪口《ちょこ》を軽く持ち上げて、茂一郎が言う。一杯付き合うよう千代に勧めるのはそう頻繁ではない。千代は「はいっ」と弾けるように立ち上がり、新しいお燗をつけ、自分のぶんのお猪口とともに食卓に向かう。今日の茂一郎はお酒の進みがだいぶ早い。機嫌がいいみたいだ。会社でなにかいいことがあったのだろうか。それとも——。

千代はいそいそと茂一郎の向かいに座り、お酌をする。すると茂一郎がお銚子をとって千代のお猪口に注ぐ。話が弾むわけではないが、沈黙して気まずくなったりもしない。この三年で、茂一郎も千代も、お互いの存在に慣れてきている。

「工場長さんの具合はどんなですか」

温め返したおつゆとご飯を持っていったとき、千代は茂一郎に訊ねた。草加の工場長は高助と同じく胃が悪いので、千代は病状が気になっていた。

「ん、あまり良くないみたいだ」

茂一郎は言葉少なである。工場長が良くないということは、茂一郎が草加に出勤する回数はもっと増えていくだろう。ますます帰りが遅くなるのかもしれない。

食事を終えると茂一郎は風呂に入り、千代は台所で控えていたお芳ちゃんと片付けをする。お芳ちゃんは千代たちが呑んでいる間に二階に布団を敷き、おそらくこのあとは女中部屋でつくろい物などをするのだろう。

茂一郎と入れ替わりに、千代が風呂に入る。舶来のシャボンが置いてあったのはさすがに嫁入りのときだけで、いまはぬか袋を使っている。千代は熱燗で火照った肌をさらに念入りに、真っ赤になるまでこすった。

酔いは回っていたが、浴槽に浸かった千代の目は冴えていた。茂一郎が千代に酒を勧めたということは、今宵は、ことに至るのかもしれない——。

何カ月ぶりだろう、と千代は指折り数える。直近のそれは、たしか、梅雨入り前のことだったろうか。だとすると、もう三カ月間何もなかったことになる。

ふたりの間に子ができないことについて、タケは気を揉んでいるようだが、千代自身は何も不思議に思っていなかった。自分が石女《うまずめ》だろうかと疑ったこともない。なぜなら、碌《ろく》に子を作る行為をしていないからである。

茂一郎と千代の夜の生活は、惨憺《さんたん》たる結果に終わった初夜が暗示していたのか、その後も順調とは言い難いものだった。

なにしろ千代は痛いのである。痛いということは母からさんざん聞かされていたが、それは最初の一度だけのことだろうと思っていた。しかしながら、二度目以降もしつこく毎回痛い。痛くなかったことなどない。男女のあのことを千代は、しぜんと艶めいていくものと予想していた。いずれは快楽を伴っていくものなのだろうとぼんやり期待していた。それが、三年経ってもただの苦行なのである。千代は、茂一郎が技術の点においてとくべつ未熟なのではないかと疑ったことさえある。

苦しそうな千代の様子を気にしてか、その最中の茂一郎もまたちっとも楽しそうでない。はじめの一年はそれでも月に一、二回は誘われていたが、うまくいかず未遂に終わることも頻繁で、茂一郎ににじり寄られると千代がびくっと身を固くしたりするから、二カ月に一回、三カ月に一回と夜の機会は遠のいてきた。しかも三カ月ぶりのそれが散々痛い思いをしたあげく途中で断念したりする。そんな状況だから、身籠らないのがむしろ自然なのである。

千代はジレンマに陥っていた。できれば夜の営みは避けたいが、いつまでも子供ができないのでは困る。茂一郎は山田家の一人息子で、かつ、山田製罐株式会社の跡取りなのだ。跡取りの跡取りを自分は産まなければならない。

柄にもなく使命感に燃えて風呂から上がり、手早く身体を拭う。寝巻に袖を通したとき、千代は、おのれの胸がかすかに高鳴っていることに気がついた。

なにしろ三カ月ぶりなのだ。また苦行に終わるのかもしれないが、それでも、肌と肌がなまで触れ合うというのは、とても親密な感じがするものだ。夫と裸でくっつき合って、ただ互いの温みを感じているだけで身籠ることができたら、どんなにいいだろうと千代は思う。

千代と茂一郎は、けして不仲ではない。どちらも静かな性質で、ことに茂一郎は不機嫌と思われるくらいむっつりしていることが多いが、寝起きを共にしてみると意外と感情が平らかである。それでもはじめのうちは千代を素通りして用事は必ずお芳ちゃんに頼んでいたのだが、だんだんと、郵便を出しに行ったりボタンをつけ直したりといった簡単なことは千代に言いつけるようになってきた。お初さんのように目端がききはしないが、逆にそのおっとりしたところに茂一郎が安心しているのではないかと、千代は鈍いなりに当て推量している。おっとりしているのはお芳ちゃんも同様で、だからどちらに頼むのも茂一郎としては気安いのかもしれない。

そんなわけで、少ないながら会話もあるし、雑事において日々の交歓もあるのである。二人きりで居ても、気疎《けうと》い感じもない。

ただ、それだけといえば、それだけなのであった。男女の情愛はおろか、家族としての濃い感情のやりとりもない。女学校時代の同級生だった志げさんに対して抱いているほどの親しさも芽生えていない。千代は茂一郎のことをほとんど何も知らないし、また、茂一郎も千代について何も知らないままなのである。

夫婦は年輪を重ねると言葉が少なくなると聞くが——それは語らずともわかり合えるようになるのか、あるいは言葉を交わすと反吐《へど》を催すものなのかはわからないが——、自分たちは何ごとをも経験せぬまま、いきなり枯れた関係に到達してしまっている気がする。日々が平穏ならば、それでもいいのだろうか。

階段を上がっていると、実家の両親の姿がふいに思い出された。父と母は、千代が嫁入るころになっても、けっこう話をしていたと記憶している。二人は仲が良かったのだろうか。いや、あれは母が一方的に父に物を言っていただけだったかもしれない——。

義父たちはどうだったのだろう。亡き義母については、大人しいが酒を飲ませるといける口だったと昔高助から聞いたことがある。あとはタケが「辛抱づよいお方でしたよ」と話していたこともあるが、どんな夫婦だったかは聞いたことがない。

親たちのことを考えていたら、だしぬけに千代の耳に、母の「人形のようでいてはならない」という閨《ねや》の教えがよみがえった。あの執拗な母の教え。千代はぞっとして、耳を押さえて頭をふる。しかし、しばらくその格好で立ち止まった後きっと顔を上げ、「その通りなのかも」と呟いた。自分は、母の言葉をもっと咀嚼《そしゃく》すべきだったのかもしれない。たしかに、いつまでも生娘のように痛がってばかりではいけないのだ。

二階の廊下を、滑るように進んでいく。奥の部屋からはなんの音もしない。茂一郎は静かに千代がくるのを待っているのだろうかと、唾を飲みこむ。

そっと襖《ふすま》を開けた。部屋は薄暗く、枕元のランプがぼうっと灯っている。ふたつ並んで敷かれた布団のちょうど真ん中あたりで、茂一郎が——自分の腕を枕にして、横向きで寝入っていた。薄く開いた口から洩れる寝息は深く、どうやらこのまま朝まで目覚めそうにない。

前のめりでいた千代は脱力し、布団の脇に立って夫を見下ろした。疲れているのだろう、死んだように静かな顔で眠っている。肩透かしをくった千代の、ぬか袋で磨き上げた身体が所在ない。

気を取り直して、手前の和室に置いてある嫁入道具の行李を開けた。千代のこまごましたものの収納場所になっているのだ。

いちばん上に、白地に金色の葉模様があしらわれた美しい缶の箱が入っている。いつか高助が出先で貰ってきた、舶来ものの焼菓子の缶である。製缶会社を営んでいるからか、こういった珍しいものがたまに手に入る。

中のビスケットを皆で食べお茶を飲み終えたあと、お初さんが両手で缶を持ち上げてしげしげと眺めた。お芳ちゃんもうっとりと見ている。ビスケットを食べる前から中味より箱が気になっていた千代は、誰かが何か言い出す前にと、「あの、その箱、もし使い道が決まってなかったら、私にいただけませんか」と、急《せ》き込むように言ったのだった。

ふだん出しゃばらない千代が急に物を欲したので、皆が目を丸くしてこちらを見た。茂一郎もキョトンとしていた。千代は若いわりに身なりを地味に作っている。華美に装ったところでどうせ誰の目にも留まらないだろうというのもあるが、そもそもが地味好みなのである。しかしこの箱は別だった。

千代の頭に、憧れていた母の文庫箱の記憶が呼び覚まされたのである。あの、母が頻繁に開けたてしていた和紙の箱。あの市松華紋の箱も見事だったが、この白と金の箱はあれとは別の魅力にあふれている。千代は遠慮も忘れてそのきらびやかな箱を所望し、いったんは驚いた皆も、箱が千代のものになることに異論を挟まなかった。

その白い美しい箱に、千代は、嫁入りのときに持ってきた箱にあった色の綺麗な端切れや糸くずなどを入れている。ことあるごとに行李から取り出しては、パカンと音を立てて蓋を開け、中の物をあらためる。志げさんが結婚の報告にくれた葉書も入っている。それらをひととおり見ては、しまい直して、蓋を閉める。中を確かめるよりも、出し入れする行為が千代にはだいじだった。母の愉しみが今になってよくわかる。

箱を行李にしまう。少々物音を立てても茂一郎は起きやしないので、ぞんざいな手つきである。「さて」と布団に戻ろうとしたとき、千代は部屋の中に違和感を覚えた。妙な気配がする。

首筋がざわつくような感じである。

布団の上の茂一郎を振り返った。さっきと変わらない姿勢で眠っている。なにも異常なところはない。でも、なにか変だ。この部屋はどこかおかしい。

千代は座ったまま和室を見回す。寝室と違って手前のこの部屋は狭く、そこへ抽斗《ひきだし》箪笥を置いているのでよけいにせせこましい。

その箪笥の上に小さい光がふたつ泳いでいるのが目に入り、千代は「ひいっ」と膝を崩した。恐る恐る目を見張ると、のっそり動き出すトラオの姿が暗闇のなかに浮かび上がった。光る目でこちらを捉え、猫背の丸みに逆らうようにむーんと体を伸ばしている。それから箪笥の下を覗き込み、降りあぐねているのか「ぬー」と小さく鳴いた。

どうやら行李を踏み台にして昇り降りしていたようだ。千代は慌てて行李を箪笥に寄せ、ついでにトラオを抱きかかえて降ろしてやった。「重いっ」と千代が唸ると、トラオは白いキバを覗かせ「にゃっ」と抗議したが、暴れたりはしなかった。この三年間ですっかり千代に懐いたのだ。

トラオは廊下に出て行った。そこで外から酔っ払いか何かの怒鳴り声が聞こえ、トラオは四本足で立った姿勢のままその場に飛び上がった。臆病なところは相変わらずである。窓の外をチラチラ気にしながら階段のほうへ消えていった。

千代は布団に横たわり、それにしても、なんだってトラオはあんな暗がりでじっとしていたのだろう――と、可笑《おか》しくなった。そしてふいに、トラオはこれまでも暗がりから人間たちの様子を観察していたのだろうか、という疑念が湧いてきた。

千代は、布団の上から簞笥のほうを眺めた。すると、暗闇の中のトラオが茂一郎と千代の閨の様子を見つめている絵が浮かんできた。茂一郎の肩のずっと後ろから、不思議そうな顔でこちらを覗いているトラオ――。

千代は背中にじっとり汗を掻いて、珍しくその晩なかなか寝付けなかった。


空気がからりとしている日は、つい水を使いたくなる。

千代は家じゅうの敷布を洗い、雑巾を絞って廊下を拭き、台に乗って欄間も拭き、冷蔵箱の中も拭き上げた。

朝は冷えたので腰巻を二重にしたが、動いているうち汗ばんできたので、千代は二階の窓の桟《さん》を拭いたついでに腰巻を一枚はずした。着物の下から無理やり腰巻を引き抜いたので、帯の下がぐちゃぐちゃに崩れて気持ちが悪い。うまく収まらないかとおはしょりを引っ張ったり押し込んだりしながら階段を降りていると、女中部屋からお初さんが出てきた。

千代は階段の途中で立ち止まり、お初さんの姿を見詰めた。

お初さんがあまりに綺麗だったからだ。外出着をまとって、きちんとお化粧もしている。

ふだんのお初さんは着古した木綿に割烹着《かっぽうぎ》を重ねて、それでも上背があって姿がいいから、同じような身なりの千代やお芳ちゃんよりは段違いに見栄えがする。襷《たすき》がけをして立ち働く姿も、千代やお芳ちゃんは袖が不格好に丸まっていかにも労働中という風情なのに、お初さんは袂《たもと》が小さな翼のように畳まれて背中の紐のバッテンすら装飾のように映えている。それがさらに今日は張りのある縞柄のお召しを着ているので、きりっとしたお初さんの魅力が凄いくらい引き立っているのだ。お召しは男が着るような焦げ茶と黒の渋い柄だが、わずかに光沢があって、よそゆきであることが一目でわかる。うすい緑色の帯留は、何の石だろうか——、千代にはわからないが、暗い色合いのなかでつるりと光る楕円形の石が、なんとも粋である。ああ、お初さんはなんて垢抜けているんだろう、と千代は誇らしい気持ちになる。

奥の間から高助が出てきた。銀鼠《ぎんねず》の大島に墨色の羽織を合わせ、こちらもやはり洒落《しゃれ》ている。

「もう出たほうがいいかな」

「まだ早いですよ」

「せっかくだからお堀端でも散歩しよう」

「それもいいですね。電車で行きます?」

「や、円タクで行こうや」

交わす言葉の調子はいつになく浮わついていて、草履に足を入れる高助の背中からはしゃいだ心持ちがにじみ出ている。

今日、二人が出掛ける先は帝国劇場《ていこくげきじょう》である。取引先から帝劇の公演に誘われ、券は二枚あるというので高助ははじめ茂一郎と千代に譲ろうとしたが、茂一郎は草加でそれどころではないとすげなく断った。茂一郎が忙しいのに千代が出掛けるのも気がひけ、最終的に高助とお初さんで行くことになったのだ。

「どうせなら〝澤正《さわしょう》〟が観たかったなあ」

人気の新国劇の座長だった澤正こと澤田《さわだ》正二郎《しょうじろう》は、山田家からほど近い下谷小学校の出身である。それで高助は気にかけていたのだが、この年の春先、澤正は若くして急逝してしまった。

そのうち観ようと思っているうち結局観そびれてしまったと、高助はしきりに残念がっていたのだ。

「演《だ》し物はなんでしょうねえ」

「それが聞いてないんだ。劇場の前で待ち合わせて、券はそこで受け取ることになってるから」

楽しげな二人といっしょに、千代とお芳ちゃんも玄関に見送りに出た。

外はまだ明るく、陽に当たった高助の大島紬がただの鼠色ではなく、緑がかっていることに千代は気づいた。それがお初さんの帯留の色と同調して、落ち着いた色合いにもかかわらず二人ともとても華やかに見える。お初さんのことだから、高助の着物に合わせて自分が身に着けるものも決めたのだろうと、千代は深読みして感服する。

連れ立つ二人の後ろ姿を見送って、千代とお芳ちゃんは目を見合わせて微笑み、家のなかに戻った。

「ふたりきりになっちゃったわね」

「はい。若旦那も今日はお帰りにならないし、こんなことは初めてですね」茂一郎は草加に泊まる予定になっている。

「晩御飯は……、お義父さまとお初さんは外で済ますっていうし、私たちだけで、どうする？」

二人は顔を見合わせて肩をすくめた。どちらから言い出すともなく、ご飯だけ炊いて、あとはぬか床の古漬けや海苔で適当に済ませようということになり、互いにほくそ笑んだ。こんな手抜きの夕食は初めてで、それだけで心が躍るのだから二人とも安いものである。

「じゃあ私、お米を研いでおくわ」

な音をたてて米を研いだ。

米を三合ばかり計っていると、勝手口のほうで物音がした。千代は眉をひそめ、わざと派手

千代は台所に行き、お芳ちゃんは庭に面した和室に向かう。

「私は虫干ししたのをしまってきますね」

「ご免くださいな」

タケがぬっと顔を出す。千代は今初めて気づいたように「あら、おタケさん」と腰をかがめ

たまま振り返った。

見ると、タケは手ぶらである。身体を冷やさないものや精のつくものを持参したわけではな

いらしい。千代は手を拭いて、「今日は、どうなさったんですか?」とタケに歩み寄った。

「今日、社長はお出かけなんですね」

「ええ、そうです。取引先からお誘いをいただいて」

「取引先のお誘いに、お初さんを連れてったんですか?」

どうやらタケは、高助とお初さんが歩いているところを目撃したらしい。

「ええ、そうです」

「仕事の用事で?」

「いいえ、取引先といっても、今日はお芝居に誘われたんです。帝劇に出かけたんですよ」

「ははあ、お芝居ね。なるほど」

「なるほど?」

「あのお初さんでしたらね、お芝居にも詳しいでしょうから。それで連れてったんですね」

「はあ……」

千代はタケの言うことがいまひとつわからないが、賢いお初さんならば何でも知っているという意味なのだろう、と一人合点した。

高助とお初さんが並んで歩いているところなど珍しいから、タケはそれでわざわざ話しに来たのだろうか。もう話は終わったと思って千代が流しに戻ろうとすると、

「あのお初さんねえ、やっぱりねえ……」

タケは何か言いたげに入口の引き戸に寄りかかっている。

「お初さんがどうしたんですか」千代は半分だけ振り返る。

「やっぱり、ああやってきちんと着物着ると、さまになってますよねえ。さすがですねえ」

「ああ、そうですよね。本当に綺麗ですよね」お初さんが褒められたので、千代は頬を緩ませた。しかしタケは、

「綺麗？　あの人が？」

と、黒い顔のなかの目を剝《む》いてさも意外といった表情をしている。

「ええ、綺麗です。お初さんは本当に垢抜けてて、私はいつもほれぼれします」

「綺麗ってこたあないでしょう。あんなに顔が四角くて、図体も大きくて……」

「はあ？」タケがお初さんをぬけぬけと腐すので千代は気色ばんだ。しかしタケは構わない。

「あれじゃあ芸者だって売れるわきゃありませんよ。それでも、着こなしや化粧のうまいところはさすがですけどね。いくらお茶を挽《ひ》いていた芸者だって、私なんかよりはいいなりしてたでしょうしね」

「芸者？」千代はタケの早口を消化しきれない。

「ええ。奥さんもご存じでしょう？　芸者上がりだって」

「いいえ、知りません。そうなんですか？」

「そうなんですか、って……。ここいらじゃみんな知ってる話ですよ」

「はあ、そうなんですか」

千代は社交的ではないが近所付き合いぐらいは普通にやっている。買い出しに出たときや、表を掃いているときなど、近所の奥さんや商店のおかみさんたちと言葉を交わす。もっとも、千代が嫁なのか女中なのかわかっていない人も多そうだが。

でも、お初さんが芸者上がりとか、そんな話をしてくる人はいなかった。千代はお初の前身がなんだったのかを初めて耳にし、ああ、それでお初さんはあんなに粋なのか、と合点がいった。千代はかつて友達の家で、都新聞《みやこしんぶん》に載った芸者の写真を見たことがあった。みな華やかで、きら星のように美しかった。芸者というのはやっぱり玄人で、そんじょそこらの女とは磨きのかけられかたが違うのだとため息をついたものだった。

「奥さんはよくよく大人しいひとですねえ」

タケは呆れたような顔をしている。そして、千代の反応の薄さが物足りないのか、さらに話を続けた。

「そんなぼうっとしてたんじゃ、妾にこの家を乗っ取られちまいますよ」

さすがにこの言葉には千代も引っかかった。

「妾って、なんのことですか？」

「あれ、奥さんはこれも気づいてないのかね。本当に鈍い嫁さんだ」

「妾って、茂一郎さんに妾がいるってことですか？」

今度はタケが目を丸くした。

「誰が若旦那の話をしてるんですか、奥さん。まったく話のわからない人ですねえ」

「おタケさんこそ、いったい何の話をしているんですか」

「お初さんですよ。売れない芸者だったのが、社長に落籍《ひか》されて、ここの妾になってるんじゃないですか」

「え？　そんなこと――」

千代は眉をひそめて言葉を失った。

タケの話を鵜呑みにして驚いたわけではない。噂話のひどさに呆れたのである。近所でどんな作り話が出回っているのか知らないが、お初さんはれっきとした山田家の女中頭である。高助とも気の置けぬさっぱりした関係だ。千代はそう言い返してやりたかったが、訥弁《とつべん》な自分が何を言っても言い負かされそうだし、もうタケと対話を続けているのが厭になった。

「おタケさん、すいません。晩御飯の仕度があるので」

一方的に切り上げることにした。タケはいろいろ喋って満足したのか「はいはい」と大人しく帰っていき、千代は米研ぎに戻った。

タケの話の内容も、こちらの反応を愉しむような表情も、千代には心底不快だった。米よりも自分の耳を洗いたいぐらいだ。

じゃっ、じゃっと規則正しい音をたてて米を研ぐ。不機嫌の残る千代の手には知らず知らず力が籠り、冷たい水が沁みて皮膚は赤く染まった。

「お芳ちゃん、ごめんなさい」

茶碗を差し出して千代は謝った。千代が力まかせに研いだせいで、米粒が砕けてご飯がお粥のように柔らかく炊けてしまったのだ。

「なんてことないですよ。味は変わらないですし」

お芳ちゃんはゆるゆるのご飯に梅干しをまぶして旨そうにかっこむ。千代は申し訳ないやら情けないやらで、焙《あぶ》ったたたみいわしをちみちみとついばむ。お酒が呑みたくなるような味だが、留守番のときにこっそり呑むのはさすがに憚《はばか》られる。

「なんだか、なつかしいです」

お芳ちゃんはそう言って、大根のぬか漬けをぽりぽり噛む。

「古漬けが？」

「いいえ、こういうご飯です。ここに来る前に居たところでは、しょっちゅうこういうのをいただいてましたから」

筑波山のふもとのお大尽の家の話である。お芳ちゃんたち使用人はご主人が起き出す前に漬け物だけでご飯をいっぱい食べ、夜はお給仕を終えたあとやはり漬け物と、おみおつけだけでご飯を済ませたという。たまに出る目刺しがご馳走だったそうだ。

「腹持ちするように、とにかくご飯だけはたらふく食べました」

「旦那様たちは、まったく別のものを食べるのね？」

一そうです。それでも、ここの家みたいないいものは食べていませんでしたよ。せいぜいお刺身ぐらいで。それが、まさか自分が、牛の舌を食べるようになるなんて」

「牛の舌ねえ……。ふふっ、あれはとくべつよねえ」

「ここの家で働けて、本当に自分は恵まれてます。台所は立派だし、女中部屋は広くて、ちゃんと日も当たるし。前の家では薄暗い四畳半に三人で寝てました。もっとも毎日働きづめで疲れてすぐ眠っちゃうから、狭くても暗くても構わなかったんですけれど」

「あら、今だって六畳間にお初さんと二人だもの、広くないじゃない。二階なんてがら空きで、申し訳ないくらいよ」お初さん、と口に出してみると先刻のタケとの会話が思い出された。

「いや、それが……」お芳ちゃんが口ごもる。

「どうしたの？　お芳ちゃん」

「――いえ、十分広いです。押し入れも大きいし」

「でも箪笥や鏡台や火鉢だって置いてるから、布団二枚敷いたらいっぱいでしょうに」

「いえ……」

　お芳ちゃんは急に大人しくなり、しばらく二人黙って食事に専念した。漬け物を噛む音だけがやたらと響く。

「そういえば」千代は海苔をもんでご飯の上に散らしながら、「さっき、お米研いでるときにお夕ケさんが来てね」と、タケがお初さんを芸者上がりだと言っていたことを話してみた。

「ああ、向島《むこうじま》の芸者さんだったそうですね」お芳ちゃんはけろりと言う。

「あら、お芳ちゃんも知ってたの？　お初さんから聞いたのね」

「いえ、表を掃いてると近所の人が話しかけてきて、それで知りました」

「ああ、そう……」近所の人は自分にはそんなことを話さないのに、と、千代は少し厭な感じがした。「お芳ちゃんにはそんな話するのね。おタケさんなんて、今日、もっとおかしなこと言ってたのよ。なんか、お初さんがお妾さんだとか」

お芳ちゃんの箸が止まる。

「むかし芸者さんだったからって、それだけでそんなふうに決めつけるなんて、ねえ」

「……近所の人もそう言ってました」

「そうなの？　噂話っていい加減なものねえ」

「――千代さん、千代さんは気づいてませんでしたか？」

「なにを？」

「若旦那は、お初さんのこと、何か言ってやしませんか？」

「え？　ううん。何も。そもそもろくすっぽ喋らないんだから」

「若旦那は、お初さんとちっとも話をしないんです」

「ええ？　でもそれは、お初さんがお義父さまの面倒みて、お芳ちゃんが茂一郎さんの当番のようになってるから、話す用事がないんじゃないの？」

千代は聞き流そうとするが、お芳ちゃんは「いえ、おかしいです」と譲らない。

「私それで、大奥様が亡くなったあとお初さんが妾として家に入ったんだとしたら、若旦那はそれが面白くないいんだと思って――、若旦那は堅物ですから」

「………」

「それに、それに、さっき千代さんは女中部屋は二人じゃ狭いんじゃないかっておっしゃいましたけど」

「ええ」

「狭くなんかないんです。だって、あの部屋で寝てるのは私一人なんですもの」

「えっ」

「お初さんは、旦那様の部屋に按摩に行ったあと、毎晩そのまま帰ってきません」

「えっ」

「私もはじめは、ずいぶん長い按摩だと思ってました。それで、布団はお初さんの分も敷いてから寝てたんですけど、朝になってもいつもいなくて、だから私、そのうち自分の布団しか敷かなくなったんです。お初さんは毎晩、奥の間で旦那様と寝起きしてるんです」

「えっ」

「……そんな、〝えっ〟以外のことも言ってください。それで、近所の人からお初さんはお妾さんだって言われて、ああそうなんだ、って納得しました」

「でも、昼間はお初さんは女中部屋にいるじゃない」

「そうなんです。荷物も全部女中部屋にあります。押し入れには三味線もしまってあるんです」

「お妾さんだったら、ふつう部屋は別になるんじゃないの？」

「ええ、それで私わからなくて、千代さんがお嫁に来る前、一度、お初さんに訊いたことがあるんです」

「……なんて？」

「お初さんは、ここの家の女中頭さんなんですか？　って。そうしたらお初さんは、そうですよ、って。だから私、よくわからなくなっちゃって、考えるのよしたんです。どっちでもいいやって」

お芳ちゃんのこういうところは自分と似ている、と千代は思った。

「だから、今、千代さんからお妾さんって言葉を聞いて、久しぶりに思い出したんです」

「……でも、お義父さまとお初さんが、そんな――」

千代は鈴木の家に来ていたころの高助の姿から、現在の高助までをひといきに思い出す。当たり前だが、「男」という感じはしない。高助は優しいおじさんであり、義父でしかない。それが、お初さんの前では違う姿を見せているのだろうか。千代は、高助にお初さんがしなだれかかる姿などを想像しかけ、目をつぶって頭を振った。

ふたりはそれからもくもくとご飯を三杯ずつも食べ、後片付けをする。お芳ちゃんはお風呂を沸かしにいき、千代は、時季の早い綿入れを出してきてつくろう。はじめに茂一郎の、次に自分のえんじ色の綿入れを出し、襟や裾のほつれたのをかがっていく。茂一郎のは銘仙だが、千代の綿入れは絣《かすり》の古布なのでごわごわして刺しづらい。針目が不揃いになり、ときおり自分の指も刺す。千代は針を髪の間に差し込んで油をなじませる。下腹にぐっと力を入れ、一針一針刺しているうち、千代の頭のなかはどんどん静かになっていく。手が滑らかに動いて縫い目の乱れもなくなったころ、千代は、どっちでもいい、ということに決めた。お芳ちゃんと同じく、自分も、お初さんが女中頭だろうがお妾さんだろうがどちらでもいい、と放っておくことにしよう。べつにどちらかに決めなくてもいいではないか。女中頭とお妾さんの両方なのかもしれないし、あるいは片方かもしれない。どちらにしたって、千代は今日よけいな話を耳に入れただけで、お初さんはお初さんにちがいないのだ。賢くて、きれいで、優しいお初さん――。

ガラガラッと引き戸が開いて、「帰ったよー」と高助の声がする。酔っているようだ。一階で「はーい」とお芳ちゃんが応えている。千代も二階から「はーい」と大きな声で言い、階段を降りてゆく。

玄関ではお酒で上気した高助と、いつもと変わらない顔色のお初さんが草履を脱いでいた。

「お帰りなさい。お芝居はどうでしたか？」

千代が問うと、二人は顔を見合わせて苦笑いする。

「それがさ、芝居じゃなかったんだよ」

「えっ？　帝劇なのに？」

「そうなんです。今日の演目はギターの演奏会だったんですよ」

「ギター？」

「楽器ですよ。西洋の三味線みたいなものです」

お初さんの三味線が女中部屋の押し入れにしまってあるという話を聞いたばかりなので、千代はどきりとする。しかしお芳ちゃんは、

「その、ギタってのを弾きながら、西洋の唄を唄うんですか？」

と、素朴な質問をしている。高助が手をひらひらと振って答えた。

「や、お芳ちゃん、三味線と違って、唄わないんだ。ギターを弾くだけなんだよ」

そこでお初さんが長い指で口元を隠して噴き出した。

「旦那様ったら、それで、退屈だったらしくて、途中から船漕ぎだして」

「なんだよ。お初さんだって途中寝てたじゃないか。俺は見たぞ。ゆらゆらして」

「私は寝やしませんよ。拍子をとってただけです」

「怪しいもんだな」

楽しげに言い合うふたりの様子は、男女というより幼馴染のようである。

お風呂沸いてます、とお芳ちゃんが告げると、高助はご機嫌な調子のまま風呂場に直行した。

お初さんは台所で水を飲んでから、女中部屋に入って、普段着に着替えて出てきた。肌の上の白粉《おしろい》はまだ塗りたてのように艶やかだが、紅だけがきれいに拭いとられて、皮膚の色のあらわになった唇が形よく結ばれている。そのさまが妙に仇っぽくて、千代はお初さんの端然とした横顔をぼうっと見上げた。


何日かぶりで茂一郎が草加から帰ってきた。

風呂から上がると布団の上に胡坐をかいて、「肩揉んでもらっていいか」と珍しく千代に按摩を頼んでくる。千代自身は肩が凝ったことがなく、それがどんな感覚なのかわからないのだが、父や祖父にもよく肩を揉まされたのでコツはつかんでいるつもりである。

親指で頸《くび》の付け根を押すと、なるほど強張っている。押しても凹まない。千代は板が入っているような茂一郎の肩に体重をかけ、指の関節で押したり、手のひらのふっくらしたところで強めに撫でたりした。茂一郎は黙ってうなだれている。

「力仕事でもされたんですか。こんなに凝って」

「いや、寝床のせいだよ。工員の休憩室があって、そこに布団敷いて寝てるんだが、板張りだし、煎餅布団だし——あいたたたっ」

「すみません、強すぎましたか」

「いや、効いているからいい」

「工場長さんは、相変わらずお悪いんですか」

「休養してもらうことにしたが、たぶん復帰は難しいだろう」

「それじゃあ、別の人を？」

「なかなか適任がいないから、しばらくは僕が工場長を兼ねる。草加にいる日のほうが多くなるだろう」

「まあ、ではずっと板の間に？」

「だから、部屋を借りることにした。草加の事務員の家が、ちょうど部屋が余ってて、下宿人を探しているそうだ」

「それじゃあ……、私も、そちらに移ったほうがよろしいんでしょうか」

「いや、事務員のお母さんも住んでいて、身の回りの面倒を見てくれるから、心配ない」

「そうですか……」

背骨沿いの張っているところを押している千代の声に、戸惑いの色が混ざった。嫁である自分が、忙しい良人《おっと》を放って、お初さんやお芳ちゃんと今まで通り楽しく過ごしていていいのだろうか。その葛藤まじりの声が、茂一郎の耳には落胆しているように聞こえたのかもしれない。

「——月に一、二回は帰ってくるから」

いつになく優しい声色で言う。

千代の手が茂一郎の背中から腰に向かって下りていくと、ふいに沈黙が訪れ、甘やかな空気が漂った。

茂一郎は千代の按摩に上体を揺れるままにし、くつろいではいるが居眠りはしていない。頭はしゃんと起っている。

布団はすでに二人分きちんと敷いてある。一階からは物音も聞こえず、外も静かである。箪笥の上にトラオが潜んでいる様子もない――。

なんとなく、このままことに進みそうな予感がする。貴重な子づくりの機会が訪れそうだ。しかし、千代は今日家じゅうの床と畳の拭き掃除を引き受け、汗みずくになっている。せめて汗を流したい。それに、茂一郎の肩はいまだ硬いままで、これをもっとほぐしたい気持ちもある。千代はとりあえず話を続けることにした。

「月に一、二回しかお戻りになられないいんじゃ、二階は私一人だけですね」

「そうだな」

「この広い二階に一人だけってのも、なんだか心細いものですね」

千代はせっかくの空気を壊さぬよう、わざと甘えるようなことを言う。

「前の家はもっと小さかったけど、震災で焼けて、ずいぶん大きくしたからな」

「前のおうちは伺ったことがないんです」

「そうだったか。前の家は――」

「新築してらっしゃるって話を嫁入りする前に聞いて、それがずいぶん立派だって父が言うもんですから、私、とても楽しみにしていて」

茂一郎が何か言い足そうとしているところに割り込んでしまったことに千代は気づいたが、そのまま喋り続けた。

「――それで、実際に見たらほんとうに広々として、祝言の日なんか頭がぽーっとしてしまったんですけれど、実際暮らしてみると、お掃除が大変だったりして……なんて、贅沢言って。ふふっ」

茂一郎は急に相槌《あいづち》を打たなくなった。千代は眠っているのかと思ったが、その様子もない。千代は調子づいて沈黙を埋めるように話を続けた。

「欄間なんて本当に見事ですし、階段の手すりまで意匠が凝ってたりして……、お義父さまの趣味ですかねえ。洗練されていて。あと何より、お台所が立派で――」

「お初の趣味だろう」

茂一郎は冷水をかけるような口調で言い放った。千代の按摩の手はびくりと止まる。茂一郎は後ろを振り返りかけ、また前に向き直ってから、いつもの落ち着いた声色に戻って、

「俺は、前の家のほうが好きだった」

と呟いた。

それから「按摩はもういい。寝る」と千代の手から離れ、布団をかぶってしまった。千代は唖然としてしばし掛布団の柄を見つめていたが、すぐに茂一郎の寝息が聞こえたので、隣の和室に移った。いつもの習慣で白い缶箱を開けようとしたが、その気にならず行李の蓋を閉め、風呂に入りに降りた。

身体を洗っていると先刻の茂一郎の声が甦り、ぬか袋を持つ手がつい止まった。千代は顎まで湯に浸かりながら、茂一郎の唐突な不機嫌の原因を探ろうとした。なにがいけなかったのだろうか。自分がべらべらと喋り過ぎたのだろうか。

お初さんを「お初」と呼ぶ声の冷たさが耳に残っている。お芳ちゃんが話していた通り、やっぱりお初さんはお妾さんで、茂一郎はそれを疎ましく思っているのだろうか——。

千代は風呂から出て二階に上がり、鼾《いびき》をかいている茂一郎の隣の布団に入った。そして階下の、おそらく高助の寝室にいるであろうお初さんに思いをめぐらせた。あの敏いお初さんのことだから、茂一郎の冷たい態度には当然気づいているだろう。わかっていて、いつも明るく振舞っていたのか。

なんとか二人の仲を取りもてないかと考えをめぐらせようとしたが、千代はいつも通りすぐに寝入ってしまった。

そして目覚めたら、二人の仲を取りもつどころではなくなっていた。

茂一郎は、千代が話しかけてもろくに返事をしなくなってしまったのである。

朝食に降りてきた茂一郎に「おはようございます」と声をかけてもまるで千代の姿が見えていないかのように通り過ぎ、お芳ちゃんの挨拶には「ん」と返事をする。そして無言のまま朝食を食べ終えると、数日分の着替えをもくもくと風呂敷に包んで草加へ行ってしまった。

その間、千代とは一度も、目を合わせようとしなかった。

秘密　昭和七年（一九三二年）

客間の障子を開けると、なかから線香の匂いがむわっと漏れてきた。

煙たさに千代は目をしばたかせ、室内に入る。開けたときはすんなりいったのに、閉めようとすると途中で何度も戸がつっかえる。すぐそこに横たわっている祖父は起きるはずもないが、うるさい音を立てるのは憚《はばか》られ、千代は木枠を浮かせながらなんとか静かに障子を閉めた。

古い借家はもうあちこちガタがきていて、廊下はきしむし、どの襖《ふすま》も障子もすんなりと開け閉《た》てできない。ほんの数年前まで暮らしていた生家なのに、その不便さを千代はつい山田の家と引き比べてしまう。狭い家なので薄暗いのか、薄暗いからより狭く感じるのか、家ぜんたいが納戸のように蒼然としていて、どこか鬱《うっ》気を誘われる。

ほの暗さのなか、障子紙だけが鮮やかなばかりに真っ白である。

張り替えて幾日も経っていないのか、まだちっとも日焼けしていない。障子紙と桟《さん》の角がぴったり合い、皺ひとつ寄っていない仕事は癇性《かんしょう》な母の手によるものだろう。千代が嫁に出たあとは通いの女中を頼んでいるらしいが、毎日来るわけではないらしい。

ほんの何日か前に障子を張り替える余裕があったところに、祖父の死が急であったことが偲《しの》ばれる。

一昨日の晩祖父はひどい鼾《いびき》を掻いて、翌朝には冷たくなっていたという。千代は昨日から鈴木の家に泊まり込んでいる。嫁に行ってから生家に泊まるのは初めてのことだ。

いや、泊まるのは初めてどころか、嫁に行ってからの六年間ほとんどこの家には帰っていないのである。新年の挨拶にほんのちょっと顔を出すだけだ。祖父や父と二三言葉を交わすと、家の仕事があるから、と千代はすぐに帰ってしまう。近いのだし、寂しがっているだろうからたまには泊まってくればいいのにと高助に言われるが、千代はなるべく生家にはいたくなかった。母と話したくないからだ。

婚礼から六年経っても千代が子をなさないことについて、母に責め立てられたことはない。むしろ祖父のほうが遠慮がなくて、顔を合わすたび曾孫はまだかと訊ねられた。母が口をつぐんでいることは、ありがたい反面不気味でもあった。閉じている口がひとたび開けば、嫁の責任を果たしていない千代に対してどのような悪態が飛び出してくるかわからない。その隙を与えたくなくて足が遠のいていた。

祖父が眠る布団の傍らに座る。千代はさっきまで台所で母を手伝っていたのだが、通夜の助太刀に来てくれた近所のおばさんたちでいっぱいになってしまい、お祖父さんのそばにいてあげなさい、と、母に追いやられたのである。

千代は、白い布の中央に浮き出た祖父の鼻を眺める。祖父は鼻の大きな人だった。長くて、形のよい鼻だった。若いころは男前だったのかもしれない。千代が物心ついたころにはすでに皺だらけのおじいさんだったから、もともとの顔立ちに思いを馳せたことはなかった。

家から遣いの人が来て、すぐ駆けつけて祖父の死に顔を見たときは涙があふれたが、今はもう悲しくなかった。八十三歳というのはかなりの長寿だし、しかも最後の夕食まで酒を呑んできっちりご飯を一人前食べ、大鼾を掻いて眠ったまますこと切れたのだというから、恵まれた最期なのだと思う。南無南無……と口の中で適当な念仏を唱えながら、千代は新しい線香に火をつけた。

そこで、がたがたと障子がやかましく揺れ、開いた隙間のだいぶ上のほうからぬっと顔が現れた。

「なんだ、姉さんがいたのか」

弟の泰夫である。千代は眉を寄せて弟の顔を見上げた。逆光のなかでこちらを見下ろす顔の真ん中に鎮座する鼻が立派で、祖父によく似ていることに初めて気づいた。

「線香を足そうと思ってきたんだけど……」

そう言いながら泰夫は障子の隙間から部屋に入ってこようとするが、腹が邪魔してうまく通れない。昔からぽっちゃりしていたが、近年ことに肥えてきた。むりやり腹で障子をこじ開けようとするが、桟でつっかえてそれ以上は開かない。泰夫は「ま、いいか。姉さんが線香番なら」と言い置いて、障子を開けたまま諦めよく去っていった。

千代は座ったまま障子の前に移動し、木枠のいちばん下をそっと押す。今度はすっとひときに閉まった。また祖父のほうに向きなおり、白髪の間から透ける頭皮の黒いシミを見つめる。この祖父の皮膚と比べると、さっき見上げた弟の肌はなんて白くてすべすべしていたのだろうと思う。千代も弟も吹き出物には縁がなかったが、弟の肌は身体が大きくなるにつれさらに白く滑らかになっていくようだ。よほど栄養が足りているのだろうか。母の丹精の賜物というか、さんざん甘やかされた結果、餅が膨れるように白く大きくなってしまった。千代の特徴のなさとは対照的に、後ろ姿だけで町中の皆が「鈴木の泰ちゃん」とわかる太り肉《じし》である。昨年大学を卒業して日本橋《にほんばし》の貿易会社で働いているというが、実際どんな仕事をしているのかは聞いたことがない。千代には、窮屈そうに椅子におさまっている弟の姿しか思い浮かべられない。

弟とは、子供時代から仲が良くも悪くもなかった。互いに物静かな性分だからだろうか、いっしょに遊んだりもしないかわりに、喧嘩をすることもほとんどなかった。千代は小さいころから母の手伝いをさせられていたから、遊ぶ暇も喧嘩をする暇もなかったのかもしれない。よちよち歩きのころの弟を可愛がった記憶はあるが、べつだん肉親としての強い情もない。雲のように白く大きく膨らんだ今の弟の姿には、どこかうすら寒いような不気味さすら感じる。単に大きな人を見慣れないからだろうか。鈴木の家族は、弟以外はみな中肉中背である。そういえば山田の家も、高助も、茂一郎も平均的な体格だ。もっともお初さんは飛びぬけて背が高く、お芳ちゃんはだいぶぽっちゃりしている。

「千代」

いつの間にか音もなく障子が開いて母が顔を出しているので千代は仰天した。「はいいっ」と慌てて座り直すと、母は怪訝《けげん》そうに首を傾げてから「山田さんがお見えよ」と告げる。じきに廊下がきしむ音がし、高助とお初さんが現れた。

「やあ、千代ちゃん。や、おとうさん」

高助はまず目が合った千代に微笑みかけ、それから布団の上の祖父の亡骸《なきがら》に声をかけた。高助が胃を悪くしてからは絶えているが、かつては頻繁にこの家で酒を呑んだ仲である。高助は「失礼」と言って白い布の下の祖父の顔を覗いてから線香をあげて、「急だったというから、きれいな顔してますな」と母に話しかけた。

それから父もやってきて座り込んだので、布団を敷いてある客間は一杯になってしまった。お初さんの目くばせで千代はいっしょに廊下に出た。

「なにか人手が要ることはないですか？　私でもお芳ちゃんでも、手伝えることがあったら」

一日ぶりに会うお初さんはいつも通り優しく凜々しくて、千代は悲しがってもいなかったのに急に涙ぐんだ。

「大丈夫です、近所のおばさんたちがたくさん来てますから。私も手持ち無沙汰なぐらいで……」

お初さんはしばらく千代の背中を撫で、母が出てきたのと入れ違いに客間に戻り、手早く線香をあげて祖父に手を合わせた。そして父と高助の話が終わると、立ち上がる高助にそっと手を貸し、しめやかにこうべを垂れながら退出した。千代と一緒に玄関の外まで見送りに出た母は、ふたりの姿が隣の家の角の向こうに消えたのを確かめると、

「山田さんは、付き添いのかたが必要なくらい、お悪いの？」

と訊いてきた。もう長く呑みに来ていないのを気にしていたのだろう。高助は目に見えて痩せたわけではないが、たしかに年々弱ってきていた。急に立ったり歩いたりするとふらつくことがあるので、動作のすべてがゆっくりになっている。本人も心細いのか、出掛けるときはお初さんに同伴を頼むようになった。もっとも会社までは近いから一人で行くが、それもこのご

ろは週に二回ぐらいしか出勤しない。千代は母にどう答えたらよいかほんの短い間思案し、

「少し年は取られましたけど、特にどこか悪いわけじゃありません」

と、簡単に答えた。あまり長く話したくないからである。母は「そう……」と呟き、どこか納得のいかない様子で曲がり角のほうに目をやったが、すぐに台所に戻っていった。

翌日の葬儀には、茂一郎がやって来た。

客間の隅で参列者を迎えていた千代は、夫が羽織袴の正装でとつぜん現れたので思わず腰を浮かせた。考えてみれば故人の孫の夫が葬儀に訪れてもおかしくはないのだが、千代は、茂一郎は来ないものだと思いこんでいた。三年前に下宿先を得てから、茂一郎の拠点は完全に草加に移っていた。下谷に戻ってくるのは二、三カ月に一遍で、それも本社に出ずっぱりで三日ぐらい経つと慌ただしく草加に帰ってしまう。前回戻ったのはひと月前だから、妻の祖父が死んだからといってわざわざ戻ってくることはないだろうと踏んでいたのだ。

形よく正座してお焼香する茂一郎の姿を、千代はこっそり眺めた。三十半ばに差しかかっても太る兆候はなく、両手を合わせる横顔は祝言の日と変わらずすんなりしている。家の外で夫を見るのは何年ぶりだろうかと千代は指折り数えたが、茂一郎が頭を下げて部屋を出てしまったので、数え終わらぬまま立ち上がってあとを追いかけた。

「あの」

背中に声を掛けると、草履を履いていた茂一郎は動きを止めた。

「ありがとうございます。祖父のために来てくださって」

膝を折って頭を下げる千代に、茂一郎は、

「急だったな」

と一言だけ声を掛けて玄関を去った。千代は外に出て後ろ姿を見送りながら、茂一郎の労《いた》わるような声色を耳の中で反芻した。

その日は晩《おそ》くまで片付けをしたので実家に泊まり、翌日山田の家に帰ることにした。少ない荷物をまとめ、家を出る前に母に挨拶に行くと、

「茂一郎さん、昨日来てくださってたわね」

と珍しく明るい顔をして言う。さらに母は、

「あなたたち、仲が悪いわけではなさそうね」

と笑みさえ浮かべてつけ加えた。千代は何と答えてよいかわからず、お母さんも、お大事に、と頭を下げて母の寝室から離れた。母には、茂一郎とはほとんど一緒に暮らしていないことすら話していないのだ。千代は逃げるような早足で実家をあとにした。

上野の山を越え、家の近くにさしかかったところで、背中の分厚いずんぐりとした身体の男とすれ違った。ちらと顔を覗くと、山田製罐の営業部長、タケの夫の剛三である。千代には気づかず、口元にうすら笑いを浮かべたまま早歩きで会社の方向に歩いていく。家から剛三が出てきたということは、まだ茂一郎は家にいるのだろうか。

「ただいま帰りました」

勝手口から入ると、書類を持った茂一郎が二階に上がるところだった。

「昨日は、わざわざありがとうございます」

千代が立ったまま礼を言うと、茂一郎は「ん」とだけ言って階段を上がっていった。これか

ら剛三が持って来た書類に目を通すのだろう。

高助の出勤が少なくなってから、そろそろ茂一郎に代替わりするものと誰もが思い、なにより高助がそれを望んでいる。剛三なども、茂一郎が東京にいるときは高助にではなく茂一郎に大事な書類をもってくる。しかし茂一郎は社長に就任することを拒んでいた。「まだ若いから」というのが本人の言い分らしいが、本当のところ茂一郎は草加工場の運営に没頭していたいのではないか、というのがタケの見立てである。

タケは相変わらずこの家に頻繁に顔を出し、訊ねてもいない会社の出来事などをいろいろと喋っていく。剛三が営業部長に就任し、高助の名代で得意先に顔を出すことも多くなってからは、夫婦そろって胆力を増しているようだ。剛三が達者なのは結構なことだが、元気が有り余ったタケが何かと家にやってくるのが鬱陶しい。

千代は、高助の部屋に出向いて焼香に来てくれたことと留守にさせてもらったことの礼を言う。それから洗濯物を畳んでいるお芳ちゃんに帰ったことを報告していると、お初さんが買い出しから戻ってきた。

「このたびは、ご愁傷さまでした」

お初さんがきちんと指をついてあらためてお悔やみを言うので、千代もすぐに座ってお辞儀をした。それを見たお芳ちゃんは、慌てて洗濯物を放り投げて「ご愁傷さまでした」と畳におでこをつける。三人が顔を上げたと同時に、お芳ちゃんの放り投げた高助の猿股が縁側まで飛んでいるのが目に入り、皆で笑いをかみ殺した。

茂一郎がいるためか、お初さんが買ってきた食材はいつもより豪勢である。「ちょっと早いけど鍋にでもしようかと思って」と冷蔵箱から新鮮な金目を取り出した。豆腐でも切るような軽い手つきでお初さんは金目をさばいて分厚く切る。千代は鍋に入れる菜っ葉を刻み、お芳ちゃんは消化のよい大根の煮つけや、さつまいも饅頭といった凝った総菜を拵《こしら》えた。

ご馳走が並んだが、茂一郎は仕事の切りが悪いと言ってなかなか降りてこない。高助はさっさと食べて風呂に入り、お初さんも追いかけて按摩《あんま》に行ってしまった。お芳ちゃんが様子を見に上がると、茂一郎は「食欲がない」と言っているという。千代は鍋の残りで雑炊を煮て、二階に持っていった。

階段を上がってすぐの、新築当初に高助が使っていた部屋が、茂一郎の書斎となっている。

「どうぞ、温かいうちに」

千代が声を掛けて小鍋を置くと、茂一郎は「ん」と返事して書類を見たり算盤を弾いたりしている。

茂一郎が下谷の家にいるときは、だいたいこの書斎にこもっている。

三年前、ある晩を境に茂一郎は千代と口をきかなくなり、その不機嫌は幾日も続いた。はじめは頑なに口を閉ざし、朝晩の挨拶も食事や風呂の呼びかけも無視していたのが、そのうち返事ぐらいはするようになってきた。それからだんだんと、最低限の用事ぐらいは言いつけてくるようになったのだが、そこで止まってしまった。結婚後少しずつ互いの距離を詰めてなんとなしに築きつつあった信頼関係のようなものが、今はさっぱりとなくなっていた。茂一郎が草加工場でのあれこれを千代に語るようなことはなくなり、千代もよけいなことは話さなくなった。茂一郎が葬式にやってきたことに驚いたのにはそんな背景もある。

台所を片付けてからそっと二階に上がると、書斎の襖の外に空になった小鍋が置かれていた。千代はそれを洗って風呂に入り、「お先に、失礼します」と襖の中に声を掛ける。茂一郎からの返事は聞こえず、千代は寝室に行って布団をかぶった。

千代の寝つきの良さは相変わらずで、実家での疲れもあってすぐに眠りに落ちた。

それから何分ぐらい経ったのだろう。いつもの如くだいぶ深く眠っていたらしい。ふいにくしゃみが出て目覚めたときは、顎まで掛けていた布団も、千代の寝巻も、すっかり剝がされたあとだった。はだかの胸とお腹が夜の室内に露わになり、その寒さでくしゃみが出たらしい。自分の身体の上に、亀の甲羅のように丸く覆いかぶさっている茂一郎の影を確認し、千代は、

——またか。

と、そのまま目をつむった。

いまだ濃い眠気のなか、いつの間にかあられもない格好にされていることに千代はべつだん驚きもしない。年に数回帰ってくる夫は、妻とはろくに口をききはしないが、夜中になると寝巻を脱がせてあちらこちら触ってくるようになった。そしてさんざん触り倒すと、ことには至らず、そのまま寝てしまう。

その触りかたはけして乱暴ではないが優しくもなく、ごそごそとまさぐったり引っ張ったりするだけで、情趣というものはまるでない。千代もどう反応していいのかわからず、ただ仰向けで寝そべってされるがままになっている。茂一郎は千代の脚の間を特に念入りにいじりまわし、その熱心さは色事というよりどこか観察しているかのような執拗さで、薄暗がりのなか顔を近づけて凝視していることもあるようだ。

千代はこのような茂一郎の行為をはじめは気味悪く思っていたが、今は無の境地である。夫婦にはこういう時期もあるのだろうかとただ一方的に触らせて、ときにはそのまま眠ってしまう。

この日も、茂一郎は千代の身体をしばらくいじくったあと、静かに自分の布団に戻って寝息をたてた。千代も、ちゃんとした子づくりをもう何年していないだろうと思いながら、寝巻を搔き合わせてすぐに寝入った。

次の日、茂一郎は会社に出てそのまま草加に向かった。


年が明けてすぐ、お芳ちゃんに縁談の話がきた。

お芳ちゃんの故郷がある、茨城の親戚筋からきた縁談である。お相手は霞ヶ浦の北の神立《かんだつ》というところに住む教師だそうだ。この話が山田の家に届いたとき、高助も千代も喜んで沸き立ったが、唯一しおれたのがお初さんだった。

「お芳ちゃんも今年数えで二十四ですから、そろそろだ、って気にはなっていたんです」

手のひらでひたいを叩いてしきりに嘆いている。どうやら自らがお芳ちゃんの嫁入先を探し出す前に、外から話が来てしまったことを悔しがっているらしい。

「いろいろ思い描いてはいたんです。龍泉寺《りゅうせん》の畳屋の跡取りは評判の働き者だし、金杉《かなすぎ》のほうの繁盛してる蕎麦屋の息子はすっきりとした男前で性根も良さそうだ。お芳ちゃんが嫁に行くにはどっちが合うだろうか、って迷ってたんです。そんなふうに愚図愚図しているうちに……」

「お初さんは、お芳ちゃんを手放したくなくてわざと愚図愚図していたんだろう」

高助が茶々を入れる。するとお初さんは、

「そんなわきゃありません。あたしはお芳ちゃんの幸せを第一に考えてます」きっと高助を睨み、「だいたいね、縁談ってのはあたしには苦手な領分なんです。なんせ自分が嫁に出たことがないんですからね」と、話の途中で皿を重ねて台所に下がってしまった。

頭を掻く高助の様子を千代はちらと見る。高助は、「ごちそうさん」と言い、食後のほうじ茶もそこそこに自室に戻ってしまった。千代とお芳ちゃんも残った茶碗やらを片付ける。

もう千代のなかでは、お初さんはお妾さんとして山田の家に入ったのだろうということで諒解が済んでいる。ただ、いま現在の二人は旦那と妾でも、主従の関係でもなく、気の知れた友達同士のような関係に見える。しかし先ほどのようなやりとりを聞き、それで高助が困ったような顔になるのを見ると、あらためて、二人はなぜ結婚しなかったのだろうと思う。お初さんがこの家に入ったのは茂一郎の実母が亡くなったあとだというし、そのあとで籍を入れる機会はいくらでもあったはずだ。そこはやはり、茂一郎への遠慮があったのだろうか。

千代が食卓を拭き、お芳ちゃんが椀を重ねた盆を持っていく。その後ろ姿を千代は見つめる。この姿を、もうこの家で見られなくなるのだな、と嘆息が漏れた。

お芳ちゃんが嫁に行くことは、めでたい反面、寂しくもあり、また、怖いものでもあった。

さっきの高助の「手放したくなくてわざと愚図愚図していたんだろう」というお初さんへの言葉は、まさに千代の気持ちを言い当てたものだった。自分より三つ年下のお芳ちゃんがぼちぼち縁付いてもいいことを、千代だって気づいていた。だけど、山田の家に来てからずっと続いていた女三人の関係を、この親しみに満ちた心地よさを、そして研ぎ澄まされた連携を、失うことが怖かった。なにか取り返しのつかないことになりそうで、だから千代は、お芳ちゃんの縁談をあえて考えないようにしてきたのである。そうしたら外から話が来て、優しげなお相手の写真を見たお芳ちゃんは一発で心を決めてしまった。嫁入先が故郷から近いこともお芳ちゃんを後押ししたのだろう。

台所に行くと、お初さんが皿を洗い、お芳ちゃんが焜炉《こんろ》の周りを掃除している。見慣れたいつもの光景である。流し台に屈みこむような格好のお初さんの、くっきり浮き出た首の後ろの骨に寂しさが滲《にじ》んでいるように映った。

その後、お芳ちゃんの嫁入りは三月に決まった。

祝言の前はしばらく生家で暮らすということで、二月の半ばに山田の家を去ることになった。お芳ちゃんは毎日の仕事の合間に手際よく身の回りの片付けを済ませ、家を出る三日前にはもう行李に荷物のほとんどをまとめていた。

そしていよいよ明日田舎に帰るという日の夜、千代は二階にお芳ちゃんを呼んだ。

「お芳ちゃん、荷造りはもうすっかり済んだ？」

「はい、お風呂場で使った手拭いが乾いたら仕舞うだけで、あとは全部済みました」

「そう。じゃあ、済んでないのはこちらの用事だけね」

と、千代は部屋の隅の文机から封筒を取り出す。

「私はこれまで、お芳ちゃんは、いっしょに家のことをやる仲間のような、または姉妹のようなものだと思ってきました」

千代が座布団にきちんと座ってから切り出したので、お芳ちゃんも姿勢を正す。そして、

「仲間だなんて、そんな。私は女中です。姉妹だなんて、もったいない……」と、早くも泣き出しそうな顔になる。

「もったいないもなにも、それがほんとうなのよ。私はお芳ちゃんのこと、仲間だと、妹のようなものだと、思ってきました。もっとも、料理や縫物に関してはお芳ちゃんのほうが腕が上だから、私が妹なのかもしれないけれど」

「そんな……」

「でも、今日は、初めて〝奥さん〟みたいなことをします」

千代は封筒を開け、小さな冊子のようなものを取り出して、お芳ちゃんのほうに差し出す。お芳ちゃんは、上体を前に倒してそれをじっと見る。

「貯金通帳……?」

表紙には、貯金通帳、上田《うえだ》芳殿、とある。

「これは……」

「お芳ちゃんがここで働き始めてからのお給金の一部を、毎月銀行に預けてたものです。お初さんからそういうふうに聞いていなかった?」

お芳ちゃんは天井のほうをぐるりと見回し、

「ええ、そういえば、最初に聞きました。積み立てておきますからね、って。でも、お給金だけでたっぷり貰ってましたから、その上積み立てるなんてこと、してないと思ってました」

「それがしてたのよ。毎月晦日《みそか》になると、買い出しのついでに銀行に行って、ちゃんと預けてたの。ここにお嫁にきてしばらく経ってから、お初さんにいろいろ教えてもらったの。私は銀行なんか行ったことないからはじめは戸惑ってね。ちょっと前に大森《おおもり》のほうで鉄砲持った人たちが銀行を襲ったことがあったじゃない？　あの事件のあとは銀行に行くたび緊張して、目つきの悪い男なんかが入ってくると、ギャングじゃないかって、ついビクビクしたりして」

お芳ちゃんは震える手で通帳を受け取る。千代は軽口を叩きながらも、涙が溢れないよう必死で目頭に力を入れている。

「これって、どういうふうに見るんでしょう……。この最後の、差引残高ってとこに書いてあるのが、私のお金ってことですか？」

「最後？　どれどれ……そうそう、この金額が、いま入ってる全部よ」

「なんだか、昨日ずいぶん大きなお金が預けられたように見えますが……」

「ああ、それはね、今までのお礼として、特別なお手当ですって。お義父さまに言われて、昨日お芳ちゃんの口座に入れたの」

「そんな、こんなにたくさん……」

お芳ちゃんはしばらく潤む目で通帳を見つめたあと、畳の上に両手をついた。

「今までお世話になり、ありがとうございました。そのうえ貯金やお手当までいただいて。受け取れませんと言っても聞いてもらえないでしょうから、ありがたく、頂戴します」

「よしてよ、お世話になったのはこちらのほうよ」

千代もぎりぎりのところまで涙を溜めて頭を下げる。

「こちらでは、いろんなことを学びました。ひととおりの家事だけじゃなくて、凝った料理まで。ここで作ったような贅沢なものは無理でしょうけど、手に入るもので工夫をして、これからは自分の旦那様に、喜んでもらえるように努力します」

「お芳ちゃんの料理なら喜んでもらえること請け合いよお芳ちゃん、幸せになってね」

「……はい、千代さんも、幸せになってください」

「あら、私も？」

「ああ、変ですね。千代さんはもう幸せですね」

お芳ちゃんは目尻を小指で払ってころころ笑ったが、千代はお芳ちゃんのように屈託なくは笑えなかった。

翌朝、乾いた手拭いを行李にしまったお芳ちゃんは高助の部屋の前に座り、ふっくらした身体をさらに丸めて頭を下げ、

「長い間お世話になりました。お勤めさせてもらった以上に、この家で毎日を過ごせたことがこの上ない幸せでした。家族のように大事にしてもらって、言葉では表せないほど感謝しています。旦那様もくれぐれもお身体をたいせつに、いつまでもお元気でいらしてください」

水も漏らさぬ挨拶をして、高助を涙ぐませた。

三月の祝言には「草加から行ったほうが近いから」と、茂一郎がすすんで出席を申し出た。おっとりしたお芳ちゃんには茂一郎も気を許していたし、きちんと祝ってやりたい気持ちがあったのだろう。

千代が支度して持たせた紋付袴は、草加の下宿先のお母さんが手入れしたのか、変な折り目や汚れはひとつもなく、着る前よりも綺麗になって戻ってきた。

「それじゃあ晩御飯は小鰺《こあじ》をさっぱりと酢に浸けるとして、あとは茄子か瓜か、どっちか買ってきますね」

お初さんが前掛けを外して買い物かごに財布を入れる。家計の財布と、お初さん自身の財布。今日はお初さんがついでに自分の肌着を買いたいとのことで、夕食の買い出しはお初さんがいく。朝から蒸し暑いがお初さんの着物の衿はちっとも湿っておらず、糊《のり》が利いているかのように清潔に折り目が立っている。

お芳ちゃんが居なくなってもう数カ月が経つ。代わりの女中は入れず、二人だけで家のことをやっている。手が少なくなったぶん、万事において迅速さを重視している。主婦だ女中だといった細かいことにはこだわらず、都合のいいほうがなんでも手早く片付ける。財布を持って外に出るのは奥方という決まりごともなくなった。

「それじゃあ、行ってきます」

勝手口からお初さんが出ていき、千代は縫い物の続きをやる。嫁に来たときから着ている寝巻の脇のところがほころんできたのを繕っている。長く着ていると縫い目はゆるんでくるが、布そのものはまだ薄くなってもいない。木綿は丈夫なものだとつくづく思う。

半分ほど針を進めたところで、勝手口の戸が開く音がした。買い物を終えるにはまだ早いから、お初さんが珍しく忘れ物でもしたのだろうかとそのまま縫い目をしごいていると、「ごめんください」とタケの声がした。

つい舌打ちが出る。そのまま縫い続けていたいところだがそうもいかず、寝巻を置いて勝手口に向かった。

タケはもう台所の入口まで上がりこんでいた。手に瓜をふたつ抱えている。

「あらまあ、きれいな瓜」

思わず愛想のいい声が出てしまう。なにしろ暑いので、晩は茄子か瓜を浅く漬けたのを食べたいですねえとお初さんと話したばかりなのだ。お初さんは出がけに「茄子か瓜のどっちか」と言っていたが、こんなにいい瓜が来たのだから、茄子のほうを買ってくるといいと思う。

「うちのが草加に行ってきましてね、事務員の子が帰りにしこたま持たせてくれたんです。本社の事務員にも配らせてもらいましたけど、いちばんいい頃合いのをこちらに持ってきました。大きすぎると旨くないですからね。中くらいの丁度いいやつで、ずっしり重たいのを選びに選びました」

タケは恩着せがましい口調で言う。千代はうんざりするが、瓜を受け取るとたしかに見た目よりもずっしり重みがある。見るからにおいしそうで生唾がわいた。

「――お初さんは、いないんですか?」

「え? ええ、今買い出しに行ってます」

「ああ、そうですか、買い出し……」

タケは壁にもたれかかって、ちょっと雑談でもしたそうな構えである。

「この瓜は、草加の事務員さんのおうちで作ってるんですか?」

珍しく千代から話を継いだのは、おいしそうな瓜に気をよくしたからである。

「瓜? そうそう、事務員さんちの畑ですよ」タケは黒目をぎょろりと動かして身を乗り出してくる。「あの、例の、若旦那に部屋を貸してるうちの事務員ですよ」

茂一郎の現在の肩書は専務兼草加工場長だが、タケは昔と変わらず茂一郎を若旦那と呼ぶ。茂一郎が子供のころから会社で働いてこの家にも出入りしていたタケだから、昔ながらの呼び方を通すことで古参であることを誇示しているのかもしれない。

「事務員さんのお母さんが畑をやってるんですか？」下宿先ではそのお母さんが茂一郎の世話をしてくれていると聞いている。

「ああ、お母さんもでしょうけど、その、事務員のね、春《はる》っていう娘ですけど、働き者でね。工場に出る前に畑も手伝ってるんですわ」

「そうそう、お春さん。たしか、お芳ちゃんと同い年だとか」

「そうですよ。お芳ちゃんもたいがい働き者でしたけどね、それ以上かもしれません。戌《いぬ》年生まれは働き者なんですかね。事務の仕事もよくやって、まめまめしいんですわ。もちろん若旦那のお世話もね」

タケはそこまでいって、首をすくめて口元に手をやる。その仕草の意味が、千代にはわからない。

「お芳ちゃんといえば、おめでただそうじゃないですか」

タケは話を変える。ついこの間お芳ちゃんから暑中見舞いの葉書が届き、暑さ負けと悪阻《つわり》が重なって難儀していることが書かれてあったのだ。タケは高助から聞いたのであろう。

「ええ、年明けには生まれるらしいです」

「あの子は腰の座りがいいですからね。孕《はら》みやすいと睨んでましたよ」

いやな話題になった。千代はそろそろタケに帰ってほしくて、流しに水を放って瓜を冷やす。

しかしタケは動き出そうとしない。お初さんも帰ってこない。

「草加といえば、タケさんも草加の工場に行ったとか」

「今年だけで五回行きました。思ったほど遠くないもんでね」

千代がさりげなく草加に話を戻すと、タケは喜んで乗ってきた。

茂一郎の頑張りもあってか、草加工場は拡張して人員も増えた。これまで草加の経理は、茂一郎が持ち帰った伝票をタケが帳簿につけ直していたのだが、今後は草加だけで仕入や給料の計算ができるようタケが指導に出向いたのである。千代はこれらの話をすべてタケから聞いた。

「もうタケさんの指導はぜんぶ終わったんですか？」

「おかげさまで。さっきの、その、お春ちゃんがね、熱心だし、あとやっぱり若いからですかね、物覚えがよくて」

「お春さんが経理をやるんですね」

「ええ、事務員はあと二人いるんですけど、なんせあの娘がいちばんしっかりしてますから。若旦那にも相談したんですけど、お春ちゃんが適任だろうって」

「そうですか。下宿も貸してくれて、お春さんには頭が上がりませんね」

微笑む千代を、タケはぎらぎらと、どこか物凄いような目で凝視する。

「――奥さんは、ほんとうに人がいい」

珍しく、聞こえるか聞こえないかぐらいの小さな声で言う。

「えっ？　なんですか？」

「奥さんはつくづく人がいいですね。人がいいというか、お優しいというか――」

タケはうつむいて右足の指で左足の甲を掻きだした。なにか言いたいらしいが、珍しく歯切れがわるい。

「どうしたんですか、おタケさん。話を途中でやめたりして」

しばらくタケは足を掻いていたが、やがて意を決したように顔を上げた。

「奥さん、あたしの娘は酒問屋にやりました」

急にタケの娘の話になる。千代は高助に聞いたことがあった。剛三とタケの一人娘は、たしか鶴見橋《つるみばし》の近くの酒問屋に嫁いでいるとか。

「はい、知っています」

「嫁入った当時は繁盛してましてね、若旦那は学士様だし、あたしらの娘の片付き先としては上出来だって、胸を張ってたんですよ」

タケが自分の家の話をするのは初めてで、千代は蛇口を締めてタケのほうに向き直った。

「それがね、震災で、お舅《しゆうと》さんが亡くなったんですよ。気の毒に、出先で火に巻かれて」

「まあ……」

「それで若旦那が采配するようになったんですけどね、線の細い学士様で、残念ながら酒問屋やる腕はなかったんですよ」

「……」

「震災で焼けたって、山田製罐みたいに、立ち直るどころか、震災前より大きくなるようなところもあるんですよ。だのに娘の嫁入った酒問屋は、周りに仕事をとられる一方で――」

自信を失って家に籠りがちになった夫の代わりに、タケの娘が一升瓶を何本も抱えて配達に回ることもあったそうである。

「子供だってちゃんと産んでるんですよ。男の子をふたりも。下の子をおぶって配達に行ってるって聞いたときには、あたしゃ涙が出ましたね」

そう言いながらタケは洟《はな》をすすっている。

「それで、娘さんは今も酒問屋を――」

「先月とうとう潰れたんですわ」

「えっ」

「旦那は気落ちしたせいか肋膜までやられて、債権者の取り立てなんかは娘が矢面に立ってるらしいです。せめて子供らが食べるぶんは、と、あたしらが送れるかぎりのものは送ってますけど、さすがに商売の借金まで助けるほどの余裕はない。これからあの家がどうなるのか、わかりゃしませんよ」

タケは力なく太い首を垂れる。ふだん図々しいぶん弱音を吐くといっそう不憫《ふびん》に見え、千代はうろたえた。なんとか励ませないものかと頭を巡らせ、そして、ひとついい案を思いついた。

「――山田製罐で働くわけにはいかないんですか？」

「へっ？」

「その、おタケさんの、娘さんが。毎月決まったお給料が入れば、暮らしが落ち着くんじゃないですか？」

さぞタケは喜んでくれるだろうと千代は勢い込んだのだが、予想に反してタケの目つきは険しくなっていく。

よ」

「奥さん、主人とあたしが長年さんざん世話になって、さらに娘までってわけにはいきません

「でも、剛三さんとおタケさんの娘さんならきっと働き者でしょう。会社だって助かるんじゃ

――」

「奥さん」タケは千代の言葉をぴしりと止める。「奥さんはまるで、お姫さんですねえ」

「えっ？」

意外な反応に千代は尻ごみした。そんな千代をあわれむようにタケは目を細める。

「本社の人員は十分足りています。うちの娘が入る隙間なんてありゃしません。それにね、いくら草加が大きくなったといっても、ただで大きくなるわけじゃないんですよ。工場を大きくするにはお金が要るんです。ずいぶん貯えを崩したし、銀行からも借りてます。それなのに、予定してた大きな仕事がべつの会社にとられちまって、銀行から大目玉くらってるんです。ちゃんと借金を返せるかって、目をつけられているんですよ。山田製罐はね、お情けで社員を雇い入れる余裕なんてないんです」

思いがけない話に千代は息を呑んだ。そんな話は、茂一郎はもちろん、高助からも聞いたことがない。

「それにね、苦労してるのは、うちの娘だけじゃありません。さっき話に出た、お春ちゃんだって」

相槌《あいづち》も打てない千代に、タケはさらに言葉を浴びせる。

「あの子の父親は、あの子がまだ小さいうちに、神経衰弱で首を括《くく》ってるんですよ。それで母

親が小さい畑をやりながら昼間は通いの女中に出て、あの子と息子も抱えてずいぶん苦労したらしいです。家だけはあったから部屋を貸せたけど、賃料なんて知れたもんだし、母親は女中仕事で腰を悪くして、だから山田製罐の工場ができたときには、お春ちゃんは求人に飛びついたそうです。あの子は色白でずいぶん器量がいいから、小さいころから芸者屋に売るよう勧める人も多かったらしいけど、お母さんが頑として首を縦に振らなかったって。そんな家に育ったからあの子は働き者なんですよ。必死なんです」

「――」

呆然とする千代の姿をタケはしばらく眺めて、やがて満足したように、

「なんだか話が逸れちゃいました。奥さん、よけいなことまで喋っちゃって、すいません」

と言って、不格好に形ばかり頭を下げた。

「でもね、奥さん。人がいいのはいいことですけど、あんまりのんびり構えてるのもね。本人はそれで幸せでも、知らないうちに誰かの邪魔になってるってこともありますからね」

「えっ――?」千代はさすがに聞きとがめた。するとタケは打ち消すようにひらひらと手を振って、

「いや、邪魔っていうかね――。まあ、邪魔ってのは、取り消します。言葉を間違えました。ただ、のんびり楽しくやってるのもいいけど、自分のすぐ周りでは、思いがけないことが起こってたりするもんですよ。奥さんみたいなおっとりした人にゃ、あたしみたいながっついた人間はみっともなく見えるのかもしれないけど、人間、必死にならなきゃ生きていけないことも、往々にしてあるもんですよ。奥さんみたいに、普通の家に育ったわりに、運よくこんないい家

に嫁いだ人にはわからないかもしれませんけどね」

さすがにずいぶん皮肉がこめられているのがわかり、千代の頬は赤らんだ。

「奥さんのお生まれのこと、普通の家だなんて言っちゃって、すいませんね。でもね、ええ、この際言っちゃいますけどね、奥さんが嫁に来たときから、ずいぶん恵まれた人だと思ってましたよ。父親同士が友達ってだけでね、こんないい家に来てね。女中といっしょになって、和気あいあいと楽しそうにするばかりで――」

最後まで言い終わらないうちにタケは顎をつきだして会釈をし、廊下をきしませて勝手口のほうに去っていった。そこへお初さんが帰ってきた。

「おタケさん、いらしてたんですか」

「あらあら、ええ。いい瓜をもらったんでね。奥さんに渡しときました」

タケはいつもの愛想のいい声色に戻って、お初さんとなんやかや話している。その賑やかなやりとりがずいぶん遠くで聞こえるようで、千代の耳には内容まで入ってこなかった。

「ただいま戻りました。おタケさんが瓜を持ってきたんですって？　よかったですよ、茄子のほうを買ってきて――」

台所に入ってきたお初さんから家の財布を受け取るとき、千代は、自分の手が細かく震えていることに気がついた。とっさに瓜を冷やす水に手を浸して、震えが収まるまでじっとしていた。瓜はその後お初さんが切り分けたが、千代はおいしいかどうかわからなかった。

その晩から千代の頭の中で、

「普通の家」

「父親同士が友達ってだけ」

「女中といっしょに楽しそうに」

といった声が、こだまし続けるようになった。

その声は幾日も続き、千代は生まれて初めて寝付きが悪くなった。なにしろ台所仕事をしていても、洗濯をしていても、風呂に入っていてもタケの声がまとわりついてくるのである。布団に横になると、その声は天井から降ってくる。「運よくこんないい家に……」という声が部屋の中をぐるぐる回り、そのうち徐々に小さくなる。そしてようやく眠りの入口が訪れたかと思うと、「誰かの邪魔になってる」という声が大響きになってまた目が冴えてしまう。千代はよく眠れず、ご飯だけは無理して前と変わらぬ量を食べているものの、しぜんとやつれて目が落ちくぼんできた。

「千代さん、どこか具合でも悪いんですか」

数日経ったころ、お初さんに訊かれた。ご飯は食べているのにやつれていくから不思議に思ったのだろう。

「なんだか、よく眠れなくて。木の芽どきってこんなのをいうんですかねえ」

「いやだ、千代さん。木の芽どきって、いまは夏の盛りですよ」

千代がとぼけたことを言ったせいか、お初さんは笑い流して風呂を沸かしに外に行った。やつれた原因を追及されなくて、千代は安堵した。タケに言われた話の中味など話したくはない。わざわざ思い出したくないし、お初さんに伝えることによって話の輪郭がくっきりするのも厭だった。とにかく早く忘れてしまいたかった。

しかし眠れぬ夜が半月も続いて、千代は、このままでは駄目なのだ、と観念した。一度しっかり向き合わなければ、忘れることもできないのだ。

外の足音も途絶えた夜晩く、千代は、ちょっとしたことを書きつけるためにとっておいた、裏のきれいなチラシの束を白い缶箱から取り出した。

タケの言葉を再現することにしたのである。ここに書きつけて、何を言われたのか、タケが何を言いたかったのかを整理しよう、と決めたのだ。

自分はタケに不快なことを言われた。話のなかには会社の驚くべき事実も混じっていた。そしてそれを知らなかった自分の間抜けさが心底情けなかった。でも引っかかっているのはそれだけでない。タケがはっきりと表明した非難の裏に隠れているなにかが、たぶん自分を打ちのめしている。その正体を暴かなければ、この先も眠れない夜は続くのだろうという確信があった。

千代は米屋のチラシを裏返し、鉛筆を構えた。タケが激しく語り出したのは、たしか娘さんの嫁ぎ先の話からだ。順を追って文字にしていこう。

しかし、千代の手が最初にチラシに記したのは、思いがけない言葉だった。

〝色白でずいぶん器量がいい〟

――ん？

これは、草加の事務員のお春さんの話だ。そうじゃない、タケの話が熱を帯びたのは酒問屋の話からだ。千代はその隣にさらに書いた。

〝若旦那のお世話も、まめまめしい〟

これも、そう、お春さんのことだ。いや、これを書きたいんじゃない。たしかにタケはそう言っていたけど、もっと、一から、筋道立ててタケの話を書き留めたいのだ。それは気の重い作業だけれど。

千代はガラスランプの薄明かりの下で、二行の言葉と、鉛筆を握りしめている自分の右手を見つめた。すると、どこか、胃のあたりから重いものがせり上がるような、おへその下あたりが冷たくなるような悪寒がきて、全身が固まった。足の痺れは感じているが、尻をずらそうにも動けなかった。身体だけじゃなく、頭のなかも、ひどく緊張して、こわばっていた。千代は数分間、そのままじっとしていた。

急に硬直が解けたのは、廊下で物音がしたからである。雨だれのような音がぽつぽつと聞こえたかと思うと、襖がわずかに揺れた。

千代ははっと息をついて、痺れる下半身を引きずって両肘で襖まで進んだ。襖を開けると、案の定、トラオがいた。千代の顔を見て、にゃ、というように口を開けたが、声は出ず、焦げ茶色の毛をふくらませて座っている。

夏場、暑い二階にトラオが来るのは珍しいことだ。人が起きている気配を感知して上ってきたのだろうか。

「お入り」

身体をよじって襖の前に通り道を開けると、トラオは畳をぺりぺりいわせて中に入ってきた。

そして一直線に千代の布団に向かうと、敷布団の足元のほうの角にものうげに寝そべった。

その姿を見て千代の口元はほころんだ。顔の筋肉が動いた勢いで目の奥からこみ上げるものがあったが、涙は出なかった。千代はまだ緊張していて、そして、頭は冴えていた。

四つん這いで布団に行き、千代はトラオの脇に寝そべった。そして、黒目を大きくしているトラオに話しかけた。

「トラオ、私ね、おタケさんが何を言いたかったのか、ようやくわかったよ。私は鈍いね。愚図だね。邪魔になってる、って、そういうことだったんだね。いつからなんだろうね。全然気づかなかったよ。私はほんとうに、おめでたい、運がいいだけの恵まれたお嫁さんだ」

声に出したら、涙が溢れてきた。自分が泣いていることに、千代は驚いた。洟も流れ出して、千代は何枚も鼻紙を使った。それからトラオの柔らかい毛に顔を埋めようとしたら、暑くて迷惑なのか、トラオは布団から降りて部屋の隅まで歩き、どたっと音をたててまた寝そべった。

「冷たいじゃないの、トラオ」

恨み言を言いながら千代はしばらく泣き笑いした。やがてうつ伏せになり、トラオの熱の移った敷布を避けて冷たいところにおでこをつけた。それが存外に気持ちよくて、日頃の寝不足もあってそのまま寝入ってしまった。

朝は久しぶりにすっきりと目覚め、千代は家事に精を出した。じっとしていられなくて、家じゅうを磨いて回った。でも、どこで何をしていても、頭の中は茂一郎とお春さんが占領していた。

タケがほのめかしていたのは、ふたりが親密な仲であることだった。

三十過ぎの男と若くて器量のいい娘がひとつ屋根の下で暮らしているのである。深い仲になっても不思議ではない。疑わなかった自分が迂闊《うかつ》だったのかもしれない。ただ、千代は、草加のお春さんを、お芳ちゃんのようなものだと思っていた。年も同じだし、どちらも茂一郎にとっては使用人である。茂一郎とお芳ちゃんの間に男女の雰囲気がなかったのと同じように、お春さんともそんなものだろうと思いこんでいた。

色白できれいで頑張り屋のお春さん――

千代はそれからしばらくの間、頭の中に茂一郎とお春さんのふたりを置いたまま憑《つ》かれたように家事に精を出した。畳や窓を拭いたりは三日に一回だったのが二日に一回になり、庭木に鋏を入れ、味噌汁に入れる大根は千六本どころか二千本ぐらいに細く切った。厭がるトラオを押さえつけて一匹残らず蚤《のみ》をとり、綿で耳の中を掃除してやった。家の周りを箒《ほうき》で掃いたついでに、表の大通りまできれいにした。

しかし何をやっていても、没頭することはなかった。

ひたすら混乱して、思考がばらばらに四散していた。頭の中がつねに熱く煮えたぎっていて、ひとときも気が休まらない。しかし、知らないままのほうがよかった、とタケを恨む気持ちは不思議とない。

嫁に出る前、千代は、母のことが怖かった。母に疎ましがられた。母に閨《ねや》のことをしつこく諭されて厭だった。

嫁に来てからは、夫が不機嫌そうだった。打ち解けなかった。眠っていると身体を触られて、そのまま放っておかれた。

どれも嬉しくはなかったけれど、そんなものだろうと深く考えずにきた。今度のことに衝撃を受けていることが逆に不思議なくらいである。自分は、茂一郎のことが好きなのだろうか。

いや、夫婦としての関係を築いて、きちんと子供も授かりたいと思っていたけれど、とくに好きだと思ったことはない。祖父の葬儀に来てくれたときはうれしかったけれど、お初さんが来てくれたときのほうがもっとうれしかった。

あの、茂一郎とお春さんとのことに気づいた晩、溢れた涙はなんだったのだろうか。自分は嫉妬しているのだろうか。好きでない夫でも、盗られたら悔しいのだろうか。

それよりも、しっかり者で、経理も任されたお春さんに引き換え、会社の状況も知らない自分が恥ずかしかったのではないだろうか？　許せないのはおのれの無能なのではないだろうか？　二人の仲など本当はどうでもいいのではないのだろうか？　いや、そもそも二人はほんとうにそういう仲なのだろうか？　自分が思いこんでいるだけではないのか？

千代は生まれてこのかた、こんなにもいろんなことを考えたことがなかった。

夜は死んだように眠りこける日もあるが、ほとんど眠れないことのほうが多かった。顔は相変わらずやつれていて、鏡を見ると、目の奥だけが妙に光っている。食事のとき高助が心配そうにこちらを見ているのは気づいていたが、千代は目を合わさないようにして話しかけられることを拒んだ。

日曜日の午後、千代は、早めに洗濯物をとりこんだあとタケの家に向かった。

突然玄関先に現れた千代を見て、タケは「まあ、奥さんですか？　なんだってうちなんかに――」と千代の顔をまじまじと覗き込み、そして目をこすった。千代が初めて訪ねてきたことによほど驚いたのか、それとも、面変わりしたことを怪訝に思ったのだろうか。

あの日以来、タケは山田の家にやって来ていない。さすがにぬけぬけと喋り過ぎたという自覚があったのだろう。きまり悪そうに前掛けをいじり、「――どうぞ、お上がりください」と玄関の横の部屋を指した。

「急に来たりして、すみません。剛三さんいらっしゃるんじゃないですか？」

「いえ、今は碁を打ちに出てまして……、まあ、すぐ戻るかもしれませんけど……」

「じゃあ、ちょっとだけ上がらせてもらいます。長くはお邪魔しませんから」

千代はいつになく堂々として、タケを押しのけるように家に上がった。いつも図々しく山田家に押しかけてくるタケと立場が逆転したようである。

「どうしても、確かめたいことがありまして」

お茶を淹《い》れようとするタケを制し、千代は切り出した。

「茂一郎さんとお春さんは、深い仲なのですよね？」

単刀直入に訊ねた。聞かずともそうなのだろうと思いつつ、しかしタケははっきりそう言ったわけではないのである。出発点のここが間違っていては、物事をどう整理し、どう着地させたらいいのかわからない。千代はもう、何もかも明らかにしたくなっていた。

「……誰もそんなこと言ってやしませんよ」

「たしかに、タケさんははっきりとそうは言ってませんけど、茂一郎さんの世話をしてるとか、私が邪魔になってるとか、そうとしかとれないように仄《ほの》めかしていたじゃないですか」

「それは、奥さんが勝手にそうとっているだけで……」

「じゃあ、〝知らないうちに誰かの邪魔になってる〟っていうのは、誰の邪魔になってるってことですか？　茂一郎さんとお春さんの邪魔になっているんじゃないとしたら、いったい私は誰の邪魔になってるんですか？」

立て板に水のごとく喋りたてる千代を、タケは上目遣いで不気味そうに見ている。

「おタケさん。おタケさんの娘さんのことで余計なことを言ったのはお詫びします。あれは私の浅知恵でした。申し訳ありません。謝りますから、はっきり話してくださいませんか？　茂一郎さんとお春さんは同じ家に住んでますし、とっくに男女の仲なのでしょう？」

「……」

タケはしばらく前掛けの縫い目をいじってから、うつむいたまま「――私が言ったってことは、内緒にしといてくださいよ」と、話し出した。

「お春ちゃんの家に下宿するようになったのが、四年前でしたっけね。それから割とすぐのことですよ」

「それを、おタケさんはどうやって知ったんですか」

「――草加じゃすぐに噂になってましたよ。だいたい、若旦那が下宿するって話になったときから、こうなるんじゃないかってみんな思ってたみたいです。お春ちゃんは別嬪《べっぴん》さんで、気立てもいいし、男なら放っておくことはないだろうって」

「それは、噂話なんですか？　本当に確かなんですか？　草加のみんなや、おタケさんがそういう目で見てるだけじゃないんですか？」

「確かですよ」タケは気を悪くしたのか千代をじろりと睨《ね》めあげ、「あたしは今年草加に通うようになって、お春ちゃんから直接そう聞きましたからね」とはっきりとした声で言った。

「……お春さんが、そう言ってたんですか――」いよいよ事実が確定して、千代は目の前が薄暗くなった気がした。逆にタケは勢いづいて、

「あたしがちょっとカマかけて、相談に乗れることがあったら何でも聞くよ、なんて言ったらすぐに認めましてね。お春ちゃんはお春ちゃんで、奥さんにはすまないと思っていて、苦しんでるみたいでしたよ。若旦那にまだ子供がいないこともわかってますしね。自分が先に孕んだりしたら申し訳ないから、それだけは気を付けてるって」と、千代の様子を窺いながら言う。

「――」

「あの娘はね、山田製罐で働けているだけで心から感謝してるんです。そのうえ、若旦那と懇《ねんご》ろになって――何も跡取りだからってだけじゃなくて、若旦那は男ぶりも悪くありませんからね。まだまだ若いし、気性も穏やかで。まあ、跡取りとしては大人しすぎるかもしれませんけど――。だから、お春ちゃんはね、妾になろうってんじゃなくて、慕ってるだけなんですよ、若旦那のことを。会社で働かせてもらってる上、女としても充たされて、幸福なんですって。だからその分、奥さんに対しては申し訳ないって思ってるみたいですよ」

「……身籠らないように、気を付けてるんですか――」

千代は茫然とつぶやいた。その声は掠《かす》れて、タケには何を言っているか聞こえなかったらしい。

「は？　何ですって？」

タケは耳をこちらに向けてもう一度言うよう催促するが、千代は黙って、今のタケの話を必死に整理し、そして理解した。

タケが千代のことを「邪魔」だと言ったのには、人の恋路の邪魔というだけではなく、二人が子を持つのを邪魔しているという意味もあったのか――。

たしかに、千代さえいなければ、お春さんは遠慮なく身籠ることができる。そして温かい家庭が築かれ、山田家には跡取りもできる。きっと高助も喜ぶだろう。邪魔な自分さえいなければ――。

「――奥さん?」

タケにふたたび呼びかけられ、千代は我に返った。すぐそこにあるタケの顔を、千代は初めて見るもののようにまじまじと見つめた。日に焼けた顔のなかで唇だけが白っぽく、深い縦皺が何本も刻まれている。

茂一郎との閨のことをタケが知るはずもないが、千代は、身体をいじられたり見られたりするだけで子をなす行為をしていない我が身の現実を、今、このタケからはっきりと突きつけられたのだった。今まで夫の行為を不可解には思っていたが、己がどこに立っているかはわかっていなかった。子を産まない、産む可能性すらない妻、という立場は、実に脆《もろ》いものなのだ。いつの間にか自分は、空虚なだけでなく、ただ厄介な存在になっていた。

千代を放置しているのは茂一郎だし、茂一郎をそうさせた原因は自分にもあるのかもしれない。しかし、今ここで千代の憎悪はタケに向かった。こちらから水を向けたこととはいえ、あけすけにお春さんの思いを明かしたタケ。その老獪《ろうかい》そうな顔を、千代は恨めしげにぎろりと睨め上げた。

落ちくぼんだ目に突如睨まれて、タケは尻を後ろにずらした。いつもぎらぎらしているタケの瞳に怯えたような色が差し、千代はそんなタケを射すくめるように見すえた。

ぼーん　ぼーん　ぼーん　ぼーん
そこで柱時計が時を告げ、千代はふっと、我に返った。

「――よくわかりました。突然お邪魔してすみませんでした」

千代はすっくと立ちあがり、呆然と見上げるタケにぶつかるかぶつからないかぐらいのところを通って部屋を出て、玄関の下駄に足を入れた。木戸に手を掛けるとき、玄関周りはきれいに浄められているのに、部屋の中がわりと雑然としていたことをなぜか思い出した。

よく拭きこまれた木戸を閉める瞬間、

「奥さん、くれぐれも若旦那には、あたしが喋ったとは言わないでくださいね」

というタケの声が聞こえた。千代が今まで一度も聞いたことのない、へりくだった声だった。


茂一郎が草加から帰ってきたのは、それから二週間後のことだった。

出迎えた千代を見て、茂一郎は怪訝そうに眉をひそめた。前回茂一郎が下谷に来たときより千代は顔つきが険しくなり、また、はっきりと痩せていた。とはいえ中肉だったのがやや細身になった程度で、見た目の特徴のなさは今までと変わりないのだが、さすがに夫ともなるとその変化は目に留まるものなのだろう。

高助はこのところ胃の調子をさらに悪くしていて、千代の心配をしているどころではないらしい。お初さんも、そんな高助をこれまで以上に甲斐甲斐しく世話していて、千代が痩せていくことに特に反応を示さなかった。敏いお初さんが気づいていないはずはないのだが、血相を変えて働きまくる千代に調子を合わせるように、ただただ高助の世話と家事に精を出している。

茂一郎が戻ってきたからといって、以前のように食事が豪華になるわけではなく、献立は高助の体調に合わせたままである。さすがに茂一郎に粥《かゆ》は出さないが、おかずは白身の煮魚や、煮くずした根菜や豆腐が中心だ。

べつに茂一郎を粗末に扱っているわけでもない。お初さんとしてみれば高助を第一に考えているだけだし、千代とて、夫の浮気に不貞腐《ふてくさ》れているわけでもない。タケから聞いた、予定していた大きな仕事が他所にとられた、という話が頭の隅にずっと引っかかっていた。高助が粗食になっているのをちょうどいいとばかりに、質素倹約に努めているのだ。茂一郎もべつだん不満そうでもなくご飯を平らげている。

高助は自分が食べ終わると遠慮なく部屋に戻り、それにお初さんもついていく。茂一郎と千代の間に会話がないのは二人ともとっくにわかっているが、もはや気を遣ったりはしない。それぞれが自分のことに精一杯なのだ。

「どこか悪いのか？」

夕食のあと茂一郎がそう訊ねてきたのは、草加から戻って三日目のことである。千代ははじめ、高助の体調を訊かれたのかと思い、

「胃のほうが、やはり」

とだけ答えた。茂一郎は返事もせずしばらく茶を啜っていたが、

「いや、親父じゃなくて、君が」

と、こちらに顔を向けて言ってきた。千代は、ああ、自分が痩せたからかと得心し、なんで

もありません、と答えようとしたが、なぜか、

「どうしてそう思われるんです？」

と、きつめの口調で問い返してしまった。茂一郎が目を瞠《みは》ったのがわかったが、千代は知らんふりをして茂一郎の湯呑に茶を注ぎ足した。

今回茂一郎は珍しく十日間家に居るという。業界の会合やら、いろいろ用事があるらしい。銀行とも会ったりするのだろうか、と千代は会社のことを気にした。

茂一郎は宴席に出て遅く帰ることもあり、家にいるときは夜中まで書斎に籠っていた。千代は先に布団に横になり、しかし毎晩すぐには寝付けない。真夜中、書斎から寝室に茂一郎が移ってくると、千代は寝たふりをする。また寝巻を剝がされるだろうかと身構えるが、茂一郎は自分の布団に横たわり、すぐに寝息を立てる。深い呼吸音を聞き、千代も眠りにつく。なぜだか、普段ひとりで寝ているときよりよほどよく眠れた。

草加へ戻るという日の前の晩、自分の布団に寝転んだ茂一郎は、すぐにはガラスランプを消そうとしなかった。そして一寸《ちよつと》してから、関節の音を立て、起き上がってこちらの布団にやってきた。千代は目をつむり、いつものごとく、掛布団、寝巻と、剝がされるままになった。お春さんとのことを知ってから、この不可解な行為を受け入れるのは初めてのことである。またあちこちいじられるのかと身を固くしたが、案に相違し、茂一郎は、足元のほうから千代を眺め下ろしている様子である。

千代は次の動きを待ったが、茂一郎はじっとしている。千代はただ仰向けになっている。そのとき廊下でみし、と音がした。

にゃ、と小さい鳴き声がする。トラオだ。どうやら部屋に入りたいらしい。

千代は茂一郎の存在を通り越し、姿の見えぬトラオに注意を向ける。襖の前に座っているらしく、また同じ方向から、にゃあ、と、今度は少し長い声がする。茂一郎が動く気配はない。するすると、襖ががたがたと揺れ出した。トラオが立ち上がって爪を立てているのだ。

襖を破られてはたまらない。千代は即座に起き上がった。前身頃がはだけているので、上体を起こしたらしぜんと寝巻が脱げる格好になった。千代はかまわず、はだかで襖に向かった。

襖を開けると、爪を研いでいたトラオが後ろ脚だけで立っていた。吃驚《びっくり》したような目でこちらを見上げ、二本のキバの間から桃色の薄い舌を覗かせている。しばらくトラオと見つめ合ったあと、千代は口元をゆるませた。襖はそのままに布団のほうへ戻ると、トラオも後からついてくる。茂一郎は千代の布団の端っこで膝をついている。

千代は、寝巻を取って自分の肩に掛けた。そして立ったまま、

「なんだって今日は見てるだけなんですか」

と、茂一郎に問うた。

なんだって触るだけなんですか。なんだってじっと見たりしてるんですか。

不可思議に思いながら、自分はなぜ一度も問いかけなかったのだろう。いざ声に出して質問してみると、これまで黙っていた自分のほうがおかしいのだと思えてくる。千代は勢いづいて、返事をしようとしない茂一郎に、

「私とは、子供をつくるおつもりはないんですか」

と、さらに訊ねた。

言ってから、ずいぶん思い切ったことを言ったと千代は自分で驚いた。「私とは」と、わざわざ限定して言ってしまった。これはもうお春さんとのことを知っていると宣言したと同様ではないか。タケに口止めされたことを思い出し、千代は口をつぐんだ。

茂一郎は、千代の言葉をどう捉えたのか、膝をついた姿勢のままガラスランプのほうに眩しそうに目をやっている。千代の言葉を吟味しているというより、急に立て続けに質問されて戸惑っているだけのように見えた。

やがて立っている千代に目線を移し、

「――ずいぶん、瘦せたようじゃないか」

と言う。

面変わりしたことはわかっていたが、身体を見て、あらためてそう感じたのだろう。顔がやつれたことはお初さんにも高助にもわかるのに、身体を見て瘦せたことを確かめることができるのは、この世で茂一郎だけなのである。自分の肉体の変化を目ではっきりと感知できるのはこの人しかいないのだ、ということを、千代は驚きとともに実感した。私にはこの人しかいないのに――。

「眠れないので、それで瘦せているんです。どこか具合が悪いわけじゃありません。家のことはできていますし」

茂一郎に今後どういう態度をとるのか、千代は決めかねていた。おそらく、自分は今まで通り碌《ろく》に口もきかずに夫に接するのだろう、と思っていた。お春さんとのことを問いただす気は、今のところない。だのになぜか、口調がきつくなってしまう。

茂一郎は千代から目を逸らし、片膝を立てた。また関節がばきっと鳴って、千代はハッとして夫を睨めつけた。自分の布団に戻ろうとしているのか。立ち上がって、自分の布団に戻って、寝転んで、いつものようにすぐに寝入って、そして明日の朝を迎えて、草加に帰ろうとしているのか――。

「なぜ眠れないのかは、訊いてくださらないんですね」

茂一郎の動きが止まった。

「私が眠れないわけなんか、貴方にはどうでもいいことですよね」

「――君、やけにつっかかるね」

「つっかかってますか、すいませんね。でも、あんまりじゃありませんか。寝巻を脱がせて、それで、見てるだけだなんて。今日だけの話じゃありません。何かあるのかと思えば、途中でやめて、いつもその繰り返しで」

「……うるさいな」

静かな声だが、いかにも迷惑そうに眉根を寄せながらそう言われて、千代はかっとなった。

「うるさいって……」

「君は静かなところが取り柄じゃないか。それがやかましくああだこうだと騒ぐんじゃ、一緒にいたって――」

そこまで言って、茂一郎は自分の肩に手をやり、凝りをほぐすように首を回し始めた。千代は、静かなところが取り柄と言われて血の気が引いた。自分が何かに秀でていると思っていたわけではないが、この家に嫁に来てから、料理だって裁縫だってだいぶ腕を上げたのだ。なのに静かなのが取り柄だなんて、あんまり自分が気の毒ではないか。

「そうですか。静かが取り柄なのに、こう騒がれたんじゃ、一緒にはいられない、っておっしゃりたいんですか。今だって、ほとんど一緒になんかいやしないのに」

「……」茂一郎は首を回しつづける。

「ふだんほとんどご迷惑もお掛けしていないのに、たまに物を言うと、うるさいと厭がられるんですか」

「どうしたんだ」茂一郎は千代のほうへ向き直る。「何で機嫌が悪いのか知らないけど、こっちに当たるのはやめてほしいね」

「当たってるわけじゃありません。私は、言ったほうがいいことはちゃんと言おうとしているだけです。だって――」

「それが君の本性か」

「はい？」

「大人しい娘だと親父から聞いていたから、だからいいと思ってたんだ。この家に来てからも君は静かで、のろまで、そこが楽だったんだ。なのになんだ。お初に感化されたのか」

突然まくし立てられて千代はたじろいだ。

「――お初さん？　お初さんは、何も関係ありません」

「じゃあ、君が勝手にお初の真似でもしてるのか。あいつは小賢しいからな。ああいうふうになりたいのか」

「そんな……」お初さんにいい感情を抱いていないのは知っていたが、あいつ呼ばわりすることに千代は衝撃を受けた。

「だいたい、兆候はあったんだ。あの、洋菓子の、白い缶の箱を、君が欲しがったことがあったろう。あのごてごてした派手な装飾のやつ。あんなきらびやかなものを欲しがるなんて、意外に思ったんだ。君は物を欲しがらない女だと思ってたからね。そうしたら案の定、この家の造りが立派だとか言って悦に入るようになってきた」

「……」話が意外な方向に飛んで、千代は呆然とする。

「死んだ僕の母は、草加よりもっと北の田舎の出だ。まったく垢抜けたところはないが、素朴で、優しい母だった」

茂一郎が急に母親の話を始めたので、千代は息を呑んだ。この前タケが娘の話を始めたのと同じ流れだ。厭な予感がする。自分が余計なことを言って、また開けなくてよい箱の蓋を開けてしまったのだろうか。千代の、首の後ろに滲んでいた汗が急速に冷えてくる。茂一郎は前のめりになって話を続けた。

「料理も、煮っころがしとか、そんなもんしか出てこなかったよ。着物の着方だってもっさりとして、このへんの商店のおかみさん達よりも、見た目にはずっと地味だった。そのころは会社も今より小さいから、家だって粗末でね。でも、僕には、どこよりも心安らぐ場所だった」

結婚以来初めて饒舌《じょうぜつ》になっている夫を見て、千代は何年か前の、茂一郎が急に不機嫌になった晩のことを思い出した。

「母が風邪をこじらせてあっけなく死んで、そうしたらすぐにお初のやつが家に来やがった。女中かと思えば、妾だっていうじゃないか。タケが耳打ちしてきたんだ。向島の芸者で、母が生きていたころから親父とはずっと愚ろだったって。なんだってあんな、母とはまるで似ても似つかない女と」

熱っぽく喋りたてる茂一郎を、千代はただ見つめる。

「――震災で家が焼けて、新築したら、ひどく近代的な家になった。もちろん大事なところは親父が決めただろうけど、お初は知恵の壺みたいな女だから、いろいろ進言したんだろう。昔の家の面影もなくなったよ。母が死んで骨になって、その母が暮らした家も焼けてなくなって、母なんてまるでこの世にいなかったように何もかも変わった。だけど、君は、おっとりしたところが母に似ていて、僕はだいぶ安心したんだ。だけど結局はお初に懐柔されて……」

「そんな、違います。懐柔なんてされていません」

「だけど結局、お初の色に染まってるじゃないか。君は僕と結婚したことなんかより、この家でお初たちと暮らすことのほうが幸せなんだろう」

「お初さんには、私を自分の色に染める気なんてありません。貴方が思っているような悪い人じゃないです」

「そうだろうよ。悪人じゃないってことは僕だってわかってる。でも、僕とは、種類が違うんだ。親父も、君も、お芳ですら、お初に尻尾を振ったけど、僕はそうする気はない。僕までそうなったら母が可哀想だ」

「それは」興奮する茂一郎をなだめるように千代は割って入る。「それで結構です。お母様の側についていてあげてください」

そしてきっと草加のお春さんは、お初さんではなく、お母様の側の種類の人なんですね――、という言葉を千代は呑みこみ、話をつづけた。

「でも、私は、お初さんの、何でも手際よく上手にやってしまうところは真似したいですし、料理や裁縫の腕を上げたいとは思っていますけれど、それは、お初さんに憧れているだけです。あんなふうになれるもんだとは思っていません。それに、お初さんみたいに垢抜けたいとか、綺麗になりたいとかも、はなから思ってません。どだい無理なことですから」

千代が声の調子を落ち着かせて話すと、茂一郎は黙りこんだ。

「こんな立派な家で暮らしているのも、自分の身には過ぎたことだと思ってます。なんせ鈴木の家はご覧の通りの古びた借家ですし――、でも、それで、私は少々はしゃいでいたのかもしれません」

千代は、寝巻を掻き合わせて畳の上に座り、

「申し訳ありませんでした。不愉快な思いをさせて」

深々と頭を下げた。

茂一郎のほうから、激しく頭皮を掻きむしるような音が聞こえてきた。しばらくしてその音がやみ、千代は次の物音を待った。

静かに、茂一郎が自分の布団へと戻っていく気配がした。

それから、枕元のガラスランプを消された。部屋は一気に真っ暗になり、千代がちらと顔を上げると、隅でトラオの目が光っているのだけが見えた。

茂一郎が布団に横たわったらしく、室内に静寂が訪れた。トラオも息をひそめているのか、何の音もしない。千代と茂一郎は今の今までこれまでにない激しい対話をしていたのだが、何

もなかったかのように急に真っ暗になり、そしてしんと静かになった。

その中で、千代は伏せた格好のままでいた。

気持ちは落ち着いていたが、さびしかった。急に真っ暗になり、静かになったことがさびしかった。でも、このさびしさは受け入れなければならないものなのだ、ということがわかっていた。自分は、いろいろ、諦めなければならないのだ、ということがわかったさびしさだった。千代の脳裏には、五年後、十年後の、今と変わらぬ自分の姿が浮かんで、そこに安定でなく、初めて虚しさを見た。

茂一郎の寝息は聞こえてこない。千代が息をすると、畳の乾いた匂いが鼻から入ってくる。両の掌では、畳の凹凸を感じている。このところ熱心に拭きこんでいるから、畳の目はさらさらしている。明日には夫は草加に行ってしまうから、また自分はひたすら掃除に精を出すのだろう。また明日から毎日――。

千代は、暗闇に向かって呟いた。

「お春さんとは――」

かすれ声でそれだけ言うと、また室内は静寂に包まれた。茂一郎は、何も返事をしない。続きをうながしもしない。ただ、寝息が聞こえてこないことが、千代の言葉を聞き取ったことを物語っていた。

これ以上のことを言うか言うまいか、千代は迷った。自分が余計なことを言うと、また相手を怒らせて、意外な方向に話が発展してしまうのだ。だけど、黙っているのもつらかった。この静けさが、なによりさびしいのだ。

「――私は、邪魔なのでしょうか」

千代は、今度ははっきり緊張して、茂一郎の返事を待った。暗がりの中で、茂一郎の息を呑む気配が伝わってくるようだった。しかし、茂一郎の声は聞こえてこない。寝息も聞こえてこない。千代の声は聞こえているはずだが、なんの反応もない。千代の言葉は、聞こえなかったことに、なかったことにされてしまうのだろうか。

しばらく待ったが返事はない。千代は、伏せていた上体を起こした。部屋の隅で、相変わらずトラオの目が光っている。ただわずかに目の位置が低くなっているから、いつの間にか香箱でも組んだのかもしれない。

「――――」

そのとき、結んだ唇を開く音が聞こえた。千代が身構えると、茂一郎の、

「邪魔というわけでは……」

と言う声が聞こえた。続きを何か話しているようだが、それは息と混じってよく聞こえない。千代はトラオの目を見つめたまま耳を澄ませた。

「――普通じゃないんだ」

茂一郎が、少しはっきりとした声で言った。

普通じゃない？　千代はわけがわからずしばらく頭のなかで意味を探し求めたが、その言葉の意味を理解できない。

普通じゃない。それは、お春さんとの関係のことだろうか。あるいは、お春さんへの思いのことだろうか。いったい――。

「君は、普通じゃない」

ふたたび茂一郎が口を開き、千代は硬直した。普通じゃない？　私が？　千代は何度も頭の中で今の言葉を繰り返した。この、どこをとっても平凡な自分が？　普通と言われることは幾度もあったが、普通じゃないと言われたのは初めてのことだ。千代は混乱した。

「――私が、ですか？」

おそるおそる闇に向かって訊ねると、小さな、しかしくっきりした声で茂一郎は答えた。

「君の身体は、普通じゃないんだ」

そう言ったあと、乱暴に布団をかぶる音がした。

私の身体が？　普通じゃない？

千代にはさっぱり意味がわからない。この中肉中背の、骨太でも華奢でもない自分の身体が、普通ではない？

どういうことなのかと、茂一郎を揺すって問いただしたくなったが、夫は布団のなかに丸まることでつづく会話を拒絶している。謎を残したままふたたび沈黙に閉じこもられて、千代は途方に暮れた。

千代はしばらくトラオと見つめ合っていたが、やがてトラオの目も閉じ、千代は明け方だけわずかに寝入った。


茂一郎が草加に戻った翌月、高助が胃の精密検査を兼ねて入院することになった。

予定は一週間だが、付き添いのお初さんは自分用の布団やら焜炉やら家じゅうのものを運び入れる勢いで、病院に同行した。近所の胃腸科から紹介された大学病院は、電車を乗り継いで小一時間かかる。見舞いには来なくていいと言われていたが、千代は高助の入院三日目に様子を見に行った。

「やあ、千代ちゃん」

寝台の上の高助は至極元気そうだった。

「入院したら安心したのかな、急に良くなったよ」

言われてみると家にいたときよりだいぶ血色がいい。心なしか頬もふっくらしたようだ。

「良かったです、お元気そうで」

そう言いながら千代は、手ぶらで来てしまったことを後悔した。胃が悪くて入院したのだから、果物やら持ってきても食べられないだろうと思ったのだ。それが当の高助は、お粥は飽きたから洋食でも食べたいと言い出している。

「洋食ったって、ここの炊事場じゃねえ……」お初さんは首をひねる。

「煮込むものだったらどうですか？　シチューだったら鍋ひとつで出来ますし」

「時間がかかるのはだめですよ。場所を占領しちまいますから」

「じゃあ、家で作ったのを、こちらで温め返すのは？」

「ああ、それでしたらいいですね。あ、でも千代さん……」

「ええ、私はシチューは作ったことないですけど、見よう見まねでやってみます」

「うーん、でもあれは結構コツがいりましてね……」

「お初さんが、いったん家に帰って仕込んできたらいいじゃないか」高助が急に口を挟んできた。

「家に帰る？　シチューを作りにですか？」

「そうだよ。ついでに二、三日ゆっくりしてくればいいよ」

「そんな、旦那一人置いてですか？」

「病院に頼めば食事も出てくるそうじゃないか。きのう、隣の部屋の人が病院のごはんを食べてるのを見せてもらったけど、パンが出てたよ。うまそうだったなあ」

「あら、パンなんか出るんですか」

「お初さんが料理上手といっても、パンは無理だろう」

「…………」

「シチューの話なんかしたら、俄然食いたくなったよ。頼むよ、お初さん」

「――じゃあ、お言葉に甘えて、ちょっと帰って仕込んできますかね」

「そうしておいでよ」

　高助は優しく微笑んで言ったあと、千代のほうに首を伸ばして、

「実は、お初さんの鼾が毎晩うるさくて」

と耳打ちする。千代が「まあ」と首をすくめると、

「ちょっと、聞こえましたよ。あたしの鼾がうるさいですって？　まああ、高鼾かいてるのはどっちでしょう」

　お初さんが割って入って大笑いになった。

　そのままお初さんは簡単に着替えをまとめて、千代といっしょに帰宅することになった。帰

りの電車で、

「鼾はともかく、枕が変わったら眠れなくなりましてね。病院なんて慣れないところのせいですかね。旦那は気づいてて、だから帰してくれたんですよ」

と、しんみりした口調で言った。

「お義父さま、お元気そうでよかったです。洋食が食べたいだなんて」

「病院では点滴でお薬入れますからね。それで胃の炎症が治まって、一時的に食欲が戻ったんでしょう」

「検査の結果も、なんともないといいですね」

「なんともないってことはないでしょうけど、旦那が気にしてるのは癌じゃないかってことですからね。癌じゃないといいですけどね」

「そうですね」

それからはふたりとも黙って電車に揺られた。いったん家に帰って荷物を置き、お初さんは買い出しに出かけた。さすがにいきなり牛の舌は手に入らなかったが、ちょっと遠出したらスネの肉を買うことができたそうだ。いっしょに煮込む野菜と、あと、初めて見る小さな箱を籠から取り出した。

「お薬ですか?」千代が訊ねると、

「買ったのは薬屋ですけどね、これはお薬じゃなくて、重曹です」

「なんに使うんですか?」

「私には本格的なパンは焼けませんけど、蒸したパンなら作れると思って。これ入れると膨らむんですよ」

と嬉しそうに言う。

その晩からお初さんはシチューの下拵えを始め、ふたりは簡単な夕食をとった。

「ふだん食べられないもの食べましょう」

と、お初さんが買ってきたのは、たたみいわしとかタコの足とか、歯ごたえがあって消化の悪そうなものばかりである。こめかみに青筋を立て、ムキになって茹でダコを嚙みしめるお初さんを見て千代は笑った。

翌日お初さんは朝から焜炉の火を入れて、シチューを煮立たせた。肉がとろけるぐらいまでよく煮込んで、明日高助に持っていくという。黒砂糖を入れた蒸しパンはあふれるほどたくさん作って、千代と二人で食べた。

「おいしいです」

千代は目を丸くした。さすがお初さん、初めてのパンもこれほど上手に作れるのだ。形は小判形で表面はなめらかで、見た目も申し分ない。

「旦那も喜んでくれますかね」

お初さんも出来に満足している。

晩のおかずは昨日と同じたたみいわしやら若布《わかめ》の酢の物やらで、甘いパンというより酒がほしくなるような献立なのだが、お初さんは高助の胃が一段と悪くなってからお酒を断っている。まだお芳ちゃんが居てみんなで晩酌した日のことが、ずいぶん昔のことのように思える。

お初さんと二人きりのこんな静かな夜は、初めてのことだ。

「千代さん」

番茶でたたみいわしを飲み下したお初さんは、庭のほうを見ながら、静かな口調で話し出した。

「若旦那とは、うまくいってないんですか？」

千代もまた庭のほうを見ている。窓には二人の姿が映っている。思いがけず迎えたひっそりとした夜に、お初さんは長年の気がかりを訊ねてみる気になったのだろうか。

「――うまくいってるかどうかで言えば、いってません」

千代は、窓の中の自分の姿をしばらく眺めてから、その自分に向かって話し始めた。

「心が通じ合わないのは、べつに構わないと思ってたんです。私は家のことをして、お義父さまやあのひとが帰ってきたときに寛げるようにしていれば、それでいいと思っていたんです。それであと子供さえできれば、自分の役目は果たせるだろうって」

お初さんは身じろぎもせず聞いている。

「でも、心が通じ合わなくても構わないっていう、そういう私の考え方が、そもそもいけなかったんだと思います。夫婦なんですから、心が通じ合ったほうがいいに決まってます。それに、会社のことも、私にはどうせわからないだろうってんで、はじめからわかろうともしていませんでした。私がそんなふうにぼうっとしているうちに、気持ちだけじゃなく、住むところまで離れて、それで……」

千代は言葉を詰まらせるが、お初さんは先を急かすでも口を挟むのでもなく、ただじっとしている。千代は、お初さんになにもかも打ち明けたい気になっている。しかし何から話していいのかがわからない。

まずは、ここ何日かずっと考えていたことを話してみることにした。

「――身体が普通じゃない、っておっしゃるんです」

窓に映るお初さんの首が、わずかに傾いだ。

「……え？」

「あの、茂一郎さんが、私のことを、身体が、普通じゃないって」

「は？　千代さんの？」

お初さんは千代の頭から足元まで見回す。

「はい、私も何のことだかわからなくて。でもここのところずっと考えて、そうしたら、ひょっとして、私がいつまでも身籠らないことを言われているのかしら、と……」

「まあ」お初さんは目を丸くする。「身籠らないいったって、若旦那はほとんど下谷に居ないじゃありませんか」

「ええ、まあ……」

「自分が留守にしてて妻が身籠らなくて、それで妻の身体が普通じゃないって、そんな理屈が通りますか」珍しく鼻息を荒くしている。

「いいえ、身籠らないことを言われてるんじゃないか、って私がそう考えてるだけで、はっきりそう言われたわけじゃないんです。ただ〝普通じゃない〟って」

「普通じゃない――」

「ええ」

「それはいったい、どういった話の流れでそう言われたんです？」

千代は狼狽えた。あの晩の会話を、千代はほとんど思い出さないようにしている。お春さんの名を口にしてしまった自分のことを、今でも驚いている。大それた自分の発言を再現するのは、それが頭のなかであっても、勇気がいることだ。千代の発言のあと茂一郎は暗闇のなかで口を開いて、そして、千代の身体のことを言い出したのだ。

「どうだったでしょう……」

千代が口を濁していると、お初さんがぐいと膝を詰めてきた。

「千代さん」

「はい」

「私は旦那の妾です。ご存知でしょう?」

「……」

「いいんですよ、返事しなくて。お芳ちゃんだってわかってたでしょうし。私の立場がはっきりしなくて、さぞ座りの悪い思いをさせただろうと、今でも申し訳なく思ってます。だけど、世の中には曖昧にしたままでいいものもあると私は考えているんです。なにもかもはっきりさせなくたって、どうせ人間なんて大抵のことはわからないまま死んじまうんですよ。それでいいじゃないですか。生まれてきたんだから、ただ生きて、いずれ死んで、それでいいじゃないですか」

「はあ……」

「だけどね、世間には、知らずに済んでいたものをわざわざ吹き込んでくる人間ってのがいるもんです」

「……」

「千代さんの耳に私の正体が届いたように、私の耳にもいろんなことが入ってくるんですよ」

「……」

「私はね、そういうのを、べつに余計な話だとは思ってないんです。世の中にはさまざまな役割の人がいて、そういう人たちが、こちらの人生に、なにか、印になるような、置き土産みたいなもんを残していくもんです。そういうのを拾ったり踏んづけたり、場合によっちゃつまずいたりするのも、生きていくってことのひとつだと思ってます」

「……はい。というと、お初さんもご存じなんですね。草加の、お春さんのこと」

「千代さんの耳にも、とうとう入ったんですね」

「ええ、タケさんから」

「少し前に、お痩せになり始めたころ、そうじゃないかって思ってました」

「――」

「で、普通じゃないってのは、なにか、その、えっと」お初さんはぱっと声色を明るくしたもののすぐに言いよどみ、「その、草加のですね、お春さんと、千代さんが、違う、というようなことを若旦那は言ってるんでしょうか」と、気まずそうに訊いてきた。

「えっ……?」

お春さんと自分との違い。千代のことが〝普通じゃない〟というのは、お春さんとは違うという意味だったのか？　今まで千代はそんなふうに考えてみたことはなかった。しかし、もしかしたらお初さんの言う通り、夫にとってはもはやお春さんが標準で、千代がそこからずれているということを指摘されたのかもしれない。言われてみればなんとなくそんな気もする。

「すみません、私にはよくわかりません」千代は正直に答える。するとお初さんはうつむいて、

「いや……、まあ、閨の話になってしまいますので、なんと言ったらいいか……」と、頭をがりがり掻いた。

「閨での、私とお春さんとの違いということですか？」

「うーん、まあ、閨なんて、それこそ人それぞれですから、違って当然なんですよ。だから、お春さんと違うことがあっても、千代さんは何も気に病む必要はないんです。私はそれだけは断言できます。若旦那がどういう意味で言ったのかは知りませんけど……」お初さんはしきりに首を捻って語尾をにごした。

「私、茂一郎さんとは、閨でも、うまくいっていません」

千代はきっぱりと言った。自分は誰かに、こういう話を聞いてほしかったのだと初めて気づいた。お初さんにならば、話せると思った。

「草加の下宿に移ってからは、たまにこちらに泊まっても、子供ができるようなことはしていません」

「まあ、それじゃあ、むしろ身籠らないほうが普通じゃないですか」

「ええ、今はそうです。でも以前は、そう頻繁じゃありませんけど、そういうことはちゃんとあったんです。でも、失敗することのほうが多かったせいか、身籠らなくて……」

「失敗、というのは……」

「私がどうしても痛くて、あのひとを、その、受け入れるところまで進まないんです」

「あら」お初さんの表情がぱっと明るくなった。「千代さんが痛いってことは、そりゃ、若旦那の責任ですよ。痛くないように準備するのが男の務めですからね。若旦那がもっと修練を積む必要があります」

「そういうものなんですか……。実は私も、あのひとが、間違っているんじゃないかと思うことがあって」

「間違ってる？」

「ええ、狙いが、どうも、見当ちがいなんじゃないかって……」

「あらやだ」お初さんは小さく手を振った。

「うまく言えないんですけれど、その、本来の入口じゃないところに、無理やり捻じ込もうとしているような……。その、蓋がかぶさっているところを押されるから、引っ張られてとても痛いんです」

「ん……」

「何かの拍子で蓋がずれればうまいこと進むんですけれど、それがなかなか……」

「──千代さん？」お初さんが、急に声を潜めて訊いてきた。「その、蓋っていうのは、なにかのたとえですか？」

「はい？」

「その、受け入れる準備ができた、とか、女としての用意がまだ整っていない、とか、そういう状態のことを、あえて違う言葉で表現しているだけですよね？」

千代には、お初さんの言う意味がわからない。

「本当の意味は、潤った、とか、まだ乾いてる、ってことですよね？」

「いえ、蓋とはたしかに違うかもしれませんけど、その、塞がるじゃないですか。あれが広がると」

いつもは敏いお初さんになかなか話が通じず、千代は戸惑う。

「あれが？　広がる？」

「ええ、あの、びらびらしたところです」

「まあ――。びらびらはありますね」頷きつつも、お初さんはどこか納得しない様子である。

「その、左のびらびらが、邪魔になるじゃないですか」

お初さんは遠い目をして首を傾げた。「――左？」

「ええ、普段は丸まってますけど、その、脚を開いたりすると、左のそれが広がってあそこを塞ぐようになって、どうしても、邪魔になりますよね」

「……」

お初さんは難しい顔をしてしばらく黙りこんだ。

それから食べ終えたままになっている食器をやにわに重ね始めた。千代の茶碗や湯呑も盆の上にまとめ、立ち上がってから「千代さん」とこちらに顔を向け、言った。

「今晩、私と一緒に風呂に入りませんか？」

身体　昭和八年（一九三三年）

浴衣が足元に落ち、あらわになったお初さんの後ろ姿に千代は目を眇《すが》めた。姿がよいのはわかっていた。すんなりと長い胴体から、これまた長い手足が勢いよく伸びている。お初さんの身体は、山田の家の庭のどの木とも似ていない。こんな伸び伸びとした樹木は、上野のお山にでも行かないと見られない。桜のような横に広がる木ではなく、美術学校のあたりに生えている、天に向かうようなゆったりとした大木。

その伸びやかさははだかになっても想像とたがわないが、腰回りは思いのほか肉付きが豊かだった。年齢を考えれば――と納得しようとして、千代はお初さんの年を知らないことに気がついた。またもや迂闊な自分である。

それにしても――千代の目を惹きつけたのは、お初さんの肌である。ほくろもしみも何もない。色白というわけではないが、全体の色や質感が均一で、生々しいところがない。おしりの上のほうにえくぼのような凹みがあって、そこだけなんだか愛嬌がある。ふいに、義父がこの凹みにちょっかいを出す姿が頭をよぎり、千代はあわてて目を逸らした。

伸びやかでない自分の身体に気おくれしながら、千代も浴衣を脱ぐ。

千代が恥ずかしくないようにだろう、お初さんは「失礼」と先に風呂場に入り、さっさと湯を使い始めた。千代も追いかけて中に入ると、初めて他人とともに入る山田家の風呂場は、思っていたよりも薄暗かった。これならば裸同士でも照れずに済むと、千代も風呂場の隅で肩から湯をかけて身体を洗った。

ふつうの家よりは広い風呂場であるが、それでも二人で入ると親密な距離である。

お初さんはなぜ、とつぜん一緒に風呂に入ろうなどと言い出したのだろう。怪訝に思いながらぬか袋をこするので、手がときおり止まってしまう。それでも洗い方が雑なのか、千代のほうが早く洗い終わって先に湯船に浸かることになった。

背を向けて湯船にしゃがむ。お初さんが悠然とぬか袋を使う気配がする。千代はぬか袋で身体をこするが、お初さんはたまに湯をかけながら肌の上をそっと滑らせているようで、水を含んだぬか袋がすっ、すっと動く静かな音が断続的に聞こえてくる。なにをしているときでもいい格好を崩さないお初さんは、風呂で身体をこするのすらもったいぶるように丁寧なのだと、ぬか袋の湿った音を千代は心地よく聞いた。

「よいしょっと」

お初さんが湯船に入ってくる。千代に並んで座り、気持ちよさそうに「ふうっ」と息を吐く。

何か話してくれるだろうとしばらく千代は黙っていたが、お初さんもなにも喋らない。撫で上げた腕を湯の中に泳がせているだけである。

「あの」

たまりかねた千代が話し出す。

「私、家のお風呂に誰かと入るのは初めてです」

するとお初さんが火照りのない頬でこちらを向く。

「あら、若旦那とは入らなかったんですか」

「入るわけありません」

先ほど茂一郎との不仲について語ったばかりなので、千代は少しむっとして答える。しかし
お初さんはかまう様子なく、

「私は、お芳ちゃんとはよく一緒に入りましたよ。火を落としたあと、湯が冷めないうちにって大急ぎで」

なつかしそうに言う。

「丈が長いのと、小さくてころころしたのと二人でねえ。お互いの背中流したりしてね。お芳ちゃんもはじめは遠慮して優しく撫でてくれてたのが、慣れてくると力が強くてね。大根でもおろすみたいに人の背中にぬか袋こすりつけてくるんです。あとで湯に浸かると背中がひりひりしてね。親の仇じゃあるまいし、って、そのときばかりは叱りました」

お初さんはお芳ちゃんのころころした裸体が見えているかのように遠い目をして喋っている。

千代もお芳ちゃんを思い出して一瞬頬が緩んだが、お芳ちゃんのお腹にいま赤ん坊がいることを思い出して気分が塞いだ。

「お初さんは、お義父さまとは入らなかったんですか」

話を変えたくての質問だったが、言ってから千代は気まずくなった。しかしお初さんは、

「入らないですねえ」

あっけらかんと答える。

一もちろん、背中は何度も流しましたよ。でも着物は着たままです。いっしょに入るってことはなかったですねえ」

「……茂一郎さんがいるからですか」

「いえいえ。旦那が、背中流してくれ、としか頼んできませんでしたからね。まあ、それも若旦那に気を遣ってのことかもしれませんけど、でも、一人で入るほうが寛げるんじゃないですかねえ」

「――そうですか」

そこで千代は、お初さんより先に湯に浸かっていた自分がだいぶ茹だってきたことに気づいた。「ちょっとすみません」と、立ち膝の格好になって肩を冷やす。するとお初さんが、湯の表面を波立たせないように静かに身体をこちらに向けた。

「……千代さん、そのままちょっと立ち上がってみてくださいな」

腕を伸ばせば触れられるような距離で言う。

「え、ここでですか?」

乳を見られるだけでも照れ臭いので、千代は戸惑った。

「ええ、そのままそこでです。ささ、もすこし上へ。もそっと」

お初さんは湯気をあおるように掌を上に扇《あお》ぐ。

「こんな近くで、ですか」

「ええ、そうです。そのためにいっしょに入らしてもらったんですからね。女同士ですから、恥ずかしがらずに。そのまま、ささ、立っておくんなまし」

「――」

いっしょに風呂に入ろうという不可解な提案を呑んだのは千代自身である。そもそもは茂一郎に言われた〝身体が普通じゃない〟の意味を知りたくて、それからお初さんに話を聞いてもらって、それでなぜか風呂場へ流れ着いたのだ。このまま風呂から上がったのでは何の進展もないことはわかっている。千代はしばらく俯《うつむ》いてから意を決し、まず、臍《へそ》の辺りまで湯面の上に出してみた。

「あら、きれいなお胸ですよ。肌もきれい。恥ずかしがらないで、そら、もそっと」

お初さんはさらに手を上に扇ぐ。千代を勢いづけるために、わざと軽妙に喋っているのだろう。

「ささ、お尻を上げて、膝を伸ばして、そのまま立ってみてください」

「……はい」

千代はお初さんにしぶきがかからないよう、そっとその場に立った。

「それで、そのまま、ちょっと脚を開いてみてください」

「えーっ」

さすがに抵抗したくなった。しかしあろうことかお初さんは、湯の中で片足を伸ばして千代の両足の間につま先を差し入れてきた。

「ささ、ちょっとでいいから、もっと開いて」

お初さんのつま先に押されて千代の脚が開く。

「……普通のようですけれども」お初さんは、千代の顔を見上げてぽつりと言った。

そう言われて、茂一郎が「普通じゃない」と言ったのはこの場所のことなのかと千代はようやく思い至った。そして、ここに、こんなところに、普通も普通じゃないもあるものだろうかと混乱した。

「この、私のここが、普通じゃないってことなのでしょうか」

茂一郎がこの部分を執拗に見たりいじったりしていたことを思い出し、千代は血の気が引いた。

「いえいえ。正面から見たところは、普通なように見えますよ」

「そうですか」ほっと息をつく。

「でも、千代さん。さっきおっしゃってた、左のびらびらってのは何のことです？　そんなものはないように見えますけれども」

「ああ、あれは、今は丸まってます。もっと脚を開かないと広がらないですよね？」

「んー……」お初さんはこめかみに指先をあてて首を傾げた。「――すいませんけど、もそっと、脚を開いてみてくれます？」

「え、もっとですか。これくらい？」千代は一尺ばかり脚を開く。

「いや、もそっと」

「………」さらに脚を左右に開くと、恥毛の先から湯が滴《したた》った。

「あっ。これですか」千代の股の間近まで顔を寄せたお初さんが声を上げる。

「それくらいじゃ、まだ完全には広がってません」

千代はもう自棄《やけ》になって、左脚を大きくガニ股に開き、かかとを浴槽のへりに乗せた。

千代のいうところの左のびらびらが、これで完全に広がった。普段は巻紙のように丸まっているが、厠《かわや》にまたがるときのように股を開くと、それは子供の掌ぐらいの大きさに広がる。

「……………」

お初さんが絶句している。いったいどうしたというのだろう。お初さんのとは形が違うのだろうか。それとも大きすぎたり小さすぎたりするのだろうか。

「千代さん、これは……」

千代は息を呑んで次の言葉を待つ。

「場合によっちゃ、これは、とんでもないお宝ですよ」

「はい？」

「いや、すいません。お宝ってのは、いったん忘れてください。で、ゆっくり、また、脚を閉じてみてくれます？」

言われるまま千代はゆっくり左足を湯の中に戻す。

「はあー、こういうふうに丸まって、普段はしまわれているわけですね」

「……どこかおかしいんですか。私の〝ここ〟は」

「うーん、なんと言ったらいいか」

そこでお初さんは、おもむろに腰を上げた。上体が湯を引きずって、細身のわりに豊かな乳があらわになる。

「ちょっと見てくださいます？」

すっかり立ち上がったところでお初さんが脚を開く。千代が呆然としていると、

「さ、今度は、千代さんがしゃがんで」

と千代の両肩を押して座らせる。お初さんの股が千代の目の前にくる。千代と比べると恥毛の量が少なくて、一本一本の長さもだいぶ短いみたいだ。

「もっと開いてみますよ。見ててください」

お初さんの長い脚がじわじわと、浴槽いっぱいまで開かれる。恥毛が短いから見通しがいいが、いくら脚を開いても、お初さんのびらびらは広がってこない。

「……」

千代は言葉を失って目を瞠る。これはまさか、そんなまさかという思いが頭の中を駆けめぐる。

「私もそんな多く見てきたわけじゃありませんけど、まあ、たいがいがこんなもんです」

お初さんの声が頭上から降ってくる。

「人の顔がみんな違うように、ここだってみんな違います。複雑な造りですからね、人によって形はさまざまです。でもまあ、千代さんの右っ側が、みんなの両側についてるってのが、だいたいなところです」

「つまり、私の左のこれが……みんなには、ついていないってことですか……」

肩まで浸かっていた千代ののぼせが沸点に達し、緞帳《どんちょう》が閉まるように、徐々に目の前が暗くなっていった。


翌朝、廊下を滑るように行き来するかすかな足音で千代は目を覚ました。玄関のほうを覗くと、お初さんが上がり框《かまち》に風呂敷包みを降ろしたところだった。

玄関先に差し込む日射しが風呂敷を鮮やかに照らし出している。シチューが入った鍋は紫の風呂敷で固く結ばれ、逆に蒸しパンはふうわりと鶯《うぐいす》色の風呂敷に包まれている。高助の食事の荷造りを終えたお初さんは、寝巻姿の千代に微笑みかけた。

「それじゃあ、何日か留守にしますけど」

しますけど、のあとの言葉は呑みこんで両手に風呂敷を提げる。

いくら柄の大きなお初さんでも、着替えを背負ったうえに、片手に重い鍋、もう一方につぶしてはならないパンを抱えた姿は心もとなく映る。せめて鍋だけでも千代が引き受け、いっしょに病院まで運ぶべきなのかもしれない。そう思いついたものの、千代はどうしても今から身支度を整えて出掛ける気にはなれなかった。

これから何日間かの一人暮らしは家にあるもので適当に食いつなぐことに決めた。近所に出るのすら億劫だ。

「じゃあ千代さん、くれぐれも」

玄関先でお初さんが振り返って言う。

「思い悩むことなんか何もありません。くれぐれも、早まったりしないように」

近所の人に聞かれたら物騒に思われそうな言葉を残し、上野駅のほうに去っていった。

千代は居間に戻り、座布団にへたりこむ。

ちゃぶ台にはお櫃《ひつ》と漬け物、急須が並んでいる。お初さんは千代の朝食まで用意しておいてくれたのだ。

千代はお櫃には手をつけず、お茶だけを啜った。何も食べたくないのだ。それどころか、掃除も洗濯もしたくない。風呂も入りたくない。

千代は布団にごろりと横になった。昨夜はここ、一階の居間で休んだのである。大の字になって天井の木目を眺めていたらすぐ飽きたので、上体だけ起こして新聞を開く。

ふだん読まないような、一面の記事を目で追ったりする。内容は頭に入ってこない。

「二時間を直立不動。粛として聲なき被告。五・一五事件の海軍側公判、峻厳なる論告終る……」

声に出して読む。むろん何の感慨も湧かない。

一面を全部読み上げたところでふたたび仰向けになる。

「早まったりしないように」という、お初さんの言葉が甦る。自分は、自害でもしそうなほどしょげかえって見えるのだろうか、と鼻から嗤《わら》いが漏れる。

じっさい千代は、しょげかえっているのだった。

ゆうべ、湯に当たったのか精神的なショックからかわからないが、風呂場で千代は昏倒し、お初さんに脱衣所まで引きずられたところで意識が戻った。お初さんは素っ裸のまま台所に水を汲みにいってくれた。

戻って来たお初さんは膝の上に千代の頭を乗せ、湯呑を唇にあてがった。千代は薄目を開けて冷たい水を飲んだ。たがいに裸なので、千代の視界の端にはお初さんの下腹部がちらついた。のぼせはすぐに引いたが千代の身体は動かなかった。起きる気力がないのである。

お初さんは千代に寝巻を着せたのち、二階に上がるのは難儀だろうからと、居間に布団をのべてくれた。布団まで歩くのにも肩を貸してくれた。千代は布団に横たえられたとたん、涙があふれた。

「私は、不具だったのですね」

そう言うのがやっとで、あとはずっとむせび泣いていた。

お初さんは、「そんなことありません」と繰り返しながら千代のおでこに絞った手拭いを置いたり団扇《うちわ》であおいだりして介抱してくれた。居間にもう一組布団を運んで並んで寝てくれたが、千代は明け方まで眠れなかった。

昨日までおのれの不甲斐なさを責めていたが、悩みの質が変わってしまった。

冴えないこと、無能なことが問題なのかと思っていた。しかし自分は、この凡庸の塊だと思っていた自分の身体は、人と違っていたのだ。

それなのに、自分でそのことに気付かないまま夫に晒して、まじまじと見られたり、いじられたりしていたのだ。しかも性交のさいの夫の狙いが間違っているのではないかなどと、見当ちがいの濡れ衣を着せていたのである。なんという面の皮の厚さだろう。茂一郎が「普通じゃない」と言い出さなければ、自分はそれに気づくことすらなかったのだ。

「ああ」

千代は新聞紙に顔を伏せて身もだえた。

それから千代は、最低限のものだけ食べてうつうつと過ごした。

お初さんはしばらく帰ってこないと思っていたが、予想に反して三日目に帰ってきた。「ただいま帰りました」と言いながら珍しく乱暴に草履を脱ぎすて、

である。


「旦那、癌じゃなかったんですよ」

と玄関先で声を弾ませた。よく調べてもらった結果、高助の病名は胃潰瘍と判明したそうで
「それは、良かったです」

千代は久しぶりにいい知らせを聞いてわずかに心が晴れた。

「胃の中に出血もないから、自然に治るのを待つんですって。点滴がよく効いてるからこのまま入院して、少し太ったとこで退院しましょうって」

「まあ、じゃあ手術もしなくていいんですね」

「そうですとも」

持ち帰った鍋をしまいながら、お初さんは頬を紅潮させて今後の予定を話した。高助の入院は長引きそうではあるものの、点滴と投薬が中心の滞留であるため本人はいたって気楽な様子だそうである。そればかりか、何日かお初さんが留守にしている間に本来の社交性を発揮し、仲良しの入院患者が何人もできたらしい。

「それで、私は病院に居続けなくて、行ったり来たりでいいんですって。ずっとついていられたんじゃ重病人みたいで辛気臭くなるって」

「ふふ、お義父さまらしい」

かつて鈴木の家で祖父や父と談笑していた高助の姿を思い出し、千代は心が安らいだ。しかしそのあと厠に入ったら、明るい気分は霧散してしまった。

厠にしゃがみこんだとき、お初さんのすっきりした股を思い出したのである。間近で脚を開

いてみせても、よけいなびらびらもなく恥毛がひかえめに生えた、お初さんの股。

いま自分は脚を開いてしゃがみこんでいるから、股には、あれがべろっと広がっている。それを思うだけで胸が詰まったが、つづけて落とし紙を使ったとき、ふいに母の顔が浮かんできて千代は慄然《りつぜん》とした。

――母は、これを知っていたのだ。

赤ん坊の千代の襁褓《おしめ》を替えていたのは母である。もちろん娘の異状には気づいていただろう。だからこそ、それを知っていたからこその、あの執拗な閨《ねや》の教えだったのか。痛いそぶりを見せてはいけないとか、従順でいろとか――。

「嫁いだらあなたには茂一郎さんしかいないのよ。もう鈴木の家には帰ってこられないのよ」

何度も聞かされた言葉が甦る。祝言の日の朝にまで母はそう念を押した。

思えば、茂一郎との婚姻にもっとも積極的だったのは母だった。それは高助の人柄や、山田の家の工場がうまく行っていることによるものだろうと千代は思っていた。だけど――。

用を済ませたあとも、千代は薄暗い厠のなかで立ち尽くした。

母は、山田の家に千代を押し付けたのではないだろうか、という疑念が湧き、頭がくらくらした。

父同士が心の通じた仲だから、山田の家なら、こんな千代でも粗末には扱われないだろうという計算があったのではないか。

あるいは、茂一郎が堅物だという話は聞いていたから、千代の異常にも気づかないと踏んだのではないか。

暗がりのなか、千代はひとり顔を蒼くしたり紅くしたりした。

母が黒幕で、千代は不良品で、茂一郎が被害者だという図式がはっきりと見えてきてしまった。茂一郎は、お春さんを知るまで妻のアソコが普通ではないことに気づいていなかった。思えば気の毒な夫である。

千代が厠から出たのは、半刻も経ってからだった。

廊下に出たところをたまたま通りかかったお初さんは、今まで千代が姿を消していたことに気づいていたのだろう、「あら？　大丈夫ですか？」と声を掛けてきたが、翳《かげ》の差した千代の顔を見て口をつぐんだ。


お初さんが家と病院を数日おきに行き来するようになって、ひと月半が経った。

「ふふふ」

低い声で千代が笑うと、お初さんは一瞬家事の手を止める。

「何かおかしいことでもあったんですか？」

と訊ねてきたのははじめの三回だけで、あとは何も問いかけず、強張った顔で千代の笑い声を聞き流している。

お初さんが家にいるときは高助の好物を仕込んだり、千代といっしょに掃除や洗濯、つくろいものや布団の打ち直しをしている。千代にもただ黙々と家事に打ち込む日々が戻ったわけだが、ふとした瞬間に「ふふふ」と笑いが漏れてしまう。口を固く結んでいても、唇の端や鼻の穴から漏れ出てしまうのだ。何が可笑《おか》しいわけでもないが、何もかもが可笑しい気もする。笑い声でも漏らさないと、自分の身が破裂してしまいそうだ。

昨日戻ってきたお初さんと、千代は並んで着物の染み抜きをしている。ベンジンを含ませた綿で着物を叩いていると、また、

「ふふっ」

と声が出てしまった。

それまで「だいぶ冷えるようになってきましたね」などとぽつぽつ喋っていたお初さんは、千代が笑うと黙りこんだ。そして高助と茂一郎の着物を片付けると、台所へ行ってしまった。買い出しにでも行くのだろうか。それにしてはまだいつもより時刻が早いと千代が思っていると、お初さんは、お酒の瓶を抱えて戻ってきた。

「千代さん、ずっと伺おうと思ってたんですけど――」

そう言いながら三本の一升瓶を畳の上に並べ、千代に詰め寄ってきた。

「これ、全部、千代さんが呑んでらっしゃいますね」

三本の清酒は、どれももう残りが少なくなっている。千代はそれらの瓶を横目でちょいと見、すぐに目を逸らして吐き捨てるように言った。

「私、呑んじゃいません」

「月桂冠《げっけいかん》、泉川《いずみかわ》、鶴《つる》の瀧《たき》……。どれももう底の方にしか残ってません。私は料理にはあんまり酒は使ってません。呑むほうも、ご存じの通り旦那の具合が悪くなってから断ってますし」

茂一郎もあれから帰ってきていないので、山田家の台所では夕餉《ゆうげ》に酒をつけることはなくなった。

「私が、料理で使ってるんです」そっぽを向いたまま千代はしれっと言う。

「そうですか？　そんな煮物やら煮魚やら、近頃は料ってないようですけれども」

千代は返事に窮した。たしかに最近は、煮る料理は味つけが面倒だから作っていない。ご飯を炊いて、味噌汁を作って、あとは目刺しと漬け物といったところである。

「それに」お初さんは立て続けに問うてくる。「ずっと早起きだったのに、最近はずいぶんお寝坊じゃありませんか？」

千代は黙りこくった。たしかに以前は日の出とともに目覚めていたものが、このごろは眠りが浅いのかどうもすっきり起きられない。

「千代さん」

「………」

「呑まずにはいられないんですか」

「……夜だけです。寝る前に、ちょっと」

「昼間だって、匂ってますよ」

「………」

「今朝洗濯物干しに出たときだって、すれ違ったらぷうんと匂いました。朝から呑むなんてこりゃ余っ程だって心配になったんですよ」

お初さんの言うとおり、千代はこのごろ一人酒を覚えたのである。どうしても眠れない夜、台所に水を飲みに降りて、月桂冠が目に入った。蓋がきちっと閉まっていなくて、気が抜けてしまったかと匂いをたしかめてみたら、一口だけ呑みたくなった。家でいちばん大きなお猪口《ちょこ》になみなみ注いで立ったまま干したら、その晩はぐっすり眠れた。それで翌日も呑んだ。また眠れた。それを一週間ぐらい続けたらまた眠れなくなり、お猪口一杯だったのを二杯に増やした。そのうち、燗酒のほうがすぐ酔いが回るからと、わざわざ燗をつけるようになった。徳利に入れるから呑む量が増える。昼間の家事のついでにちょっとずつ呑むようになるまで、さほど時間はかからなかった。

「千代さん、あたしは芸者上がりですからね、酒で身を滅ぼした人はいくらでも見ています。千代さんのことですからそんなに浴びるようには呑んでないでしょうけど、朝っぱらから呑むのはいくらなんでもまずいです」

「――すみません」

「いつから呑むようになったんですか」

「先月の、終わりごろです」

「じゃあ、まだそんなに癖にはなっていませんね」

「……………」

「月桂冠も泉川も、あたしが前に注文してからけっこう日が経ってますから、もともと減ってましたしね」

「――ええ、そんなに沢山はいただいてないです」

千代は嘘をついた。

酒を呑み始めたのは、十月の終わりではなく、初めからである。さらに、月桂冠も泉川も、お初さんが留守の間に千代が三河屋に頼んだもので、どの銘柄もかれこれ二本ずつは千代ひとりで空けている。一応は眠れているから却って体調はいいくらいだし、千代は今後も酒をやめるつもりはない。でもさすがに、お初さんのいる間は我慢しようと決めた。

しかしその翌週、お初さんが家に戻っているとき、風呂上りに千代はちょいと燗をつけた。お初さんが長風呂しているので、安心して二本めもつけた。雪平を片付けているとき風呂場のほうで物音がしたので、見つかってはいけないと徳利とお猪口を持って慌てて二階に戻ろうとしたら、お初さんの声が廊下に響き渡った。

「千代さん、やっぱり」

千代は階段を上りかけたところで固まった。

「やめられないんですか。お酒」

お初さんはどうやら風呂場で張っていたらしい。きちんと寝巻を着こんだ姿でつかつかと歩み寄ってきた。千代は反射的に階段を駆けあがる。

「千代さん、待って」

お初さんが追ってきた。千代はただ、お酒を持っているのを見られたくないという一心で寝室に逃げ込む。襖を開けると、部屋の隅に使わない座布団が高々と重ねてあるのが目に入った。千代は徳利を提げたまま、座布団の山の陰に身を潜めた。

お初さんも入ってきて、部屋を明るくした。そして、座布団にしなだれかかった千代を見下ろし、ふっと、口元を緩めた。

「何やってるんですか、ふたりで」

ふたり？　と不思議に思って辺りを見ると、座布団の山のてっぺんにトラオがいた。毛づくろい中に人間たちが立て続けに飛び込んできて面食らったのだろう、舌がちょっとはみ出たままになっている。

「トラオちゃん、ここにいたの」

千代も思わず噴き出す。すると気持ちが張り詰めていたのが解けて、千代は徳利とお猪口を畳の上に置いた。

お初さんもすぐ近くに座って、トラオの頭を撫でた。トラオはぐるぐると喉を鳴らす。

「千代さん」

お初さんはトラオの顔をつかむようにして両頬をさすってやりながら、

「こっそり呑むのはいけません。燗をつけるなら、堂々とやってください」

と微笑んだ。

そう言われた千代は、あふれるほどの清酒で満たされた徳利を見下ろした。こんなになみなみと注いで——と我が身の浅ましさにあきれていると、徐々に、自分の目にも涙があふれてきた。

「お初さん、私——」

目の下を拭いながら、千代は言った。

「私、もう、離縁してもらおうと思います」

「千代さん……」

「このままここにいても嫁の役目は果たせそうにありませんし」

「……」

茂一郎さんにはお春さんがいるのだし、私がいなくなっても誰も困らないどころか、いなくなったほうが都合がいいのでしょう？」

「……離縁して、千代さんはどうなさるんですか？」

千代はぐっと詰まって、寝巻の膝のあたりの柄に目を落とした。

「まさか何も考えずに離縁などと言い出してるわけじゃありませんよね？　鈴木の家に戻るおつもりですか？」

母の顔がすぐに浮かんで、千代はぶんと頭を振った。

「いいえ、家には戻りません」

「じゃあどうなさるんです？」

「ひとりで生きていきます。なにか仕事を見つけて――」

「なんの仕事をするんです？　女学校出とはいっても、卒業してもう何年も経ってらっしゃいますよね？」

「……住み込みの、女中とか。一通りの家事は覚えましたから」

「あらまあ、私やお芳ちゃんみたいになるっていうんですか？」

千代はこくりと頷く。

「自分で言うのもなんですが、この家みたいに条件のいい女中の口ってのはそうありませんよ」

「ええ、お芳ちゃんも、前に居たお大尽の家では苦労したって……」

「あれだって、あの子がまだ若いうちだから勤まったんですよ。今同じ暮らしをしようったってできるかどうか。お芳ちゃんは子供のころから貧しい思いをして、貧しいまま奉公に出たから耐えられたんですよ。同じ条件だったら、あたしだって我慢できたかわかりません」

「……」

「学校の先生のうちに育って、女学校を出てすぐ嫁に入って、家族が多いわけでもなく姑《しゅうとめ》がいるわけでもない家で過ごしてきた。そんな千代さんが住み込みの女中になるって、口で言うほど生易しいもんじゃありませんよ」

「——じゃあ……」

「ろくに食べさせてもらえないどころか、眠らせてもらえないとこだってあるっていいますよ。置屋の女中だって、朝から晩までこき使われてましたし」

「じゃあ、お初さんは……」

「それに、女中に手を出すような不埒《ふらち》な主人だって少なくないって——、えっ、何かおっしゃいましたか？」

「——お初さんは、お初さんやお芳ちゃんに出来たことが、私には無理だって言いたいんですね」

千代が震える声で言うと、お初さんは口をつぐんだ。

「私は恵まれたぼんくらだから、二人のような苦労は耐えられない、っておっしゃるんですね？」

「千代さん——」

「独り立ちもできないなまくらだって、そう言いたいんですね？」

恨みっぽく言う千代の目からふたたび涙が噴き出して、お初さんの眼差しに一瞬同情の色が混じった。しかしお初さんはしゃんと背筋を伸ばして、

「ええ、言いたいのはだいたいそんなところです」

と、さらりと言った。

あっさりした返答に千代は拍子抜けし、畳の上に手をついたら徳利を倒しそうになった。慌てて徳利を押さえる千代にお初さんは、

「千代さん、それ、冷めたらもったいないから、呑んでしまったらどうですか？」

と、意外な提案をした。咎《とが》められたばかりの千代はさすがにためらうが、そういえばさっきお初さんは「こっそり呑むな」と言ったのだった。つまり、堂々と呑むのなら構わないということかもしれない。

手酌でちびちび呑み始めた千代をしばし眺め、お初さんはふたたび口を開いた。

「なにも、千代さんのことをぼんくらとかなまくらって言ってるわけじゃないですよ」

千代はまだ熱の残っている清酒を呑み下す。

「ただね、早まってほしくないんです。離縁してから後悔したって遅いですからね」

「……このままこの家に居座るほうが、後悔する気がします」

「そういうこともあるかもしれませんけど、どうせ後悔するのなら、苦労しないほうがいいと思いませんか？」

「――」

「残るも地獄、去るも地獄なら、まあとりあえず、残るほうを選べばいいじゃありませんか。去るのはいつだってできるのだし」

むっつりとして酒を啜りながら、千代は落胆の色を隠せなかった。なんとなく、お初さんは

離縁に賛同し、その後の千代を応援してくれるものと思いこんでいた。しゃんとしたお初さんにはそんな態度が似合っている。それが、事なかれ主義のように結婚生活を続けろと言う。千代は憧れのお初さんに失望し、お酒をどんどんお猪口に注いで口元に運びつづけた。

「よくよく考えてみてください。今の生活、そんなに悪くありゃしませんよね？　家のことをやって、そのうち旦那が病院から戻ってきたら、また三人でわいわいやって。たまには若旦那だって帰ってくるでしょう。そんときはべつに今までどおり、ろくすっぽ喋らないでいればいいじゃありませんか。そんなふうに過ごしてたら、そのうち草加のお春さんに飽きることだってあるかもしれませんよ？」

お初さんは滔々《とうとう》と喋る。千代の食道で、呑みくだした熱燗がめらめら燃えてきた。

「若旦那とお春さんとの間にだって子ができないかもしれませんし、そしたらやっぱり正妻と子を作ろうって、いつそんなふうに若旦那の気が変わるかわかりゃしませんよ？　いっとき気が塞いだからって早まっちゃ――」

そこで千代は、手のひらで畳を叩いてお初さんの話を止めた。

「どうやって子を作るっていうんですか！　こんな――、こんな所によけいなものがついた女と、誰が子作りなんてするんですか！」

お初さんは唖然として口をつぐんだが、すぐに姿勢を正し「あのね、千代さん」と、屹《き》っとした口調で言った。

「たしかに、千代さんのアソコは少し変わっていますよ。だからと言って、若旦那がお春さんと懇ろになったり、千代さんと子作りをしないのは、千代さんのせいじゃありません」

「……」千代は首を左右にちいさく振る。

「千代さん、よく考えてみてくださいよ。びらびらがあるったって、本当に塞がっているわけでなし、ひょいっと、よけりゃいいだけの話じゃないですか。若旦那は〝普通じゃない〟とかおっしゃっていたそうですけど、だいたい大げさなんですよ。ちょっとの気遣いがあれば、子作りだって問題なくできるはずじゃないですか」

千代の目にふたたび涙が盛り上がるのを見て、お初さんは目を細めた。

「ねえ、千代さん」

勢いこんで話していたのが、優しい声色になる。

「花柳界にも、いろんな持ちものがありましたよ」

お初さんは急に話を変えた。千代は涙がこぼれ落ちないように目を見開く。

「千代さんとおんなじ形には出会いませんでしたけど、中のびらびらが全体的に大きいお姐《ねえ》さんがいましたね。そうかといえば赤んぼみたいに小ぶりなままの人もいましたし」

「――大きいったって、私みたいに広がりはしないでしょう」

「広がりはしませんでしたけど、個性的ではありましたね。まあでも、いつかも言いましたけど、アソコはなんせ複雑な造りですから、多少の違いはあるだろうぐらいにしか思っていませんでしたけどね」

「でも……」自分のこれは、多少の違いではない、と千代は唇をかんでうつむいた。

「で、そのお姐さんでしたけどね、他人と違ったのは見た目だけじゃなくてね、中味もずいぶん違ってたらしいんですよ」

「中味？」

「一言で言うと、ずいぶん具合がいいらしいんですよ。具合がいいってのは、男さんが気持ちよくなるってことです」

〝具合がいい〟の意味がわからず千代が呆けた顔をしていたせいか、お初さんは言葉を換えて説明し、そのお姐さんはね、と続けた。

具合のいいお姐さんは特に美しいわけでも座持ちがするわけでもなかったが、財力、人品骨《じんぴんこつ》柄《がら》ともに申し分のない旦那がついた。不義理や浮気の多い花柳界にあって、その旦那は姐さん一筋だったそうである。それはとりもなおさず姐さんの具合がいいからだろうと、内緒で味見したいという申し出が待合に殺到したらしい。

「まあ、旦那が手放さなかったのは姐さんの情が濃かったからかもしれないし、味見させろと言われても姐さんは応じなかったから、ほんとのところは旦那しか知らないんですけどね」

その姐さんは向島では伝説の存在だったらしく、落籍《ひか》されたあとも芸者の間では「お宝で出世した姐さん」と、たびたび話題に上ったとか。そこまで聞いて千代は、お初さんが初めて千代のあそこを見たとき「とんでもないお宝かもしれませんよ」と言ったことを思い出した。

「ですからね、千代さん」

お初さんは、千代の陰部の形状が特殊だからといって嘆く必要はない、ところが変わればそれは珍重されてもいいくらいのもので、普通じゃないなどと言って遠ざかるのは若旦那が未熟だからだ、などとあらためて説いた。

「でも、うちの人が仮に未熟だったとしても、その未熟な人がじっさい私の夫なのですよ」千

代が畳に座って言うと、お初さんは、

「だからね、若旦那がいつまでも未熟かわからないじゃないですか。そのうち千代さんの良さに気づくかもしれませんよ」

そう言って、空になった徳利とお猪口を手に持って立ち上がった。

「いずれにしても、女のアソコがちょっと変わってたとして、それを気味悪いととるか、価値を見出すかは男さんによるんじゃないですか？　私の見た目だってね、粋だって言ってくれる人もありゃ、あのお夕ケさんみたいに、顔の四角い大女だって腐す人もいますしね」

お初さんはそう言って、笑いながら一階に降りていった。

すっかり酔いの回った千代は布団に横たわり、しかしお初さんが離縁に賛成してくれなかったことにこだわって、すぐには寝付けなかった。


その晩以降千代はお初さんの前で堂々と燗をつけるようになり、お初さんはお初さんで千代の目の前に座布団を敷いて、徳利が空になるまで番茶を啜りながら付き合うようになった。

ふたりはいろんな話をした。病院での高助の話、たまに現れては用だけ済ませてさっさと帰ってしまうタケの話、お芳ちゃんが山田家に来たころの失敗談――。

そのお芳ちゃんから、年明けに男の子が生まれたことを知らせる葉書が届いた。

「男の子、か」

千代はお芳ちゃんが無事に子を得たことに羨望を覚えたが、お初さんは生まれた子が男の子だったことにひときわ喜んで、「これでお芳ちゃんも安泰だ」と繰り返している。

千代は「お芳ちゃんは、もともと安泰でしょう」と、ひとりごちる。

田舎の教師の家に嫁ぎ、すぐ身籠ったお芳ちゃんの生活はおそらく平穏なものだろう。そのうえ跡取りとなる長男を産んだのだから、家での立場はますます安定するのだろうということは、千代にもわかる。

脳裏に、いまだ見たことのない草加のお春さんの姿が浮かぶ。清楚で、うりざね顔で、でもほっぺは少しふっくらとして、優しく笑っているように目尻が下がって――。

そのお春さんは、千代に遠慮して先に子は持ちたくないと言っているらしいが、いつ弾みで身籠ったっておかしくない。それが男の子だったら――。

「お初さん」

千代は、酔いの助けを借りて心に引っかかっていたことを訊ねてみた。

「お初さんはどうして、私が離縁することに反対なんですか？」

お初さんは湯呑を手に持ったまままきょとんとして、

「――そりゃ、こないだ言った通りですよ。早まっちゃ損ですから」

「損？」

「まだ何も事態は動いちゃいないんですよ。お春さんがそれこそ男の子を産んだわけでなし、若旦那が離縁を言い出したわけでもない。将来はどう動くかわからないんですよ？　若旦那の気が変わるかもしれないし、あるいは、お春さんが心変わりするかもしれない。あるいは、千代さんが変わるかもしれない」

「私が、どう変わるっていうんですか」

「千代さんにも、他所にいい人ができたりとか、ね」

「そんなこと、あるわけないでしょう」千代は鼻で笑って、自分の股のあたりを見下ろした。

「……そんなことより、私はお初さんに少しがっかりしているんですよ」

「へえ、どんなとこにですか?」

「離縁のこと、早まっちゃ損だとか、どうせなら苦労しないほうがいいとか――。なんだか、ずる賢いみたいで、お初さんらしくありません」そこまで言って千代は、茂一郎がお初さんのことを〝知恵の壺のような女〟と言っていたことを思い出し、打ち消すように熱燗をあおった。

お初さんは「ずる賢いですか」と目を丸くしたあと手の平でひたいを叩き、

「そう見えちまいましたか。たしかに、自分にはそういうとこがあるのかもしれません。芸者屋に売られたときからずる賢い女を沢山見てきて、ああいうふうにはなりたくないと思ってきたんですけどね」と、しんみりした調子で言った。

「……すみません、言い過ぎました」千代もしょんぼりする。

「謝らなくていいんですよ。たしかに自分は出すぎたことを言いました。でもね、あたしは千代さんにはあんまり苦労してほしくないんですよ。もちろん今でも若旦那の件では苦労してますけど、それは家の中の苦労ですから。あたしは千代さんのね、素直で、のんびりで、裏のないところが好きなんですよ。外で苦労して、そこがなくなったらもったいないと思うんです」

お初さんはそこまでひと息に喋ったあとそっぽを向いて続けた。

「それにね、千代さんがこの家から居なくなっちゃ、あたしが寂しいじゃないですか。お芳ちゃんがいたときは三人で、今は二人で、ずっと楽しかったじゃないですか。あたしだけ置いていかれたら寂しいんですよ。もちろんそれはあたしの勝手な都合なんですけど……」

お初さんはそれだけ言って語尾を濁すと、大きな手で湯呑を鷲掴《わしづか》みにし、喉を見せて番茶をぐうっと飲み干した。いつもの粋な仕草とはちがう、珍しく雑な動作だった。


その晩を境に、お初さんは自分のことを喋るようになった。今まで小出しにされていたお初さんの前身の、だいたいのところが千代にも明らかになった。お初さんは荏原《えばら》郡の出で、お父さんを早くに亡くして十歳のころに向島の置屋に売られた。稽古熱心だったので芸事はどれもこなせたそうだが、いつかタケが言っていたとおり「売れない芸者」だったらしい。お座敷がかからないときは置屋の女中といっしょに炊事洗濯をしたり、文字通りお茶を挽《ひ》いていたこともあったそうだ。

「信じられません」千代は気色ばむ。「お初さんは綺麗だし、明るいし、物識りだし、そのうえ三味線も踊りもできたんじゃ、売れないわけがありません」

「ま、そんな」お初さんははにかんだ。「でもね、とにかく芸者としては規格外の大きさだし、この四角い顔もね、白粉《おしろい》と髷《まげ》がどうも似合わなくてねえ」

なにかと容貌のことをあげつらわれることが多く、当時のお初さんは内気だったらしい。慣れた客となら軽妙に喋れるが、初見の客や、意地の悪い客がいると途端にお初さんは陰気になった。唄や踊りも、目の肥えた客からの評判は高かったが、大柄なお初さんが上手にやると見ようによっては滑稽になるらしく、指を差して笑い転げる客もいたそうだ。

「売れないと、不見転《みずてん》――、つまり、金さえもらえれば誰にでも身体を売る芸者に堕ちていく人が多いんですけど、あたしはそっちのほうでもまったく声が掛からなくて……」

風呂場でお初さんの美しい全裸を見た千代にはこれも信じられない。

「そんな、お初さんは、とても綺麗じゃないですか。私、小股が切れ上がったいい女って、言葉の意味は違うかもしれませんけれど、お初さんのことだと思いました」

「千代さん、ありがとうございます。でもね、芸も身体も売り物にはならなかったのがほんとうのところなんですよ」

そんなお初さんが二十五歳のとき、頭数を揃えるために声の掛かったお座敷で高助と出会ったのだという。

「初めてお酌したとき、〝君、粋だなあ。見た目も仕草も〟って、心から感心したように言ってくれたんです。そんなふうに言ってくれる人もたまにはいたんですけど、みんなの前で大きな声で褒められたから、うれしかったですね」

さすがお義父さま、と千代は高助を誇りに思う。

「私も、旦那とは気楽に話せて、まあつまり、馬が合ったんですね。しょっちゅうお座敷に呼んでくれるようになりました。三味線なんかそりゃあ喜んでくれて」

懐かしそうにそう話すお初さんの瞳はわずかに潤んでいた。

お初さんが千代の寝酒に付き合いつつ自分のことを話すようになって半月が経ったころ、ようやくお初さんと高助は男女の仲になった。高助はたった一人でお初さんを待合に呼ぶようになり、やがて高助はお初さんの「旦那」になった。ただ、当時の山田製罐は今よりも規模が小さく、向島では上客とはいえないランクの客だった。

「でも、派手に金を遣ったりしないところが却って信頼できたんです」お初さんはしゃんと背筋を伸ばして言う。千代は自分のよく知る男女の話を、少々照れながらも前のめりになって聞いた。

ふたりの関係はそのまま十年も続いたという。三十五歳になったころ、お初さんは先のことを憂えだした。すでに高助の妻は病没していたのであるが、それでも高助はお初さんとの関係を変えようとしない。おそらく茂一郎に気を遣っているのだろうが、後妻に迎えられる朋輩たちを何人か見送ってきたお初さんは、倦怠を覚えていたこともあり、今後の在り方を考え直すべきなのではと揺れ始めた。このまま高助に抱えられて細々と芸妓を続けるのか。それとも足を洗って別の商売でも始めるか——。

「それで、どうしたんです？」

千代は先を急かす。うじうじと思い悩むお初さんの姿など想像できない。三十五歳のお初さんの心境を今の自分と重ねて千代は身を揉んだ。

「そこで、意外な登場人物が出てきまして」お初さんは人差し指を一本立てる。

そのころ向島に、大阪から一人の芸者が流れてきた。大阪では芸者ではなく遊女だったという噂もあった。少々年増だが、仇《あだ》っぽいいい女だった。

「たまに風呂屋に行ったときに一緒になって話すようになったんですけどね、あるときあたしが湯舟のへりを跨いだのを凝《じ》っと見て、あんた、きれいなおめこしてるねえ、って褒めてきたんです。あ、おめこってのはアソコのことですけどね」ここでもアソコが出てくるのかと、千代の黒目は一瞬揺らいだ。

それから、その芸者は銭湯以外でもお初さんに寄ってくるようになった。休みの日に買い物に誘ったり甘味を食べに行ったり、いわゆる友達のようになったという。ある晩その芸者の住居でいっしょに酒を呑んでいるとき、彼女はある特殊な芸を見せてくれた。

「千代さん、あの——、花電車、ってごぞんじで？」お初さんは珍しく言い淀みながら訊いてくる。

「ええ、飾り付けた路面電車のことですよね？　震災の復興祝いのとき新聞で見ました」

「そうです。その花電車には実は別の意味があって、遊女の、ある特殊な芸を指すんです」

「踊りとかですか？」

「いいえ。女の持ちものを道具にした芸のことです」

「持ちものって、アソコのことですよね？」

「そうです。アソコで、いろんなことをして見せるんです」

「………」

「まあ具体的なことは置いといて。上海《シャンハイ》帰りの大阪の遊女が飛田《とびた》新地って遊郭で始めたらしくて、その芸者さんもひょんなことから飛田で教わったそうなんです。花電車はふつうの電車とちがって人は乗せませんよね？　それで、遊女といえど身体に客は乗せずに見せる芸、ってことで花電車と呼ばれるらしいんですけれども」

「はあ……」千代は呆けた顔でうなずく。言葉の表の意味をとらえるのが精一杯だ。

「で、それをね、私に見せてくれたんです。花電車芸を」

「アソコの芸を、お初さんに見せたんですか」

「そうなんです。それが人間業とは思えなくてねえ……。あんまりすごい技術なんで、卑猥とかそういう気持ちは吹っ飛びました。で、その人がですね――」

その大阪からきた芸者は、なんと芸の継承者としてお初さんに目をつけたそうなのである。

「でも、お初さんにはお義父さまがいたんですよね？」聞いてはいけない話のような気がして、千代の声は上ずった。

「そうなんですけど、私が行く末がどうなるか案じてたもんですから、だったら一芸身に付けてみれば？　って。そう言われてみると、こっちは売れない芸者で暇にしてることが多いし、アソコがきれいって褒められちゃ、じゃあ練習だけでもやってみるかって……」

千代は目を丸くした。花電車の話が出てからも、まさかお初さんがそんな芸をやっているとは想像だにしなかった。

「いったい、何をやるんですか」震える声で訊ねると、

「それは、いろいろです。今夜はもう遅いですから、これで。この話は忘れて下すっても構いません」

お初さんはぴしっと話を切り上げて一階へ降りて行ってしまった。

翌日からお初さんは病院に泊まりに行き、千代は一人ぼっちになった。高助が居ないせいもあってずっと掃除は適当にやっていたが、なんだかやたらに身体を動かしたくなった。千代は雑巾を固く絞り、廊下や畳から、簞笥や玄関まで目につくところをすべて拭き込んだ。何かに集中していないと、妙な気分にとらわれてしまう。

ゆうべの話は初めて聞くことばかりで、千代にはほとんど理解できなかった。

それでも、千代が想像していたよりお初さんは複雑な過去を抱えているということはわかった。千代は、自分の憧れのお初さんが実は思っていたのとはまったく違う人――、まさに茂一郎が嫌い、警戒するに足るような、どこか腹黒いところがある人なのではないかと一瞬疑った。そしてそんな疑いを抱く自分が厭で、ますます掃除や洗濯に没頭した。

朝から晩まで汗みずくで家事に打ち込んでいるうち、千代の頭はすっきりしてきた。

今まで千代が仰ぎ見、向き合ってきたお初さん。その目の前の姿以外に何の真実があろうかと、迷いが吹っ切れたのだ。

今まで通り、自分はお初さんについていこう――。

せいせいした千代は青空を見上げて洗濯物を干し、そよぐ風を吸い込みながら庭を掃いた。そんな日々を繰り返すうち、寝酒の量は少しずつ減っていった。今までだったらもう一本つけていたところで、先に眠気が来てしまうのだ。

お初さんが病院から戻る予定の日、千代は高助の見舞いに出向いた。

「やあ、千代ちゃんも来たのか」

寝台の上で上体を起こしている高助が、満面の笑みで迎えてくれた。

「お義父さま、お元気そうで。少しふっくらされたみたい」

「ああ、おかげ様で食欲が戻って、いま腹ごなしに中庭を散歩してきたんだ」

そう言いながら寝巻の袖でひたいに滲んだ汗を押さえている。散歩のあとのせいか血色もいい。

「お医者様も、来月には退院できるんじゃないかって」お初さんも上機嫌だ。

退院、と聞いて、千代は山田の家でのかつてのタンシチューでの団欒《だんらん》を思い出した。もうお芳ちゃんも茂一郎も下谷にはいないが、高助が健康を取り戻して帰ってきてくればまた家は賑やかになるだろう。

「早く戻ってきてくださいね」

千代は拳を握って言い、お初さんも力強くうなずいた。

「じゃあ、今日は千代さんといっしょに私も帰りますよ。三日後ぐらいにまた来ますからね」

「ああ、三日後でも五日後でもいいよ」

高助に手を振られ、ふたりは病院をあとにした。

からりとした気持ちのよい天気である。それだけでも心が浮き立つのに、退院の話もあって千代とお初さんの足取りはますます軽かった。

「ねえ、お初さん。たまには寄り道でもしませんか?」

「あら、どこかに用でもあるんですか?」

「いいえ、銀座であんみつでも食べて行きませんか?」飲酒の量が減るにつれ、千代の口は代わりに甘い物を欲するようになってきた。

旦那が入院しているうちはだめですよ、と断られるかと思いつつ千代は誘ってみたのだったが、予想に反してお初さんは、

「いいですね」

と乗ってきた。高助の体調がいいおかげだろう。

―でも、こんな荷物ですから、今日は銀座はよしときましょう」そう言うお初さんは高助と自分の洗濯ものを両手いっぱいに抱えているし、千代が提げた風呂敷からは鍋の柄がはみ出ている。

「――そうですね」千代ががっくりうなだれると、

「銀座はやめて、上野に戻ってから小倉アイスでも食べましょう。今日は陽気がいいですからね」

ふたりは意気揚々と電車に乗り込んだ。

お八つの時間としては遅かったせいか、天神下《てんじんした》の甘味処は空いていた。千代とお初さんは荷物を左右の椅子に置いて、小倉アイスを食べた。

「おいしいですね」

「ええ、甘くて。口にいれるとスルッと溶けて」

「舌触りがちょっとざらざらしたところがまたいいんですよね」

ふたりともあっと言う間にアイスを平らげ、見るともなく窓の外に目をやった。人の往来があるだけだが、吹き込んでくる風は春の暖かさに満ちている。大荷物で汗ばんでいたひたいがゆっくりと乾いて、心地のよい夕方だった。

「千代さん」お初さんが外を見たまま口を開いた。「私、ずっと千代さんに謝らなければいけないと思っていて――」

「私に？　何をですか？」千代はスプーンをガラス容器に置き、お初さんの凜々しい横顔を見

つめた。お初さんはそのまましばらく窓の外を眺めたあと、

「千代さんのお身体のこと、私、いろいろ聞き出したり、見せてもらったりして、本当にすまないと思って……」

まっすぐ千代のほうに向き直って頭を下げた。

「そんな……」千代は慌てて店内を見回すが、離れた席でぜんざいを食べ終えた高齢の婦人がうとうとしているのみである。千代はお初さんに顔を上げてもらおうと、肩に手を伸ばした。

「よしてください。なんでお初さんが謝るんですか。あれは、もとはと言えば、私がお初さんに相談したからで――」

「――それにしたって、差し出た真似をしました。あんなふうに、千代さんに脚を広げさせてじろじろ見たり、訳知り顔で余計なことを話したりして……。その挙句、千代さんの悩みの種を増やしてしまったんです」顔を上げたお初さんの目がわずかに潤んでいるので、千代はたじろいだ。

「私、お身体のこと、千代さんには気に病んでほしくないって本当に思っていますけど、もし千代さんが気づかないままでいたなら、そのほうがよかったんじゃないかって……」

「そんなこと――」千代は目を泳がせながら言葉を探した。「そんな、気づかないほうがいいなんてこと、ありませんよ。知ってよかったと思ってますよ。もちろん落ち込みはしましたけど……。でも、知らないままでいる自分のことなんて、今さら想像したくもありません」

「でも……」

「茂一郎さんとお春さんとのことだって、知る前のほうがもちろん呑気に過ごせてましたけど、

でも、知る前に戻りたいとは思いません。だって知ってしまったんですもの。知ってしまった今から振り返ると、何も知らないころのことは、なんだか、本当の人生じゃなかったような気がするくらいです」

千代はいつになく勢いこんで喋り、お初さんは黙って聞いたあと、ふたたび小さく頭を下げた。そして、今度はお初さんがぐるっと店内を見回し、おばあさんが舟を漕いでいるのをたしかめると、口を開いた。

「あの、千代さん、知る知らないでいうとですね、私も、まだ話していないことがあるんです」まっすぐ千代の顔を見て言う。「私と旦那が、どうして結婚しなかったかという話、途中までしか話していませんでしたよね」

「そういえば、ええ」

「この前、変な話をしましたよね。あの、大阪から来た芸者に芸を教えてもらったって」

「ええ、はい」千代はお初さんの人格を疑いかけたことを思い出して気まずくなる。

「あの芸が関係しているんです。千代さん、私はね、その芸を、教わっただけじゃなくて、披露したことがあるんですよ」

「えっ、誰に？」

「旦那とはべつの、長い付き合いのお客さんの宴席で、一度だけやって見せたことがあるんです」

「お客さんに、ですか？　それって——」千代は声が大きくなりかけたのをかろうじてこらえた。

「口の堅いお得意さんだったんでうっかり喋っちまったんですが、どうしても見せてくれって頼まれて、ごく少人数の宴席で」

「――――」千代は、どこか寂しそうな表情のお初さんを黙って見守った。

「そしたらね、旦那にすぐバレたんですよ。待合の女将が旦那に耳打ちしたらしくてね。それで、そんなことするくらいなら家に入れって、すぐ落籍されました。山田の家に入ったあと、籍も入れるかって話も出たんですけどね」

「……それで？」

「一度だけとはいえあんな芸を他のお客に見せてしまった私が、山田家の嫁になるわけにはいきませんからね。お断りしたんです。でも旦那はとにかく家には入れって頑固だから、女中として入ったんです」

「そんな……。でも、お初さんは芸を見せただけですよね」

「千代さん」お初さんは一段と声を潜める。「その芸ってのはね、この前は話しませんでしたけど、筆を差して字を書くような芸なんです」

「はっ……？」

「墨を含ませた筆を差して、脚の間に紙を置いて、腰をおろして文字を書くんですよ。あと、煙草を吸ったりとか……。そんなえげつないことをするんです」

千代は、お初さんの言葉をさっぱり理解できない。

「私はね、人前でそんなことをやった女なんですよ。旦那は〝二度とやるなよ〟と言いながらも笑ってましたけどね。私にとっちゃ笑いごとじゃなかったんです」

お初さんは反応をたしかめるように千代をじっと見て、話を続けた。

「千代さん、大通りの向こうに煙草屋がありますよね」

「ええ、あの、おばさんがいつもいる――」

「私がこの家に来たころ、あの煙草屋にはお爺さんが座ってたんです。お爺さんを一目見て気づきました。私があの芸をやった宴席にいた人だって」

千代は息を呑んだ。

「ここのうちは誰も煙草を吸いませんから、煙草屋に行く用事はありませんよ。それにその煙草屋のお爺さんは、私が山田の家に来てから数カ月後に風邪をこじらせて死んじまったんです。だけど私はこの通り見た目に特徴がありますし、お爺さんだってあのときの芸者がこのへんに住み始めたって、短い間に気づいたかもしれません。気づいただけじゃなくて、それを家の者に話したかもしれない。これでおわかりでしょう。どうして籍を入れなかったかって」

そこでお初さんはアイスの器を両手で包むようにした。手の甲の血管がいつになく太く、浮いているように見えた。

千代はハッとして喋り出した。

「――でも、もしお爺さんが気づいて、誰かに話して、もしそれが広まったとしたら、きっとお夕ケさんの耳にも入っているはずですよ。お夕ケさんはそんなこと一言も言ってませんでしたから、きっとお爺さんはお初さんのこと、気づいていなかったんですよ」

「今となれば、たぶんそうだったんだろうと思います。でも、ここへ来てしばらくの間は生きた心地がしませんでした。花とか、電車って言葉が聞こえただけでびくっとしたり、若旦那が私を嫌うのも、私がやったことを知ってるからじゃないかって、毎日不安でした。他人にあんなことを見せた女が、あの堅物の若旦那の母親になんてなれるわけありません」

「そんな」千代は、茂一郎のお初さんについての発言を思い返し、「あの人が知ってる様子なんてまるでありません。いくらうまくいっていない夫婦でも、それはわかります」なんとかお初さんを安心させたくて、必死でまくしたてた。

「……千代さん、ありがとうございます」

お初さんは小さく微笑んで、傍らの荷物を引き寄せた。

「こんなところでする話じゃありませんでしたね。でも、せっかくですから、ここでもう仕舞いにしましょう。千代さんのことも、私のことも、ここで手打ちにしましょう。家に帰ったら、どっちの話ももう忘れましょう。旦那が退院する前に大掃除もしときたいし、これから忙しくなりますよ。二人とも張り切らないと」

すっくと立ちあがったお初さんは、堂々としたいつもの姿に戻っていた。

千代はその日の晩、仰向けに寝て天井を見上げながら煙草屋の店構えを思い浮かべた。

いま店番をしているのは、たぶんお爺さんの娘か、息子の嫁だろう。商売をしているわりに愛想のない人だが、これといった悪い噂もなく、影の薄い人である。千代とは目が合ったことすらない。

お初さんがただ一度だけやった芸のことはもちろん、そんな芸の存在すら、きっと知りもしないだろう。

自分などには想像もつかないが、たぶん大変な芸なのだと思う。身に付けることも、それを人前で披露することも、そして、こんなに時を経てから人に打ち明けることも――。

おそらくお初さんは、千代の身体のことを明らかにしてしまったお返しとして、この話をしてくれたのだろう。

お初さんの言う通り、今日を最後に、お初さんの過去のことは忘れることにしよう。自分の身体のことだって、忘れるわけにはいくまいが、もういいかげん、あきらめて受け入れていくようにしよう。千代は自らにそう言い聞かせて、目を閉じた。

翌日からも、ふたりは今まで通り和気あいあいと過ごした。高助の退院に向けて布団を打ち直したり、家じゅうの掛け軸を替えたり、植木屋に入ってもらったりした。今のうちにと池之端に蕎麦を食べに出たりもした。蕎麦は消化がよくないから――。

ちょうど同じころ、草加では、お春さんが悪阻で苦しんでいた。

梅雨に入る前に、高助は無事退院した。そして夏と秋が過ぎ、年が明けるとすぐ、お春さんは、元気な男の子を産んだ。

戦禍　昭和十六年（一九四一年）

　お初さんが座布団を重ねて運んでいる。七、八枚も重ねているだろうか。さすがに重たいらしく、長い両脚がよちよちと覚束ない。

「半分持ちますよ」

　千代は慌てて追いかけて、お初さんの抱える座布団の山から五枚ほど奪い取った。

「無理しないでください」そう声を掛けながら千代が先に居間に入ると、お初さんはむきになって千代の前に割りこんで、持ってきた座布団を並べはじめた。

「年寄り扱いしないでくださいよ。ついこないだまで同じように働いてたのに、こっちの齢を知ったとたんに態度を変えるなんて意地が悪いにもほどがあります」

「ただ労《いた》わっているだけですよ。私はまだ若いですから、どうぞこき使ってください」

　互いに悪態をつきながら、十二畳の居間を座布団で埋めていく。

　千代が二階からさらに座布団を数枚降ろしてきて、これから集まる人数分が揃った。

　まだ時間にはいくらかの余裕があるが、お初さんと千代は足早に台所に移動する。千代はお茶を淹《い》れ、お初さんは茶菓子を用意する。茶菓子といっても、配給の小麦粉にさつまいもを混ぜて蒸《ふ》かしただけのものである。人数分に切り分けると二口ほどの大きさにしかならない。

「こんばんはー」

玄関から谷地《やち》さんの声が聞こえた。谷地さんは前回も、開始予定時刻の十五分前にやって来た。隣組幹部としての使命感の現れなのだろうが、会場を提供するこちらの身としては迷惑でしかない。

「はいはいはい」

お初さんはあくまで愛想よく、しかし「はいはいはい」の三つ目の「はい」に面倒くささをさりげなくにじませて玄関に出ていった。

千代は家でもっとも大きな急須にほんの少しの茶葉を入れ、ぐらぐら煮た湯を注ぎこむ。茶葉が開いたところで木べらで全体をかき回し、沈んだ茶葉を急須の底にぎゅうぎゅうと押しつけた。こんな乱暴なお茶の淹れ方をかつてはしたことがなかったが、いまや気軽にお茶っ葉を買える時代でもない。最小限の茶葉で大人数にお茶を出すには、これが最善のやり方だという結論に落ち着いたのである。湯呑に注いだお茶は黄色く濁り、雑味も苦みもしっかり出ているだろうが、白湯みたいな出がらしよりはいくらかましだろう。

開始時刻の夜七時半、出席者全員の十八名が揃った。近隣十軒の下谷の住人たちである。千代がお茶を配って回るが、会釈もしないおじさんがいる。おそらくいまだに千代の顔を覚えていないのだろう。特徴のなさは相変わらずだ。

「揃いましたかな。では」

司会の谷地さんが咳払いをし、隣組の常会が始まった。積立金で何を購入するかが今日のメインの議題である。

「小型消防ポンプと、飯盒《はんごう》でいいですかな。ポンプはやや値が張りますが、用意しておいたほうがいいと町会長からも進言されています」

谷地さんがおそらく事前に決めてきたことをすらすら提案すると、出席者中最年長の重田《しげた》の爺さんが口を挟んだ。

「ポンプは組で一台あればいいとして、消火器も全ての家に置いたほうがいいでしょう。部隊に兵器がたくさんあるほうがいいように、我々にも武器が多いほうがいい」

ごま塩のあごひげを撫でながら重田の爺さんが言うと、谷地さんは急にまごまごして、

「ま、そうですな。各戸に消火器もあったほうがいいだろうとは当然考えてました」

と、調子を合わせる。顔ぜんたいが汗ばんでいるようにも見えるが、谷地さんの肌はいつもぬらぬら光っているので、おそらく脂性なのだろう。

千代とお初さんは目くばせして、口角だけで含み笑いをした。

いまは昭和十六年の秋である。昭和十二年の支那事変にはじまり翌十三年には国家総動員法が公布され、「非常時」が唱えられるようになって数年が経つ。町内会を細分化し、五軒から十軒の世帯を一組とする隣組なるものが発足したのが昨年のことだ。当時すでに砂糖やマッチは配給制になっていて、配給を取り仕切る隣組は重要な組織だった。山田家を含む一区画がひとつの隣組になったが、そこの幹部が決まるまでにはちょっとしたごたごたがあった。

界隈でいちばんの年長者が重田の爺さんである。隅田《すみだ》川の向こうで長く提灯づくりの職人をやってきて、震災後にこの町に越してきた。いかにも職人然とした痩身の無口なお爺さんで、千代は嫁入ったころからなんとなく敬意を抱いていた。隣組の幹部にするなら重田さんが自然

だろう、とひそかに思っていた。

しかし現実に幹部に就任したのは、重田さんより十五も若い袋物屋の谷地さんだった。ものをいったのは谷地さんが大学出で、さらに旭電化《あさひでんか》という、ここいらじゃ「アデカ」の愛称で通った苛性ソーダをつくる大会社にかつて勤めていたことと、なんといっても谷地さんのお父さんが小学校校長と町内会会長を歴任したひとであったことが大きい。元校長の権威に加え、町内会といえば隣組の上部組織なのである。その元校長・町会長の息子である谷地さん自身はなんだかふにゃふにゃした存在感の乏しい人で、神経衰弱だかでアデカを辞めたあとは奥さんがやっていた袋物屋の番頭を名乗るようになったのだが、傍目には単なる半遊び人のように見えるのだった。ただ、隣組の幹部にはインテリが就任すべしという不文律がどの界隈にもあった。谷地さんはこの組の住人のなかで大学出は自分のほかには年若の山田茂一郎しかいないことを知っているから、隣組ができるかできないかのころから幹部のような顔をして仕切りたがるそぶりを見せていた。

しかし残念なことに、谷地さんはこの一角の住民から尊敬されていなかった。むしろ、存在を認識されていないといったほうが正しい。袋物屋の顔はおかみさんだったし、家の身代もおかみさんの腕でもっているのが実情だろう。存在感のなさで人後に落ちない千代は谷地さんに同情するところもあったが、幹部となれば重田さんのほうが適任と信じていたし、他の住民も重田さんを推す気配を醸し出していた。

谷地さんはそのムードを感じ取ったのか、思い切った作戦に出た。昔のツテで入手したアデカの洗濯石鹸《せっけん》を近所に配り歩いたのである。包丁で切って使うタイプのずっしりと重みのある石鹸を一本ずつ与えられ、物資不足を実感しはじめていた住民は一気に谷地幹部就任へなびくことになった。千代やお初さんも長くて太い石鹸を切り分けながら、「まあ、幹部なんて名ばかりのものかもしれないし」と、結局は石鹸につられてしまった。重田さんは一貫して幹部選びには関心のないふうを通していた。立派なお爺さんなのである。

この日の常会では、重田さんの提案でバケツリレーの練習をやることも決まり、みなでお初さん手製のさつまいも蒸パンもどきを食べて散会となった。

男たちはなんやかや話しながらさっさと帰っていく。奥さん連中のなかには湯呑をお盆に集めたり座布団を重ねたりして会場を片付けてくれる人もいる。「私の田舎が静岡だから」と、貴重な緑茶の茶葉を置いていってくれたのは谷地さんの奥さんである。

隣組の常会は今日で二回目だが、記念すべき一回目も山田家の居間で行われていた。よその組では会場は各家の持ち回りだったり、人数が多いところでは小学校や神社を借りることもあるようだが、我が隣組では山田家が会場に決められてしまった。断トツで居宅が大きいというのがその理由である。

この日の片付けは、奥さんたちの協力もあって手早く済んだ。千代とお初さんは皆を玄関で見送ったあと座卓と二枚の座布団だけになった居間に戻り、谷地さんにいただいたお茶を味見という口実でさっそく淹れた。干し柿がひとつだけ残っていたのをふたつに割いてお茶請けにする。

「谷地さんのおかみさんのお茶、おいしいですねえ。さすがお茶所は違うわ」

お初さんが感じ入ったように息を吐く。千代はさっき常会に出したお茶のように大胆な淹れ方こそしなかったが、使った茶葉の量は昔と比べるとしみったれたものである。次回の常会用にとっておかなければいけないからだ。谷地さんの奥さんもそういう意図で差し入れたのだろう。それでもお茶がいいものだからごく少量でも香りが立つし、後味もほんのりと甘い。

湯呑が空っぽになってからも、しばらくふたり黙ってお茶の余韻を楽しんだ。

いや、考えていたのはお茶のことだけではない。おそらくこの瞬間千代とお初さんの頭の中には、同じことが去来していた。

――もし、高助が生きていたら。

高助が今も生きていたら、隣組の幹部はすんなりと高助に決まっていただろう。アデカの石鹼でも太刀打ちできないくらい、高助は街の事業家としては頭三つぐらい抜けていたし、なにより人望が厚かった。高助は家の外でも中と同じように温厚で朗らかで、そして小金持ちの片鱗も見せずいつも庶民的にふるまっていた。

常会の会場が山田家に決まったとき、千代とお初さんは何の文句も言わなかった。負担がかかるのはわかっていたが、厭な顔ひとつせず大人しく受け入れた。女二人の世帯ではものが言いにくいせいもあるが、ことに、この年のはじめに「人口政策確立要綱」が策定されたことで肩身が狭くなっていた。一家庭に平均五児を持つことが目標とされたのだ。町内で唯一経産婦のいない――つまり産んでも殖やしてもいない女ばかりのこの家で、会場を提供するぐらいは当然のことだろう。またそればかりでなく、もし高助が生きていたらこころよく会場を提供しただろうと二人とも思ったからでもある。

高助が胃癌で亡くなったのは五年前のことだ。癌とわかってからの進行は早く、何度かの再入院のあと少しふっくらしていたのがみるみる痩せて、六十過ぎだというのにまるで老衰のように肉体を使い切った風貌となって息を引き取った。あのときの緊迫した日々を思い出すだけで、今でも千代は慄然《りつぜん》とする。容態の悪化と直面しながらの看取りの緊張のなか、千代は長年の悪習となっていた飲酒をやめた。むしろ酒で気を紛らわしたい夜もあったが、お初さんの気持ちを思うと、自分だけ苦しみから逃れるような卑怯な真似はできなかった。

高助の死後、お初さんは高助の後を追ってしまうのではないかというくらい痩せてエラの骨も痛々しく尖ったが、一周忌を迎えたあたりから徐々に元気を取り戻してくれた。

高助の死ばかりではなく、千代の周りでは、ここ何年かの間に男ばかりが減ったり増えたりしていた。

高助が亡くなった翌年、千代の父が急な心臓発作で死んだ。二、三日前からあばらの辺りが痛いと言っていたという。仲が良かった山田さんに呼ばれたのかしらと、通夜の席で母が恨みっぽく呟いたのが耳に残っている。

さらに弟の泰夫である。これは生きてはいるものの、兵隊にとられて日本を離れている。今は中国戦線にいるはずだ。弟を見送ったあとの母の憔悴ぶりは、父が死んだときの比ではなかった。

そして増えたのはただ一人、茂一郎とお春さんとの間に生まれた清志《きよし》である。もう六歳になる。

夫とお春さんの関係を知ってから、自らの陰部の問題まで判明して思い悩んだのがずいぶん昔のことのように思える。あのころ、清志の命の萌芽は、お春さんか、あるいは茂一郎の体内に既にきざしていたのだろう。千代は自分の陰部の過剰さを持て余したり向き直ったりしていたのだが、それははるか彼方の、まるで青春時代の青臭い懊悩《おうのう》のような薄い記憶になっている。ひとえに時勢の混乱のおかげで身体のことなど考えるひまがなくなったのだが、それをありがたく思ったりしたら非国民とののしられるだろう。

昭和十年のはじめに清志は生まれた。その少し前、お春さんのお腹がだいぶ大きくなったころ、タケが千代に妊娠の事実を伝えてきた。タケに告げ口めいた意地悪さはなく、知っておいたほうがいいでしょうと、ずいぶん神妙な口調で教えてくれた。

やっぱり——、というのが千代の感想であった。健康な男女がまともに同衾《どうきん》していれば、そうなるのが自然である。千代はいよいよ覚悟を固めた。離縁することをお初さんにきっぱりと宣言し、正月に顔を出した茂一郎にもその旨を伝えた。

意外だったのは、茂一郎がかたくなに離縁を拒否したことである。そればかりか、清志は自分の庶子として山田の家の戸籍に入れるという。つまりお春さんとは内縁関係のままで、戸籍上は千代と清志の親子関係が生ずることになるのである。

そんな妙なことがあるかと千代は抵抗した。しかしその後しばらく茂一郎は下谷の家に顔を出さず、抗議する機会は訪れなかった。

千代はお初さん相手にかきくどいた。

「あのひとはいったい何を考えているんでしょう。お春さんも私も宙ぶらりんではないですか。子までなしておきながら、現実を見つめるのが億劫で、それで何もかもあるがままにほったらかしているとしか思えません」

いきり立つ千代に、お初さんはふっと息をついてから微笑んで、

「千代さん――、私は若旦那とは疎遠な仲ですけど、今回ばかりは若旦那の気持ちがわかる気がします」などと言う。

「あのひとがどんな気持ちでいるっていうんですか」

「若旦那は、浮気をするという点では、父親と同じことをしているんですよ」

「あ……」

「大好きな母親が死んだあと私が現れて、それが芸者上がりで、母の生前からの関係だったとわかって、堅物の若旦那はさぞ傷ついたことでしょう。旦那と私の両方とも、不潔に見えたことでしょうよ。それが時を経て、自分も同じことをしているんです。若旦那は、千代さんにお母さんを重ねて見ているのではないでしょうか」

千代は、ひどくぼやけて顔立ちもわからない義母の遺影を思い浮かべた。

「――亡くなったお義母さまと重ねるほど、私に情があるとは思えません」

「まあ、浮気された千代さんからすると、そう感じても無理はありません。だけど私の目には、若旦那は、千代さんのことを嫌っていないように見えます。むしろ不憫《ふびん》に思って、それが自分のせいで不憫に追い込んでいるわけだから、そのせいで素っ気ない態度をとってしまっているのではないですか？」

「私が不憫ってだけで、こんな不自然な形をとっているんですか？　私さえいなくなれば、親子三人でまともな家族になれるのに」

「……まあ、さっき千代さんが言ったように、若旦那は事態を直視するのが億劫ってとこもあ

るのかもしれませんね。離縁して、またすぐ結婚するってのは、なんだかいかにも面倒臭そうじゃありませんか」

「だからって……、お春さんや子供のことを思ったらそれくらいの面倒は乗り越えられるでしょう」

「それがね、当のお春さんが、このままでいいって言っているらしいですよ」

「お春さんが？」千代の肩がぴくりと揺らいだ。

「この前お夕ケさんから聞きました。お春さんの意思としては、自分は内縁のままでいいし、清志さんだけ山田の籍に入れてくれれば充分だって」

千代は先日夕ケとすれ違って立ち話をしたばかりだが、そんなことは一言も言っていなかった。お初さんにはそんなことを話していたのかと思うとあの黒い頰をつねってやりたくなるが、夕ケは夕ケで、お初さん経由で千代に伝わったほうがいいと判断したのかもしれない。

「下谷の本家は奥様に守っていただいて、若旦那は草加に居続けてくれれば、っていうのがお春さんの願いらしいですよ」

「そんなことまで、お春さんは――」

「お春さんは、千代さんのことまでちゃんと考えているんですよ」

お初さんはそう言ったあと、しばらく着物のお端折《はしょ》りをしごくようにいじり、片頰を上げた顔で、千代を見て言った。

「ねえ、千代さん。女中の私ごときがこんなこと言っていいのかわかりませんけど……」

「はい？」

「草加のお春さんってのは、いやな女ですねえ」

まるでくさやの煙でも嗅いだかのようにお初さんが顔をしかめて言うので、千代は思わず噴き出した。たしかにお春さんの言動はあまりに出来過ぎで、厭味ったらしいと言えなくもない。お初さんもつられて笑い出し、ふたりでしばらく腹をよじらせた。

その晩から、千代はこの妙な状況を受け入れることに決めたのである。顔を見たこともない清志という家族が夫とともに草加にいて、自分だけは下谷の立派な家に住むという珍妙な生活を、営々と続けることを決心したのだった。

決心の理由はいくつかある。いろいろ考えるのが正直面倒くさくなったのもあるし、ただ単に経済的に恵まれた環境を享受しようという打算もあった。あともうひとつ、もし自分が離縁を強行したとしたら、お初さんはどうなるのだろうという懸念が湧き上がったからでもある。

その当時まだ高助は生きていて、入退院を繰り返しているころだった。必死に高助の世話をするお初さんには言えまいが、千代は、高助はもう長くはないだろうと予感していた。千代が家を出たあと高助が死んだら、お初さんはどうなってしまうのだろうということが気懸りになってきた。住み慣れたこの家を出ることになるのだろうか。せめて高助の命があるうちに正式に婚姻を結んでくれないかと考えもしたが、高助の体調が思わしくないなか、そんな駆け込みのようなことをお初さんが了承するとも思えなかった。

私はこの下谷の家で、お初さんとともに生きていこう。

見ようによっては飼い殺しともいえる状態である。当時まだ二十代の女として、さらに一人の人間として複雑な思いはあれど、ともかく千代はそう誓って、今日に至るのであった。千代は今年で三十四歳、お初さんがこの家に入ったときの年齢とほぼ一緒だ。

湯呑と干し柿の皿を片付けようとお初さんが立ち上がると、大きな体がゆらりと揺れた。

「大丈夫ですか?」千代は支えようと腰を浮かす。

「脚が痺れただけですよ。なんですか、大げさな」

「だって、お初さんは私より二十も……」

千代の言葉を遮るように、お初さんはわざと大きな音で畳を踏みしめて居間を出ていってしまった。つづく言葉が宙に浮いた形の千代は、笑いをかみ殺した。

先週、家に千人針を頼みにきた人がいた。

千代もお初さんも仕事の手を止め、赤い糸で丁寧に結び目をつくった。

駅前などで白い布を手に「お願いします」と声を上げている人を見ると必ず針を刺すようにしているが、こうして家を渡り歩いて赤い結び目を集めている人もいる。「ご苦労さまです」と言って布を戻すと、千代と変わらない年配のその女性は、「どちらか寅《とら》年生まれではございませんか?」と訊ねてきた。寅年生まれの女性は運気が強いとされ、通常は一人につき一目しか結べない千人針を、年齢の数だけ刺していいことになっているのである。

千代が「すみません、私は未《ひつじ》年で」と言うと、お初さんも「私は亥《い》年です。お役に立てなくて……」と肩をすぼめる。その女性は慣れているのか、とくにがっかりもせずお辞儀をして去って行った。

千代とお初さんはそのまま庭に出て土の上にしゃがみこんだ。かつてさまざまな樹木のあった庭は、今では小さな畑になっている。ちかごろは八百屋の売り物も少なく、行列に並んだあげく何も買えないことも珍しくない。樹木の大半は処分して土を耕し、南瓜やさつまいもを育てている。今日は冬に備えて大根と、来春のためにえんどう豆の種を蒔いている。

種を埋めたところに水をかけながら、千代は、ひつじ、さる、とり、いぬ、い……と干支を数えた。

お初さんと出会ってから十五年になるが、千代はお初さんの年齢を知らなかった。なんとなく、一回り少々上ぐらいだろうとあたりをつけていた程度だ。

それが亥年となると、未年の千代よりは八つ上ということだろうか。千代が三十四歳だから、お初さんは四十二歳ということになる。

はて、と水をやる手が止まる。

いや、高助と出会ったのが二十五で、この家に入ったのは三十五歳ぐらいのことだと聞いている。千代が嫁に来たのが十五年前だから、お初さんが現在四十二歳ということはありえない。

「え、五十四歳?」

千代が思わずお初さんのほうを向いて柄杓《ひしやく》で指すと、しゃがんでさつまいもを掘っていたお初さんは「はい?」とこちらを振り仰いだ。

「お初さんて、五十四歳なんですか?」

「なんですか、そんな、柄杓で指したりして……。そうですよ、亥年の五十四ですよ」

「え、そんな、私の母と三つしか変わらない――」

「あら、千代さんのお母さまは私の三つ上ですか。じゃあ申年《さる》ですね」

「そんな……。それじゃあ、もうお婆さんじゃないですか!」

弟が出征してから母は老け込んで、見た目すっかり老婆のようになってしまったとつねづね感じていたので、ついそんな言葉が口から出てしまった。お初さんは老婆どころかどう見ても脂の乗った中年ざかりである。突然お婆さん呼ばわりされて顔を引きつらせるお初さんに、千代は「お初さんは十も若く見えます」「私より二十も上だとは信じられないから驚いてしまって」と慌てて弁解したが、お初さんはむっつり黙りこんだまま翌朝まで口をきいてくれなかった。

今宵また千代が年齢のことを持ちだしたので、お初さんは不機嫌そうにどすどす足音を立てて台所に向かったのだが、途中で「あら」と言って立ち止まった。

千代が追いつくと、階段の二段目でトラオが丸まっていた。

周囲の男たちの動静が慌ただしいなか、唯一変わらずにいる男、いや、オスである。

トラオは何歳になったのだろう。千代が嫁に来たときはもう成猫だったのだから、十六歳はゆうに超えている。

千代がはじめ見間違えたのと同様に、近隣の住民の間では当初、トラオは狸だと思われていた。それが山田家の飼い猫らしいと知れてからは、ひそかに「狸猫」とあだ名されていたそうだが、それが十数年経ってもむくむくしたまま歩き回っているものだから、近頃では「化け猫」と呼ばれているらしい。

相変わらず毛足が長くてふっくらして見えるのだが、抱き上げると昔よりは軽くて、体が小さくなっているのがわかる。

臆病は相変わらずで、だから今もお初さんの大きな足音に怯えたのである。本当は二階にでも逃げたかったのだろうが、さすがに足腰が弱ってきて階段の上り下りも大儀になってきている。逃げたいのに逃げられなくて階段の二段目で丸まっていたのだろう。

お初さんは「びっくりさせてごめんね、トラオさん」と謝って静かに去り、後から来た千代がトラオを抱き上げると、尻尾の毛が逆立って本当の狸のようになっている。階段に腰かけ、膝の上でしばらく背中を撫でてやったら、真ん丸に見開いていた目を細めてようやく喉を鳴らし始めた。その喉のコロコロいう音も若いころよりだいぶか細い。

庭を畑にするために多くの木を切ったが、イヌツゲの生垣はトラオがよく身を隠していたので、彼のためにとっておくことにした。

それのほかにもう一本だけ、残しておいた木がある。

庭の向かって左端にある、幹も枝もひょろひょろと細い、春の早いうちに黄色い花をたくさん咲かす木――。母さんが好きだったと茂一郎が言った、マンサクの木である。「これはとっておきたいのですが」と千代が提案すると、お初さんは何も言わずに頷いた。

来年もきっと、まだ寒さの残るうちにマンサクは黄色い糸のような花弁をしょぼしょぼと広げるのだろう。そしていち早く、萌え出る春の気配を知らせてくれることだろうと、千代はときおり畑をいじる手を止めてか細い木を見上げた。


年末に大変な事態になり、マンサクどころではなくなった。

十二月八日の朝、すべての国民がラジオにかじりついた。

臨時ニュースは、日本海軍航空隊がハワイを空襲したことを報じていた。空襲は成功裡に終わったらしく、ニュースを淡々と読みあげるアナウンサーの声もこころなしか高揚している。千代もお初さんも三年前の支那事変による漢口陥落の臨時ニュースを思い出し、じゃがいもの芽をほじりながら気分が沸き立った。

そんな戦勝ムードに国中が浸るなか、思いがけぬ人が下谷を訪れた。

思いがけぬというのも妙な話である。やってきたのはこの家の主で、千代の夫である茂一郎なのであった。

今年の正月に顔を出して以来なので千代はぎょっとした。日々の生活に必死で夫のことはほとんど意識の外にあったのである。夫は痩せも太りもせず結婚当初と同じ姿に見えたので、千代はよけいに狼狽した。

高助が遺した銀行口座のうちのひとつが千代に託されており、十分な残高から好きなだけ遣っていいことになっているので、ふだん茂一郎を頼る必要がない。もっとも千代もお初さんも無駄遣いはいっさいしないので、高助の死後も預金はたいして減っていない。

本社に用があって来たのだろうと茶だけは淹れて出したのだが、茂一郎はそれには口をつけず意外なことを告げたのであった。

「山田製罐は、なくなることになった」

意味がわからず千代は盆を抱えたままぽかんと口を開けた。おそらく障子の陰でお初さんも聞き耳を立てているだろう。

阿呆づらのまま何も言わない千代を見て、茂一郎は言葉を続けた。

「なくなることになったというか、もうなくなったんだよ、山田製罐は」

「……」

千代の無反応ぶりに腕組みした茂一郎の肘が苛つくように揺れ始めたので、千代はともかく何か言うことにした。「なくなったって、あるじゃないですか。すぐそこに本社が」

「――あるにはあるけど、あれはもう山田製罐の本社じゃないんだ」

それから茂一郎は一気に話し出した。

数年前からブリキが不足するようになり、代用の容器として紙や陶磁器が台頭してきたのは千代もタケから聞いて知っていた。そのせいで製缶業が下火になるだろうということも理解した。しかし会社は大きな危機もなくなんとなく続いているようだった。

しかし、製缶各社が生き残るには、それぞれの努力だけではもう限界だった。製缶八社が合併し、ひとつの大きな会社にまとまることになったのである。

八社のなかで、山田製罐は残念ながら零細の部類であった。合併後の新会社で、茂一郎はかろうじて役員の末席に就くことはできたものの、これまでと同じような会社の形態を維持するわけにはいかなくなった。八社でだぶるような仕事はひとつにまとめてしまえばいいのである。

最も煽《あお》りを喰うのは事務員であった。山田製罐でも何人かの事務員に去ってもらうことになった。隠居していい年配の剛三とタケも馘首《かくしゅ》される候補に入ったが、結局ふたりとも残ることに決まったという。剛三のことは茂一郎が頑強に守ったそうで、「営業部長としての腕も実績もあったから」と珍しく情をこめて語り、そしてタケがどうして残れたかについては理由を語らなかった。ただ二人とも今後は草加で勤めることになる、ということだけを話した。

鈍い千代にもそこまで聞いて察しがついた。これもタケからお初さん経由で聞いた話だが、近頃、お春さんは会社から退いたそうなのである。茂一郎の内縁の妻であり清志の母であるお春さんは、もともと従業員の立場にしがみつく必要がない。それなのに働き者のお春さんはついこの間まで事務員を続けていたのだが、おそらく彼女は、タケが職を失わずに済むように自ら身を引いたのだろう。

いやな女ですねえ……、というお初さんの言葉が耳によみがえる。

働き者であるだけでなく引き際も見事だなんて、天使と賢女が合わさったような人物ではないか。千代は恐れ入ってひれ伏したい心境を通り越し、なんだか白けてきてしまって、なまあくびが出そうになるのをこらえた。

涙がにじんだ目で夫に目をやると、さすがに疲れ切った様子である。こめかみの脇に白髪が束になっているのを見つけ、そうか、高助の跡をついだはずのこのひとはもう社長ではないのだと千代はようやく飲みこめた。正座の膝をそろえ、それからは神妙に茂一郎の話を聞いた。

茂一郎は馘《くび》になる従業員の退職金を多めに出すことなどを話したあと、冷え切ったお茶をひといきに飲み干して、「下谷の本社は手放すことになるかもしれないけれど、この家には何の影響もないから」と念を押すように言って立ち上がった。

千代は靴べらを差し出すさい「清志ちゃんはお元気ですか」と訊ねようかと思ったが、なんだか空々しい感じがして口をつぐんだ。

外套を着こんだ茂一郎は外に出たあと立ち止まって畑を見下ろし、「丹精だな」と呟いて歩き出した。庭の隅にあるマンサクに気づいたかどうかはわからなかった。

ちかごろはスフの混じった粗悪な生地の服しか手に入らないが、茂一郎が着ているのは昔ながらの重厚な毛織のコートである。下谷に住んでいたころから着ていたものだが、四十を過ぎた今のほうがよく似合っていると千代は思わず見惚れ、そんな自分に困惑した。

茶と灰色の混じった品のよい厚手の生地で覆われた背中が、重田さん宅の板塀の角に差しかかったところで一瞬止まった。ちらっとこちらを振り返ったかのように見え、千代はお辞儀をしかけたが、茂一郎は手を挙げることもなくそのまますっと塀の向こうに消えてしまった。

それが千代が最後に見た、元気に歩く夫の姿だった。


食べ物も日用品も入手が困難になる一方だったが、千代とお初さんの生活は意外と平穏であった。ふたりとも元々家事が仕事だから、仕事の難易度が上がったに過ぎないという割り切りがあった。むしろどう工夫して腹を膨らませるかに張り合いさえ感じていた。南瓜の葉の筋を念入りにとって、蒸して柔らかくしたうえで菜種油で炒めると小松菜のように美味しくなるし、茎はきゃらぶきのように煮詰めて食べた。

千代とお初さんは敢えて同じ種類の野菜を育ててどちらが多く収穫するかを競ったり、千代が配給の脱脂綿で防空頭巾の顔まわりの感触を雲のように柔らかくしてみせれば、お初さんは高助の背広をほどいて二人分のもんぺに仕立て直したりした。置かれた立場や戦争の二文字を頭から振り払うかのように、ひたすら日常に埋没していた。

そんな貧しくも暢気《のんき》な日々は、ある暖かな春の日、高らかに澄んだ青い空から唐突に破られた。

昭和十七年四月十八日、東京に初めて空襲がやってきたのである。

遠くから何かが爆発するような大きな音が鳴り響いた。畑にいた千代は立ち上がり、家の中で掃除をしていたお初さんはほっかむりのまま外に飛び出してきた。

下谷よりやや北の、日暮里《にっぽり》の向こうを飛行機が飛んでいるのをふたりとも口を開けたまま見送った。

隣近所からも人が出てきて、みな空を見上げている。

「ずいぶん低いところを飛んでますね」

「機体に、星のような白い模様が見えやしませんか」

それぞれが感想を口にするが、切迫した感じはない。

それがあとでラジオを聴いたら、すぐそこの尾久《おぐ》で爆弾が落とされたというので住民は震えあがった。今後あの爆撃機がこちらにも来るのだろうかと立ち話していると、隣組幹部の谷地さんが興奮した様子で現れた。

「やあ、どうやら爆弾はアデカを狙ったらしいよ。尾久工場はここいらじゃひときわ大きい施設だからね」

「アデカがやられたんですか？」

みなが心配したのは今後石鹸が配給されなくなることだ。しかし谷地さんは余裕の笑みを浮かべて首を振った。

「町会長さんのとこで電話を借りて尾久に住んでいる友人に訊いてみたら、爆弾はわずかにアデカを外れたらしい。どうも運が強いようなところがあるね、あの会社は」

もう従業員でもないのにずいぶん誇らしげに言うのだった。

尾久の空爆では十名の死者が出たことが明らかになり、みな初空襲の話題は避けるようになった。いつ自分たちが同じ目に遭うかわからないからだ。ただ、谷地さんだけはアデカの運の強さをことあるごとに語りつづけていた。

ラジオは戦局の拡大を報じつづけたが、いずれも国外での海戦や上陸のニュースで、その後幸いにして東京には空襲は訪れなかった。ただ手に入る物資は不足する一方だった。

ある日の配給は隣組全体で大根が一本きりだった。谷地さんが慣れぬ手つきで大根を世帯分に切り分け受け取りに来た主婦たちに手渡したが、山田家にあてがわれたのは二寸ほどの大根の尻尾だった。

さすがに千代もお初さんも唖然とした。しかしここでも文句は言わずに我慢した。谷地さんの意図はわからないが、山田家には庭があってそこで作物を育てているから配分を少なくしてもいいと判断したのかもしれないし、また、女二人の世帯なので軽く見ているのも間違いのないことだろう。山田家の主である茂一郎がずっとこの町にいないのも、他所に子供がいるのも周知の事実である。言いふらすのはなにもタケだけでなく、かつての山田製罐の工場で勤めていたものはこの町に何人もいる。兵隊にとられているわけでもないのに主が不在の山田家は、周囲から見れば奇異な存在なのである。

当の千代だって妙な家だと思っている。ここは本家で、構えも立派で、当主の正妻である自分が住んでいる。なのになんだか妾宅を見るような目で見られている。千代もお初さんももう何年も色気なしで堅く過ごしているのにもかかわらず、戦死者もないのに大人の女だけで住んでいる家というのは、なんとなしに軽視されるし、からかいの対象にもなったりする。大根の尻尾を渡すときの谷地さんは「おや、配分を誤った」と言いつつ顔はにやにやしていたし、隣組の常会に山田家を会場にするのもはじめは皆なんとなく遠慮があったが、このごろは一膳飯屋にでも入るかのようにろくな挨拶もなく上がりこんでくる。

わずかな大根は、刻んでご飯に混ぜて炊いた。このごろは米だけでご飯を炊くことはほとんどなくなった。さつまいもや南瓜を賽《さい》の目に切って入れることもある。

魚の配給はまだ続いていた。なぜかスケトウダラばかりが配給されたが、魚が手に入ると千代もお初さんもためらうことなくトラオにも分けた。食糧難の昨今、年老いた畜生には木の根でも与えておけばいい、などという発想はふたりともになかった。さつまいもと炊いたご飯を煮崩したものはトラオの好物になった。スケトウダラが配給された日は身を三等分してトラオの雑炊に混ぜ、骨は干して焙《あぶ》って細かく砕いてから与えた。トラオがあくびをしたときに口を覗いたら歯がほとんど無かったので、餌を嚙まずに済むように気を配っているのだった。

昭和十七年の秋、山田家の戸を激しく叩くものがあった。

たまたま玄関の近くにいた千代が出ると、実家の鈴木の母であった。青ざめた顔をして手に紙を握りしめている。千代は一瞬で状況を把握した。

「泰夫が、泰夫が」

そう言って母は三和土《たたき》に泣き崩れた。髪はほとんどが白く、もとは小柄ながらも骨格はがっちりしていたのが、全身がすっかり萎《しな》びてしまっている。

母が握っていたのは、案の定、泰夫の戦死公報であった。それを届けた人によると、泰夫は南京《ナンキン》で戦病死したという。まるまると太っていた弟は出征のころにはいくらか細くなっていたが、まだ太い部類であった。あの弟が病気で死んだことに千代は実感がさっぱりわかなかった。

ただ、嗚咽する母の背中を撫でているうち、千代の目からも涙があふれてきた。

これといって情を感じたことのない弟であった。ただ母がやたらとだいじにするから、千代も弟を粗末に扱ってはいけないと思っていた。それだけの存在だった。弟が甘えるのはもっぱら母だし、いっしょに遊んだ記憶もほとんどない。

だけど、涙は次から次へと流れてきた。たった一人のきょうだいなのである。尾久の空襲では千代も恐怖に震えたから、戦地に赴いた弟がどれほど怖い思いをしたかは容易に想像がつく。しかし、流れる涙は熱くなかった。水のような感触で頬をつたった。舐めてもしょっぱくないような気がしたが、千代は舐めずにただ乾くままにした。

「お母さま、しばらくこちらに泊まってはいかがですか」

お初さんが母にそう声を掛けてくれた。鈴木家の借家にはいまや母ひとりしか住人はいない。千代も、「そうですよ。部屋は余っていますから」と泊まるよう勧めたが、母は涙を拭い、

「部屋が余っているといえばあなた、もうずっと茂一郎さんはこっちにはいないそうじゃないの」

どこから聞いたものか、急にしゃんとして詰問してきた。下谷と池之端はすぐ近くだから、どちらにも出入りしている商売人は多いだろう。母の耳に入ってもおかしくない話だ。

「――草加の工場が忙しくて、それで……」

叱責を受けるかと千代はまごついたが、母はふっと目を逸らし、膝の埃を叩いて立ち上がった。そして、

「私はお仏壇を守らねばなりませんから」

と言い置いて、ふらつく足取りで池之端方向へ歩いていった。

千代とお初さんは暗い表情で顔を見合わせ、また畑仕事に戻った。泰夫の遺骨が母のもとに届けられたのは、それからひと月も経ったあとだった。


「千代さん、六区はずいぶん賑わってましたよ」

買い出しから戻ってきたお初さんは玄関に鍋を置くなり話し出した。

買い出しの戦利品のひとつは浅草の屋台の雑炊だった。何で味付けしているかも、入っている具材もよくわからないのだがとにかく味がよくて、繁盛している屋台なのである。お初さんはたびたび買いにいっては家で煮返していた。なんとか味を盗んで再現したいという探求心で通いつめているのだが、今のところ見当はついていない。

「軍需工場の工員さんたちですかね、作業服姿のひとが大勢息抜きに来ていて、屋台も売り切れじゃないかと肝を冷やしましたよ」

さっそく焜炉《こんろ》にかける。くつくつ音が立った鍋を千代も覗きこんだ。

「七草粥の代わりみたいなもんですね」

すでに昭和十八年が明けていた。餅は入手できて正月は菜っ葉と鱈《たら》を具にした雑煮を食べたが、七草粥まではさすがに気が回らなかった。遅めの人日《じんじつ》の節句のつもりで正体のわからないコクのある雑炊をすすった。トラオ用にとりわけた小鍋には水を足し、味を薄めてから皿に移した。

窓辺に敷かれた座布団のほうへ雑炊の皿を持っていく。日当たりのよい居間の窓辺がトラオの居場所だ。常会用に部屋の隅に積んでいる座布団のなかから一枚をつねにトラオ用に畳の上に敷いている。座布団の山に登る脚力はもうトラオにはない。

日がな一日トラオは座布団の上で眠り続けている。雑炊の皿を近くに置くと、しばらくは無表情で眠り続けていたが、やがて鼻だけひくひく動かし出し、目をつむったまま今度は舌先をぺろぺろ出し入れし、ようやく近くに食べ物があることに気づいたのか目を開いて起き上がって、雑炊を舐め出した。

山田家では、トラオを入れた三人家族が日中のほとんどをこの居間で過ごしている。いちばん広いうえ、南西向きで明るいし、掃きだし窓から庭に降りられるからトラオが用を済ませに外に出るのにも楽だ。トラオは後ろ肢が特に弱っていて、外に出るのも難儀ではないかと箱に砂を入れたのを廊下に置いたりもしてみたが、怖がりなトラオは箱を不気味そうに横目で見るだけで使おうとしなかった。よろけながらも自力で用を足しに出入りしている。

夜は、居間の奥の長いこと高助の寝室となっていた仏間に、千代とお初さん二人並んで布団を敷いて眠っている。どちらかの布団の足元でトラオも丸くなっている。昨年末、この仏間のすぐ外の庭の隅に簡単な防空壕を掘った。ここで寝ていればいざというとき避難しやすいだろう。

二階はほとんど使っていない。それこそ一年に一度茂一郎が帰ってきたときに書斎を使うぐらいだ。千代が掃除をする日は二階はさぼっていたのだが、それがお初さんにバレて叱られた。埃がたまっていると空襲で火がついたとき燃えやすくなるからだという。さらに「頭の上に埃が積もってると思うと気持ち悪くないですか?」と真顔で訊ねられ、それ以来千代は二階も丁寧に掃き清めるようになった。

入梅も近そうな蒸し暑い日、千代は池之端の実家に行った。

泰夫の月命日なのである。配給の小麦粉を団子状に丸めたものを風呂敷に包んでいった。

甘いものが好きな弟だったが、餡団子など手に入るはずもない。小麦粉の団子もどきを仏壇に供え、千代はりんを鳴らした。

合わせた手を下ろしたあと、家の中が妙に片付いていることに気づいた。癇性な母だからもともと整理整頓は行き届いていたが、それにしても物が少ない。

不思議に思って訊ねると、母はあっさり答えた。

「河津《かわづ》に疎開することにしたのよ」

伊豆《いず》の河津は、母の妹の嫁ぎ先である。舅も姑もすでに他界し、叔父は一人っ子で、子供は娘がひとりきりである。身を寄せるには気兼ねの少ない家族構成といえよう。叔母の家はかつてはみかん農家だったが、いまは野菜から小麦まで手広く育てているという。家作は広く作物も豊富で、母一人受け入れるのに何の負担もないそうだ。もっともそれは母の言うことだから、叔母や叔父がどう思っているかは定かではない。疎開している人もまだそんなにいない。

「あっちにいれば食べるには困らないし、空襲の心配もないでしょう。日本が勝つには違いないとしても、尾久のこともあったし、東京にいたらある程度の被害は免れないわ。身の回りのものと位牌だけ持って、河津で農作業を手伝いながら、いずれ泰夫のもとに行ければと思ってるの」

そう言いながら母は、東京に残る娘のことは頭にないようなのである。

「私は――、下谷の家を守るつもりです」

多少の皮肉も込めて千代は言い放った。

「そう。それは嫁として立派な心掛けよ」

皮肉が通じず母は満足げに頷く。

「あの家には、私とお初さんしかいません。女だけの所帯で苦労はありますけれど、焼けるまではあそこに居続けるつもりです」千代が非難するような口調になると、

「茂一郎さん、よそにお子さんが出来たらしいじゃないの。しかもけっこう前に」

けろりと母は言う。

やはり母は知っていたのかと千代は尻込んだ。返事をせずに済まそうかといったんは黙ったが、少し考えたのち、意を決して切り出すことにした。おそらくこれが母との最後の直接の対話になるだろうという予感があった。

「私との間には、ついに子は出来ませんでした。嫁入りの前にさんざん閨《ねや》のことをお母さんに教えてもらったのに、結局嫁としての務めは果たせず、申し訳ありませんでした」

子が出来なかった話をきっかけに、身体に異常のある自分を山田家にわざと押し付けたのかどうかを問いただしたくなったのだった。しかし母は口をぽかんと開けて、呆けたような顔をしている。そして、

「閨のこと？　いやねえ、私がそんなこと教えた？」

さも不思議そうに首をかしげる。しらを切っているのかと千代は訝《いぶか》しんだ。

「お母さんは、ずいぶん男女のあのことを私に教えましたよ。それに、茂一郎さんから捨てら

れるようなことはあってはならないとか、脅すようなことも言ってたじゃありませんか。あれは、私の身体に不具があったからですよね？」

単刀直入に訊ねてみた。真剣な顔で珍しくよく話す娘を前にした母は、まるで無の境地のような白い顔で千代の顔を眺めて、ぽつりと言った。

「――女としての不具？　あなた、はなから石女だったの？」

どうも話がかみ合わない。千代の陰部のあれだけの特徴を、母が気づいていないはずがない。千代を山田家に押し付けたことが決まり悪いから、しらばっくれたまま河津に去ろうとしているのだろうか。

今訊かないと永久に真実はわからないのだ。千代は自らを奮い立たせてさらに言う。

「私の女性器の話です。私の性器は畸形でしょう？　それを、実の母親であるお母さんが気づかないはずはありません」

にわかに母は、水風船をぶつけられたような顔になった。そして一拍置いてからゆっくりと頷き、

「――ああ、そんなこと、忘れてたわ。そういえばあなた――、そうね。赤ん坊のころから、大事なところに余計なものが付いてたのよ」

あっけらかんと言った。

忘れていたという母の言葉に千代は耳を疑った。茫然とする千代に母は構いもせず、話を続ける。

「無事に嫁に出せたからすっかり安心してたけど、あなたがなかなか身籠らないから、ひょっ

としたらあれのせいじゃないかと心配したこともありましたよ。でも茂一郎さんとは仲が悪くなさそうだから、そのうち出来るだろうって――」

「お母さん」千代は言葉を挟む。「お母さんは、私の身体のことを隠して、山田の家に押しつけたんですか?」かねてからの懸念をぶつけた。

「押しつけたって、そんな人聞きの悪い」

　母はきっと目を剝《む》く。

「――そうよ、いろいろ思い出してきたわ。私だって、ずいぶん悩んだのよ。あなたの襁褓《おしめ》を替えながら、どうしてまともな身体に産んであげられなかったんだろうって――。こんなこと誰にも相談できないし、ずいぶん気に病んだものよ。だからせめて、ちゃんとお嫁に出してやろうって、それだけを考えてきたんですよ。山田さんのおうちみたいな申し分のないところに嫁にやれて、肩の荷を下ろせて、それでやっと、考えずに済むようになったのよ」

「だから、娘の身体のことなんて、忘れてしまったんですか」

「忘れていてなにが悪いっていうの?　あなたを嫁に出せて、やっと自分を責めなくて済むようになったのよ。忘れたっていいじゃないの」

　言葉に詰まる千代に、母はさらに浴びせかけた。

「だいたい、あなたは何をしたっていうの?」

「……えっ?」

「私は役目を果たしたわよ。男の子を産んだし、あなたのことはあの優しい山田さんの家へ嫁がせてやろうって、お父さんや山田さんをたきつけたの。お父さんは、なんだってそんなに躍趣になるのかって不思議がっていたけど、本当のわけは言えないから、一人で決めて、一人でやり通したのよ」

「お母さん……」

千代は口を開いた。私はそんな嫁入りなど望んでいなかった、と母に告げたかった。何も知らぬまま嫁に片付きたくなどなかったと。

「あなたは何をしたの？」

言葉を探す千代に母はふたたび問い詰めてきた。

「――えっ？」

「私は役割は果たしたわ。あなたは、何をしてきたの？」

「――私？　私は……」千代は何を訊かれているのかわからずしどろもどろになる。

「山田の家に入ってから、茂一郎さんが家を出て、外に子供まで作る間、何をしてきたっていうの？　あなたはさっきから身体のせいにしているけど、子供を作ろうと思えば作れるでしょう？　お互いに思いやりさえあれば、あれくらいのもの乗り越えられるはずですよ。せっかく結婚したんですもの。そういう工夫はしなかったの？　茂一郎さんが出ていくとき、引き留めようとはしなかったの？　私は少なくともお父さんのこと、この世で一番近しい人だと思って接してきましたよ。あなたは一体、何か努力をしてきたの？」

千代は顔色を失った。自分は、何をしてきたのか――。

目の前の母に、タケの姿が重なる。千代が長く苦手にしてきた二人の女性。母は千代に冷淡で、タケは自分を軽んじてきた。その二人から、努力してこなかったという自分の落ち度を、それぞれの言葉で突き付けられた。タケの「女中たちと楽しそうにするばかりで」という声が、昨日聞いたばかりかのように生々しく蘇る。家事に精を出すだけで何かを成し遂げた気になっていた自分は、実は何もしていなかったのか――。

役割を果たした人に、果たしていない自分が返せる言葉などない――。千代は押し黙って、きつく両手を握りしめた。

そこで母は視線を落とし、泰夫の位牌を包んだ風呂敷を大切そうに撫で始めた。

高ぶった心を鎮めるように、節の目立つ手で風呂敷を撫でさする。目を静かに伏せ、何かをこらえるように口元を強張らせ、猫の背中でもさするような優しい手つきで、何度も何度も位牌を撫でている。まるで千代などこの場にいないかのように、弟への想いに完全に没入してしまったようだった。

「お母さん――」

千代の声が聞こえているのかいないのか、母は位牌を抱えたまま二階へ上って行ってしまった。千代はうなだれて実家をあとにした。

出発の日、千代は上野駅に母を見送りに行った。

「じゃあ、達者でね」

先日の会話などなかったかのように、母は晴れやかな調子だった。久しぶりに乗る列車に興奮しているのかもしれなかった。

列車の窓から手を振る母が見えなくなってからも千代はしばらく線路を眺め、人がひけたホームで頭を下げてから駅を去った。

ひと月も経ったころ母から無事を知らせる葉書が届いた。うっかりなのかわざとなのか、葉書には叔母宅の住所は書かれておらず、千代は返事を出すこともできなかった。

昭和十八年の夏は、やたらと蚊に刺された。蚊取り線香がまるで手に入らなくなったからである。

気休めにおが屑をいぶしたりしたが、あまり効果がない。しかも千代ばかりが喰われる。五十代半ばのわりに張りのあるお初さんの肌は、滑らかなままである。

「酒飲みは蚊に好かれないっていいますけど、千代さんの血はよほど美味しいんですねえ」お初さんは昔のことを持ち出してからかう。

そりゃあ私のほうがお初さんより二十も若いですから、血だっていくらか新鮮なんじゃないですか、と毒づこうとしたが、年齢の話は何よりお初さんを不機嫌にさせるので、千代は口をつぐんだ。

配給で久しぶりに砂糖が手に入った。なつかしい蒸しパンでも作ってみますかねえ、と、どこも痒《かゆ》くないお初さんはうきうきしている。

千代は風呂場を掃除しに行った。すると早くも蚊の飛ぶ音が身体の周りでわんわんしている。喰われるものかと、袖をまくった腕のあたりを振り回して、蚊を払いながら掃除を終わらせた。

それで脱衣所に出て鏡を見ると、眉間が真っ赤に膨れあがっている。腕を刺されないように気をつけている間に、眉間の血をばっちり吸われていたのである。

千代は、眉間に蚊をとまらせながら腕をぶん回しているおのれの滑稽な姿を想像し、なんとも情けない笑い声を漏らした。

そのとき、居間のほうから「千代さん」というお初さんの声が聞こえた。

「はい?」

千代は大きな声で訊き返すが返事がない。千代はそのまま脱衣所の床を拭こうとしたが、お初さんが声だけで千代を呼ぶような不精をすることは滅多にないことを思い出し、居間に急いだ。

お初さんは、日の当たる窓辺に座っていた。隣には座布団があって、いつもそこにいるトラオが寝そべっている。

いや、寝そべっているのではない。目いっぱい伸びをした格好になっている。

「千代さん」

お初さんが、涙をぎりぎりまで溜めた目をこちらに向ける。陽だまりのなかのその光景が、ひとつの事実を告げていた。

千代は、わかりたくなかった。トラオがおそらくもう天に旅立ったあとであることを、現実として知りたくなかった。

「お初さん」

そう声に出すと同時に涙がぶわっとあふれた。崩れ落ちるように脚をもつれさせ、座布団に走り寄った。

トラオは、気持ち良くウーンと全身を伸ばした姿勢でこと切れていた。目をつむり、わずかに口が開いて、牙の間から覗いた舌が白くて、もう体内の血が熱くないことが一目でわかった。

「トラオ、トラオ」

千代は必死でトラオの名前を呼んだ。返事がないことはわかっているが、とにかくトラオに呼び掛けたかった。まだほんのり温かいトラオの体に自分の声を聞かせ、怖がりのトラオを、少しでも安心させてやりたかった。とくべつ人懐っこい猫ではなかったが、とにかく長い歳月を一緒に過ごした。目の端に毛むくじゃらをとらえると、いつも気持ちが仄明るくなった。

「トラオ！」

お初さんも負けないぐらい大きな声で名を呼んだ。目も鼻も真っ赤で、下瞼がびっしょり濡れていた。高助が死んだときでもお初さんはこんなふうにぐしょぐしょには泣かなかった。よよという風情で、棺のなかの高助が惚れ直すぐらい色っぽい泣き姿だった。

その晩千代とお初さんは、ふたりでトラオに覆いかぶさるようになって泣き続けた。死んでもムクムクして可愛いままだから涙が止まらなかった。翌日になっても毛がふんわりしたままのトラオを土に埋める気にはなれず、日陰に移した座布団に寝かせたままにして、千代とお初さんは一日中何をしながらも泣き続けた。

トラオが息を引き取った二日後、イヌツゲの下にその亡骸を埋めた。

「あんなに伸び伸びした格好でしたから、気持ち良く猫背を伸ばして、そのまま自分でも気づかないうちに死んじまったんでしょうねえ」お初さんは鼻をすする。

「私の祖父は鼾《いびき》をかいたまま亡くなりましたから、たぶん同じように、急にこと切れたんでしょう」千代はお初さんの肩をさする。

「そうですね。きっと苦しんだりはしていませんね。天に飛び上がるような格好をして、あっという間に冥途に旅立ってくれたんですね。あれは怖がりでしたから、むしろ喜んでやらなきゃいけませんね」

「ええ、そうですよ。今頃自分でも、あれ、なんで俺は雲の上にいるんだろう、なんて不思議に思っているかもしれませんせん」

「〝俺〟なんて言いますかねえ、トラオが」

「あら、たしかに俺って感じじゃないですね。じゃあ、〝僕〟ですか？」

「僕っていうほど行儀がいい感じでもなかったですねえ」

そこでやっとふたりで笑って、線香と花の代わりに、スケトウダラの骨を土の上に撒いてやった。


山田製罐を含む八社が合併してできた新しい製缶会社は、昭和十九年に軍需会社の指定を受けた。今後は工場で軍需品ばかりを製作するのである。

それを告げに来たのは、茂一郎ではなくタケであった。ありがたいことに、タケはリュックに野菜をぱんぱんに詰めて来訪してくれた。

「あたしもう事務員じゃなくて、挺身隊《ていしんたい》の若い子たちといっしょにプロペラを作ってるんですよ」

戦争が激化していることはわかりきっていたことだが、タケが航空機のプロペラを作っていると聞いて千代もお初さんも腰を抜かしそうになった。お茶とすいとんを慌てて用意して精いっぱいタケを労《ねぎら》った。タケはあっという間にすいとんを平らげたあと、

「いただいた後でなんですけど、草加は食糧が豊富ですよ。この野菜もほら、下谷は困ってい

るんじゃないかって、お春さんがいろいろ持たせてくれたんです」けろりと言う。

「まあ、ありがたいですねえ」

リュックから出されたじゃがいもやきゅうりを受け取るのはお初さんに任せ、千代は二階に上がって引き出しの中をかき回した。

そして嫁入りのときに持参した小紋の着物を持って降りた。

「おタケさん、こんなもの何のお役にも立たないかもしれないけれど、せめてものお礼です」

タケには若すぎる浅葱《あさぎ》色の小紋だが、タケは目を輝かせ、

「まあ、こんな立派なものを。ええ、こんな言い方は無粋だってわかっちゃいますけど、今のご時世、お金よりも形のある物のほうが価値がありますからね」

と、なんの遠慮もなく野菜を入れてきたリュックに押し込んで、軽い足取りで去って行った。

平時であれば、絹の小紋と野菜を物々交換することはあり得ないことである。それがいまや、野菜を運んできてくれた人に渡す手土産となっている。タケが絹の着物を着たところなど見たこともないから、おそらく他の誰かの何かと交換するのだろう。あるいは、お春さんに渡して機嫌をとったりするのだろうか。お春さんが千代の着物を受け取るとも思えないから、タケは何か適当な話ででっち上げるのかもしれない。

どう行先を想像しても千代に小紋は惜しくなかった。もともと数えるくらいしか着たことがなかったし、見栄えのしない自分が今さら絹物などまといたいとも思わない。近年はもんぺがすっかり板についている。

しかし皆が皆もんぺというのも、千代にとってはけっしてうれしいことではなかった。

全員が揃って同じ格好をすると、もとの出来具合の差が残酷なまでに鮮明になる。千代もお初さんも高助の着物をほどいた地味なもんぺを穿いているのだが、男物の生地をすっきりと着こなしているお初さんに対し、千代は近所の奥さん連中とすれ違っても挨拶されないほど灰色の街並みに溶け込んでしまっている。

地味といえば、隣町の小さなお寺の若いお嫁さんなどは、お爺さんの羽織のような墨色のもっさりしたもんぺを穿いているのだが、これは若くて素がいいので地味なものを雑にまとっていても見目麗しい。黒っぽいものを着ているのに白く光って見えるほどである。あの浅葱色の小紋を着たらどれだけ映えることだろう。

そんなことを考えながら畑の南瓜を掘っていたら、イヌツゲ越しにこちらを覗いている人影があった。

ぎょっとしてしゃがんだまま見上げたら、隣組幹部の谷地さんだった。

「やあ、なかなか大きく育ってるねえ」

掘り出したばかりの南瓜を眺めてにやにやしている。

分けて欲しいのかと思ったが、まだほかの南瓜は育っていない。この掘りたての南瓜だって、谷地さんが言うほど大きくはないのである。ご飯に三割ほど混ぜて炊いたらなくなってしまうだろう。

「ほんとうはもっと大きくしてから食べたいんですけど、そこまで待てなくて。今日の夕飯はこれしかないんです」

千代にしてははっきり牽制した。人にあげるほどの余裕はないし、谷地さんには配給の大根の尻尾しかもらえなかった恨みもある。千代は話を切り上げて他の作物に水をやり始めた。

しかし谷地さんはまだイヌツゲの向こうに立っている。何か話でもあるのだろうか。

「何か御用がおありでしたか？　すみません、畑ばっかりやってて」

千代が柄杓を土に置くと、谷地さんは、

「さっきお初さんは出かけたみたいだね」

「ええ、今日は買い出しで、電車でちょっと遠出してます」

「じゃあ、お茶でも一杯もらおうかな」

じゃあ、の意味が少し引っかかったが、常会の相談でもあるのだろうかと居間に上がってもらった。

あいにく茶葉がなかったので、ほどよく温めた白湯を出す。谷地さんは湯呑のなかの透明のお湯を見て、優し気な声で言った。

「女二人だといろいろ大変だろう」

「……まあ、今は大変なのはどこも同じでしょうから」

「それでも男がいる家とは全然違うよ。こう言っちゃなんだけど、あんたらの家はこのへんじゃ一番大きな家なのに、どこか軽く見られているところがあるね」

軽く見てるのはあんたでしょう、と、千代は苦笑いするだけで返事をしなかった。大根の恨みは深いのである。

谷地さんは千代の沈黙に気おくれしたのか、音を立てて白湯をすすった。それから、居間の襖《ふすま》や、欄間をしばらく見まわしていた。

「あの……」しびれを切らして千代は話し出した。畑の水やりの途中なのである。「今日はどういったご用件で？」

谷地さんはそれでもしばらく座布団の山や掛け軸のない床の間などに目をやって、ごろっと痰の混じった咳をしてから、やにわに切り出した。

「今日は家にあんた一人みたいだから上がらせてもらったんだよ。この家には、もうずっと男はいないだろう？」

千代は、すぐには谷地さんの言葉の意味を理解できなかった。お盆を抱えたままぽかんとしていたら、あぐらを崩した谷地さんが膝を立ててこちらににじり寄ってきた。

それで千代は事態を呑み込めた。思ってもみなかったことであるが、どうやら谷地さんは千代を手籠《てご》めにしようとしているようなのである。

冗談じゃない。千代は谷地さんに男としての魅力を感じたことなどない。それにもう、自分は十年近く茂一郎に抱かれていない。自分が女ざかりと言われる年齢であることなど、頭から消し去って過ごしてきたのだ。今さら誰かとそんなふうになるつもりもないし、そもそも谷地さんは対象外だ。いくら隣組の幹部であってもだ。

千代は素早く窓辺に移動して、窓を開けた。いざとなれば大声を出すつもりである。

谷地さんはにじり寄る足を止めた。そして千代の固い表情をたしかめてからふっと笑いの混じったため息をつき、

「いや、何もする気はないよ。勘違いしないでくれ」

そう言って元の座布団に戻った。勘違いなどとしらを切っているが、千代に寄ってくる谷地

さんの目はぎらぎらして、手はいまにも千代の肩につかみかかりそうだった。千代は油断を解かぬまま窓辺ぎりぎりのところに座った。

「あんたは、重田さんのほうがいいんだろう」

「はい？」

急に何を言い出すんだろう。なぜここで重田の爺さんの名前が出てくるのかわからない。

「幹部を決めるときの話だよ」

「ああ」

谷地さんの幹部就任の決め手となったアデカの石鹼工作も、もうずいぶん前のことのように思える。たしかに千代はあのときまでは重田さん派だった。もっともそれは千代だけではなく隣組の住人ほとんどがそうだったのだが……。

相変わらず身体を固くしたままの千代に、谷地さんは言った。

「重田さんはな、震災前は本所区《ほんじょ》の、菊川《きくかわ》だかのあたりで提灯を作ってたんだ。今でこそ枯れた爺さんだが、当時は玉《たま》の井《い》に通いつめていたらしいぜ。馴染みの女以外にも手を出して、相当な女好きだったってよ」

どうやら谷地さんは、千代が自分になびきそうにないのであてつけに重田さんを中傷しはじめたようである。

「奥さんもずいぶん苦労したらしいよ。震災で家がやられてこっちに移ってから、なぜか生まれ変わったみたいに真人間になったみたいだけどな」

「生まれ変わったというより、そもそも重田さんはもうご高齢じゃありませんか」

千代がむっつりと言い返すと、谷地さんは顎を上げて笑って、

「あんたもけっこう初心《うぶ》だな。俺だって還暦は過ぎてるけどまだ枯れちゃいないつもりだぜ」

「重田さんはもっと年上じゃないですか」

「そりゃ、さすがに重田さんはもう女は抱けないだろうよ。だけどさ、あんたや、ここいらのみんなが思うような真面目な人間じゃないってことは知らせといてやってもいいと思ってさ」

谷地さんはようやく帰るそぶりを見せた。立ち上がったとき大きすぎるズボンを揺すり上げて、その仕草が男くさくてなんだか不気味だった。家を出ていってくれたときは芯からほっとした。千代は庭に戻って、今の出来事を頭から消し去るかのように派手に鍬《くわ》をふるった。

山手線の対角線上のほうまで買い出しに行ったお初さんは、夕日が沈みかけたころようやく帰ってきた。

「大漁、大漁、ですよ、千代さん。玉子、煮干し、とうもろこし、こんにゃく。なんと鶏一羽まで手に入りましたよ。豪勢に鶏の水炊きといきたいところですが、まあ、鶏はちょっとずつ使うとして、雑炊がせいぜいってとこですかねえ」

すでに絞められた鶏をお初さんはまるごと茹でる。とうもろこしの皮を剝きながら、千代はかつてお初さんが牛の舌のシチューを煮ていたことを思い出す。

思いがけず郷愁が湧いて、あやうく涙ぐむところだった。あのころ千代は若くて、自分の身体の異常も知らなくて、茂一郎と仲が良くないこともたいして悩んでいなかった。

煮干しは雑炊に使うぶんだけ水に浸す。むろん頭やワタを除いたりはせず、丸ごと入れて具材として食べる。残りはさらに日持ちするよう笊《ざる》に載せて外に干しに出た。

外はもう薄暗くなっていた。千代は今日の居間での出来事を思い出してどっと疲れを感じ、光りはじめた月を見上げた。

月のなかに、重田さんの顔が浮かんだ。

谷地さんは明らかに、かげ口として重田さんの過去を話したのであるが、千代はまったく別の意味でその話が気になっていた。

若いころ、玉の井で遊んでいた重田さん。

重田さんならば、千代の陰部を見ても驚かないのではないだろうか。むしろ興味を持ってくれるのではないか。いろんな女を抱いてきたならば、千代のような身体でも、一人前の女として扱ってくれるのではないだろうか。

しかし重田さんはさすがにもう男として現役ではないだろう。千代は馬鹿げた妄想を頭から振り払った。

千代は、今年三十七歳になる。

自分の身体を持て余してきたという後悔はない。なにしろこの身体なのだし、男女のこととはもう無縁と思って過ごしてきた。だいたい今は戦時下である。まず考えるべきはお国のことだ。

そう言い聞かせつつも、自分はなぜ女という性に生まれたのだろうと考えるとこみあげるものがあった。牛の舌のシチューを食べていたころの若い自分が眩しかった。股に余計なものをくっつけていたとしても、あのときの自分は今と比べると瑞々《みずみず》しくて、あの神社の奥さんとまではいかないにしても、たぶん、白っぽい光を放っていたに違いない。

千代はふいに、母との最後の会話を思い出した。

何を努力してきたのかと詰問された自分。あのとき何も答えられなかった千代は、今自らに問いかける。自分は、夫ともっと理解し合うよう努めるべきではなかったのか。ただ黙ってされるがままになっているのではなく、夫に向き合うべきだったのではないだろうか。そうすれば、自分の身体のことにももっと早く気付いたし、夫との間に悦びを感じることもできたのではないだろうか――。

千代はしばらく夜風に当たってからふっと笑って首を振り、笊の上の煮干しを均《なら》した。

そして「さて」と腰を伸ばして関節を鳴らし、お初さんがまめまめしく立ち働く台所に戻っていった。

その年の秋、山田家に電報が届いた。

草加のお春さんからであった。

「モイチロウ　ヤマイオモシ　スグキタレ」とある。

「山芋?」

千代は読み違えた。先に慌てたのはいっしょに電報を見ていたお初さんである。

「千代さん、若旦那はやはりご病気だったんですね。痩せたってことはお夕ケさんから聞いてましたよ」

それは千代も夕ケから聞いていた。昭和十九年に入ってから茂一郎は痩せだして、会社にも出てこないようになった。もっとも、軍需工場になった今は茂一郎がいようがいまいが大した影響はないらしい。「先代と同じく、胃癌じゃないといいですけれど……」と、タケはタケらしく厭なことを言った。

「千代さん、ぐずぐずしていないで、早く草加に行ってください」

そうお初さんに急かされて千代は飛び上がって仕度した。長居することになるかもしれないから、着替えをほんの少し風呂敷に包んだ。手土産になるようなものはないかと押し入れを探り、以前は玄関に飾ってあったこけしをつかんだ。

「それを持っていくんですか?」

お初さんは呆れた顔をしたが、千代の動揺を察したのかだまって風呂敷に突っ込んでくれた。千代は、自身が動揺していることに動揺していた。夫にはほとんど情が残っていないと思っていた。それが病と聞いて大慌てしている。乗り換えを間違えず無事に草加駅にたどり着けたのが不思議なくらいだった。駅員に旧山田製罐のお春さんの家を訊ねると、少し歩くけどわかりづらくはありませんと丁寧に道を教えてくれた。

教えられたままたどりついた茂一郎とお春さんの家は、いかにも農家という風情の平屋だった。新しく建て替えられてはいるものの、あっさりとした白壁に瓦屋根の載った、ただ横に長いだけの簡素な家である。

「ごめんください」

開け放しの玄関の土間に上がって声をかけると、三十過ぎの女性が出てきて、一目でお春さんだとわかった。眩《まばゆ》いような美人だったからである。ドブネズミみたいな色のもんぺを穿いているが、全身から白い光を放っていた。

「奥様ですね」

そう言ってお春さんはその場にひれ伏した。呆然と見下ろす千代に、

「こんなにすぐにいらしてくだすったんですね」

感激した様子で顔を床に押しつけたまま言う。電報を受け取ったその日に千代が駆けつけるとは思っていなかったようである。千代はなんだか、急いで来てしまって申し訳ないような気分になった。

「あの、電報をありがとうございます」

とりあえず礼を述べると、お春さんは「いいえ」と言いながら顔を上げた。その顔立ちは千代が想像したものよりだいぶ気の強そうな、眉も目もくっきりとした凜々しいものだった。鼻筋が眉間から太くしっかり通って、唇もぽってりと張っていた。春というより、厳しい冬に立ち向かっていくような猛々しい美貌だった。

その顔を見て千代は、茂一郎が病気だということに慌てふためいて、何の心構えもせぬままやって来てしまったことに気がついた。お春さんとの初めての対面は、千代にとっては歴史的瞬間なのである。それなのに自分はその日着ていた衣服のまま、髪も撫でつけず慣れない電車に乗ってやって来てしまった。茂一郎を見舞うということは、つまりお春さんに会うことだということは考えもしなかった。

そんな迂闊《うかつ》な千代の前で、お春さんもまた、彼女にとっての歴史的瞬間という表情をしていた。初めて茂一郎の正妻と対峙した彼女は、申し訳ないような様子でもあり、戸惑っているようでもあり、しかしちゃんと、勝った女の顔をしていた。千代に対して立場上の引け目はあれ

と、長男をもうけた女のどっしりとした余裕が、湯気のように立ちのぼっていた。千代は、自分はもう昔のような鈍感な女ではないことを悟った。

すぐに茂一郎が寝ている部屋へ通された。いちばん奥の間の障子が開けられ、布団に横たわった茂一郎を見て、千代はあっと声を上げそうになった。

草加までの道中、千代は病身の茂一郎の姿をあれこれ想像していた。もともと色白ですんなりした顔立ちが、頬がこけて骨っぽくなっているのだろうと思い描いていた。しかし眼前の夫は、想像をはるかに超えて痩せこけていた。骨っぽいどころか、骨を抜き去ってしまったかのようにしわしわに萎《しぼ》んで、しかも黒ずんでいる。訊かずとも、死が間近に迫っていることは明らかだった。

「なぜ……」

なぜこんなになるまで知らせてくれなかったんですか、という問いを千代は呑みこんだ。茂一郎は目を瞑《つむ》っているが、意識はあるのかもしれない。病状の悪さを話題にすることは憚られた。それに、そもそも、自分は夫のことなどほとんど忘れてお初さんとの日々を過ごしてきたのである。むしろ、ここまで悪くなるまでの間看病してくれたことを感謝すべきだろう。

お春さんは目顔で、別の部屋に移るよう千代をうながした。通されたのは囲炉裏のある部屋である。

「労咳《ろうがい》です」

お茶を出しながらお春さんは告げた。やはり肺結核であったか——と、千代は納得した。現代の代表的な死病である。

「ですから、あまりあの部屋には長くいらっしゃらないほうがいいと思いまして」

そう言いながらお春さんはお茶の脇におはぎを置いた。おはぎなど何年も食べていない千代は唾を呑み込んだが、手はつけなかった。

「看病は、どなたがされているんですか?」

千代は、声色が落ち着くよう意識しながら訊ねた。

「私と、通いの看護婦さんが交代で看ています」

「でも、年をとっていたほうが感染《うつ》りにくいのでは……」千代は自分がお春さんより三つ年上なのをわかっているのであえてそう言ってみた。

「ええ、ですから、看護婦さんは年配のかたにお願いしています」

千代の助けなどいらない、というきっぱりとした口調だった。そこへ、

「ただいま帰りました」

と、玄関のほうから元気な声が聞こえてきた。男の子の声である。清志だ。国民学校から帰ってきたのだ。千代の胸は早鐘を打った。戸籍の上だけとはいえ、自分の息子に初めて対面するのである。

「清志、こちらにいらっしゃい」

お春さんが廊下に顔を出して声をかける。するとすぐに、障子の間から男の子の姿がにゅっと現れた。色が白くて、頬が赤いというのが第一印象であった。

「本家のお母さまですよ」

そう言われた清志は、自分のお母さんのほかに本家のお母さまというのがいるのは知ってい

たのか、大した反応もせず、

「こんにちは」

と元気よく言って頭を下げた。

「こんにちは。はじめまして」

千代は思わず相好を崩しながらも清志の顔をよくよく見ると、なんとも可愛らしい顔をしている。父親はまあ悪い顔ではないし、母は誰もが認める美人なのだから、不器量になるはずはない。くっきりした目は母親似で、ほっそりした鼻と小さな口は父親譲りだった。たぶん学校でも女の子にちやほやされているのではないか。

学校は楽しいですか？

好きな学科は何ですか？

訊ねたいことはいくつもあったが、清志は九歳の男の子らしい落ち着きのなさで、急にそわそわしだしたかと思うとどこかへ走り去ってしまった。おそらく級友と遊ぶ約束でもあるのだろう。

「すみません、行儀がなってなくて」

お春さんは謝るが、千代はむしろほっとしていた。可愛い子だし、これがあの清志かと思うと興味深いところはあったが、これ以上長く同じ部屋にいられるのも気詰まりだった。

もともと自分はべつだん子供好きなわけでもないし――、と千代は自覚していたが、それとは別の、先刻から芽生えていた決意のせいなのかもしれない。それで無意識のうちに、清志を遠ざけたい気持ちが湧いてきたのだろう。

夫の命は、長くはない。自らの目でその状態を確認した千代は、茂一郎の死後、自分は今度こそ籍を抜いて、山田家から離れようと決心していた。そうすれば、清志とも名実ともに他人になる。とくべつな情など抱かないほうがいい。

清志が風のように現れてあっという間に居なくなったので、千代とお春さんの間にはどこか拍子抜けしたような空気が漂った。おはぎを勧めるお春さんを千代は制し、

「あの」

今度は千代がきちんと正座して頭を畳につけた。

「あのひとのこと、よろしくお願いします」

もう自分は、生きた茂一郎に会うことはないと暗に宣言したのだった。お春さんに看取ってもらって、この家から葬式も出してもらって、自分はさっぱり、山田家から消え去ろうと心に決めていた。

お春さんもなんとなく、千代のかたくなな決意を感じとったのだろう。

「精一杯、看病します」

そう言って頭を下げたあと、

「長年、申し訳ございませんでした」

と言葉を足した。

お春さんは堅い態度を崩すことなく、それ以外のことは何一つ言わなかった。それは立派な、自らを律した姿だった。

千代は再三頭を下げてから、草加の家を辞した。見送るというお春さんの申し出を断ってひ

とりで駅に向かって早足で歩いていると、

「――いやな女ですねえ」

と、ふいに独り言がこぼれた。

実感をこめるでもなく、下谷で待つお初さんに話しかけるように何気なくひとりごちたのだった。

結局開けずじまいの風呂敷を左手から右手に持ち替えたとき、千代は手土産のこけしが入ったままであることに気がついた。渡さずに帰ってきてしまったのかと自分の迂闊さを悔やんだが、出されたおはぎをこちらも食べなかったのだからまああいこだろうと、手前勝手な言い訳をつけて電車に乗りこんだ。

平時より本数の減った電車はひどく混んでいた。身体ごと窓に押しつけられた千代は外を眺めながら、死相をもはや通り越した夫の黒い顔を思い出した。揺れる窓ガラスにくっついた目と鼻から、涙と洟《はな》がにじんだ。電車の中などで泣くものかと意地を張って千代は下唇を強く嚙みしめた。そして、いやな女だなんて言ってすみません、どうかあのひとを、よろしく看取ってください、と、心の中でお春さんに土下座をして頼みこんだ。下を向いたまま千代は、お初さんの待つ下谷の家へ帰っていった。

昭和十九年の暮れに、茂一郎は息を引き取った。千代はそれを電報で知った。

葬儀の日程も知らされて、当然参列する気ではあったのだが、残念ながらかなわなかった。ぎりぎりまで行こうとしていたのである。それが無理だとわかったとき、千代は、茂一郎の死自体も覚悟していたとはいえショックだったのに、それ以上に夫の葬儀にも立ち会わない自分が、心のない化け物のように思えて気が滅入った。

参列できなかったのは、戦局のせいである。十一月の終わりごろから、B29がたびたび東京を襲撃するようになっていた。

はじめは十一月の二十四日、お初さんが生まれ育った荏原区の市街地が空襲を受けた。この日を皮切りに東京に警報のサイレンが鳴らない日はなくなった。

爆弾が落ちるのはたまのことだったが、それでも落ちれば地面から身体が浮くほどの衝撃がある。それは自らの死を予感させるに十分な恐怖をもたらした。やがて、昼間が中心だった爆撃は夜間に移り、焼夷弾がばら撒かれるようになった。住宅の密集する下谷などに焼夷弾を落とされたらひとたまりもない。千代もお初さんもつねに気を張って、サイレンが鳴り始めると同時に庭の防空壕に駆け込んだ。

茂一郎の葬儀の当日も、ほど近くに爆弾が落ちた。草加に向かうつもりだった千代をお初さんが涙を浮かべて頑強に引き留め、結局はそれに従った。

自分は最後まで碌《ろく》な妻ではなかったと千代は気が沈んだが、そういつまでもくよくよしてはいられなかった。千代は二階の文机の前にきちんと正座して、草加のお春さんに長い手紙を書いた。自分は山田家の籍から抜けるつもりである。だからこの下谷の家も近々引き払う予定だ、という内容のものだった。千代はお初さんとも話し合って、茂一郎が亡くなった今、ふたりで別の家に移ろうと決めていたのである。

すぐにお春さんから返事が届いた。内容は、籍を抜くことについては自分は茂一郎の内縁の妻にすぎないので意見は言えないが、ただ、下谷の家には住み続けてほしい、という予想外のものであった。

お春さん曰く、茂一郎が没した以上下谷の家はほかの遺産ともども清志のものになろうが、当面のところ清志はこれまで通り草加に住み続けるつもりであり、下谷の家を留守にするのは却って心配である。それにこれは茂一郎の遺志でもある。自分が世を去ったのちも、下谷の家はずっと千代に守ってもらいたいと、お春さんに何度も念を押していたと手紙には書かれていた。高助の死後任されていた銀行口座も、そのまま利用するようにとのことだった。

千代とお初さんは顔を見合わせた。千代の母が出たあとの鈴木の実家が空き家のままになっており、そこに移ろうかと家主との話が進んでいたのである。

夫が死んで、籍も抜いて、それでも元の嫁入先に住み続けるなんて馬鹿な話があろうかと千代は逡巡《しゅんじゅん》したが、戦時下という特殊な状況がそのこだわりを打ち消した。まず、庭の畑が心残りだったし、この混乱期にわざわざ居を移すのも不安であった。あちらの隣組がどんなものかもわからない。夫の遺志に耳を傾けるべきという思いもあった。

その隣組だが、千代が誘いを拒んだせいか、谷地さんの山田家への風当たりはさらに強くなっていた。灯火管制が始まってからは谷地さんが夜に見回るようになったが、きちんと電気を消していても怒鳴りこまれることがある。千代の姓が山田から鈴木に戻ったことも幹部である谷地さんには知らせていた。山田のいない山田家を、谷地さんはますます軽く見ることにもなったのだろう。それでも、池之端に移りたいと思うほど千代を追い詰めるものではなかった。

そんなわけで、千代とお初さんは変わらず山田家に住み続けて畑づくりに励んだ。食物がますます不足するのに伴い、たまに作物が盗まれるようになった。犯人は実は谷地さんかもしれないと思いつつ、千代は薬物や豆を作り続けた。

昭和二十年も二月に入り、買い出しから戻ったお初さんは顔を真っ青にしていた。

「どうしたんですか?」

千代は心配になって並べた座布団の上にお初さんを寝かせた。お初さんはしばらく横たわったあと、千代が持って来た白湯を啜って話し出した。

「いやなもの見ちまいました」

なんでも、駒込千駄木《こまごめせんだぎ》のあたりを通りかかったとき、ひどい人だかりがあったのでお初さんも足を止めたそうなのである。人だかりは歯科医院の前であった。何がおこったのかとお初さんが背の高さを生かして人の頭の上から覗き見ると、歯医者の玄関から憲兵が出てきたところだった。

憲兵は鞘から抜いた刀をかざしていた。その刀は血に濡れていた。

憲兵がいなくなったあと、歯科医院の二階から女性の嗚咽が聞こえてきた。刺されたのはその歯医者らしかった。左翼思想の持ち主だったのだろう。

「まったく、妙な世の中になっちまいました」

お初さんは芯から嫌気がさしたように深いため息をついた。

「私は、兵隊さんのことはほんとうにえらいと思ってます。お国のために命をかけて、もったいないくらいありがたいことだと思ってます。でも」お初さんは千代の顔を見据えて言葉を続けた。「私は、この戦争は、日本が敗けると思ってます」

「お初さん！」

誰に聞かれているとも思えないが、千代はお初さんを制した。谷地さんにも目をつけられているのである。迂闊なことを言っては、いずれこの家から血刀をかざした憲兵が立ち去ることになるともかぎらない。

しかし、お初さんの話は終わらなかった。

「芸者時代の朋輩だった人から聞いた話ですけど、昨年から浅草の国際劇場でも風船爆弾を作ってるらしいですよ。あんな、映画をやっていたところでです。しかも女学生のほかに、芸者も工員として駆り出されているんですって。お銚子と扇子と三味線しか持ってこなかった芸者がですよ？　そんな人たちに爆弾なんか作らせて、焼夷弾の雨あられに勝てると思いますか？」

千代は黙って、しかし、異は示さなかった。浅草の風船爆弾の話こそ初耳だが、実は千代も、お初さんと同じようなことを感じてはいたのである。

日本が敗ける、とまでは考えていなかったが、「国民精神総動員」とか、「進め一億火の玉だ」などとスローガンを掲げられても、どうも気分が高揚しないのであった。

千代だって、兵隊さんには心からの敬意を抱いている。でも、お国のために散るより、無事に帰ってきてほしいと願っている。弟のように戦病死するでもなく、鉄砲の玉を受けるでもなく、逃げ回ってでも生きて帰ってほしいと思っている。銃後の千代たちの生活は食糧や物資に困窮するばかりで、奮い立つような気分にはまるでなれない。兵隊さんたちが死ぬことに意味など見出せなかった。戦争に敗けることがどんなことかも正直ピンときていない。思えば千代の人生そのものだって敗けている。それでも自分は日々を生きている。ふさぎ込んだ時期もあったが、だいたいは茫洋として、ただ黙々と身体を動かして馬齢を重ねてきた。日本が敗けて精神がどうなろうと、案外黙々と身体を動かす日々が続くだけなのではないだろうか。

千代は絞った手拭いを持ってきて、ふたたび横たわったお初さんのひたいに載せた。落ち着いたところで、仏間にのべた布団に移らせた。

茂一郎の遺志とお春さんの進言で続いていた山田家でのふたりの暮らしだったが、その後、長く続くことはなかった。


空襲が昼間にあったころは、まだ心の余裕があった。B29がこっちに飛んで来そうもないとあたりをつけると、警報を無視して防空壕にも入らず、畑仕事を続けたりしていた。それが昭和十九年末に夜間空襲が始まってから、切迫感が一気に増した。自分の住む町がいつ焼かれるかわからないのである。日に三度も防空壕に潜り込むこともあった。茂一郎が亡くなったのはこの時期である。

防空壕に入るとき、お初さんは必ず千代を先に入らせた。

「千代さんは私の主人ですから」

というのがお初さんの言い分だった。たしかに、いまでもお初さんにお給金は払っている。しかし、高助が生きていた時代と比べるとその金額は比べ物にならない、小遣い程度のものだった。出処だってもちろん高助の遺した預金である。

いや、お初さんのほうが二十も年上ですから……とも言いにくく、千代はいつも先に入らせてもらった。幸い、後から入ろうとしたお初さんだけが運悪く爆弾の直撃を受けるということも起こらなかった。

　二月の終わりの夜半、警報のサイレンでいつも通り防空壕に潜ったが、後から入ってきたお初さんが意外なことを訊ねてきた。

「千代さん、谷地さんとなにかありましたか？」

「は？　どうしてですか？」

「なんだか、この家への風当たりがある時期から強くなった気がして……」

「私の姓が鈴木に戻ったと知らせてからでしょう。私はもう、この立派な家のただの居候ですからね」

「いやいや、籍を抜くもっと前からですよ。それまでは千代さんを見てニヤニヤしていたのが、なんだか急に厳しくなって……」

　もう話してもいいか、と思って千代は谷地さんに手籠めにされそうになったことを一から話した。するとお初さんはほーっと長い吐息をつき、しみじみした様子で「よかった……」と言う。

「何がいいんですか。何もよくありませんよ」

　千代が気色ばむと、お初さんは「いえいえ」と笑って手を振った。

「因果なもので、これだけ年月が経ってもつい心配になっちまうんですよ」お初さんは今度は短い溜息をついて話を続けた。「私が大昔にやった——、例の、芸のことです」

　例の芸と言われ、千代は久しぶりにお初さんの過去を思い出した。

「一回だけ他人様に見せたアレのことを、ひょっとして谷地さんも知ってるんじゃないか——

って、誰かに何か変わった様子があるたび、不安にかられちまうんです。もう癖みたいなものですね」

この非常時にあってもまだその後悔を抱きつづけているのかと、千代はお初さんが気の毒になってうつむいた。するとお初さんは、

「それにしても谷地さんは悪漢ですね。私が留守にしているすきに千代さんを手籠めにしようだなんて」と急に怒り出した。

「まあ、でも、指一本触れられずに済みましたから」

「当たり前ですよ。あんなべたべたした手で千代さんに触ろうだなんて……、幹部だからって思い上がるのも甚だしい」お初さんはプリプリしている。

千代は、たしかに谷地さんは、隣組の幹部という立場に千代が屈すると思ったのかもしれないと考え、そして、権力におもねる気持ちが自分に微塵もないことに気づいて内心で満足した。

「――でもね」お初さんが一転して静かな声で言う。「谷地さんとのことは無事でよかったとして、千代さん、いずれは、どなたかに身を任せてもいいんじゃないですか?」

「身を任せるって……、再婚するってことですか?」千代はわずかに眉根を寄せる。

「いいえ、べつに結婚しなくても、身体を許すだけでいいんですよ。私はね、千代さんに女としての悦びを知ってもらいたいんです」

「――そんな。そんなことはとっくにあきらめてます」

「千代さんがそう思っててもね、私はその願いを捨てきれないんです。だって千代さんは、素直で、優しくて、働き者で、でものんびり屋で、そりゃあいい女なんですよ。そんな千代さん

が男さんに身をまかせて、男さんとひとつに溶け合うような悦びに浸ってくれれば、って、ただ一度でも、そんな震えるような悦びを味わってくれればいいって、勝手に思っているんですよ」

「……」

暗さが幸いし、千代は無理に表情を作らずに済んだ。千代は「いい女」とか「悦び」といった言葉には恥ずかしさで閉口したが、千代の女としての幸せを願うお初さんの気持ちには胸が詰まった。

「それにしても私たち、どっちも子を持たないでここまで来ちゃいましたね」

お初さんはふっとため息をついた。千代も黙って壕の地べたを見つめていると、お初さんは、

「ああ、千代さんはまだ可能性がありますよね。私たち、なんて一括《ひとくく》りにしちゃって失礼しました」と頭を下げる。

今は暗がりだからわからないが、その下げた頭に白いものが目立ってきたことを千代は気づいている。

嫁に来てから来年で二十年になるのだ。千代はまだ白髪はないが、近頃は腰回りの肉付きが厚みを増してきた。母と過ごしたよりも長い時間をお初さんと過ごしてきたのだ。

千代が感じ入っていると、お初さんは明るい声で話をつづけた。

「産めよ殖やせよ、の時代ですからね。もしもこれから千代さんが子供を産むようなことがあったら、私がつきっきりでお世話しますよ。二人で一緒に育てましょう。古い寝巻をほどいてオムツを沢山こしらえて、一日二回でも三回でも洗濯しますよ。重湯だのお粥だのは旦那のと

きで慣れてますから、目をつぶってもこさえられます。それに私は背が高いから、おんぶしたら景色が良くて、赤ん坊も喜ぶでしょう。消化のいい蒸しパンなんかも作れますし——。だから安心して、産んでくれていいんですよ」

千代はお初さんの急な妄想に苦笑いしながらも、お初さんと二人で赤ん坊を育てたらどんなに賑やかで、慌ただしくて、そして楽しい日々だろうと想像し、うっかり涙ぐみそうになった。

「……いったい私が、誰と子供を作るんですか」

「こうなったらもう、相手は誰でもいいですよ。谷地さん以外なら」

「ま、そんな」

警報が鳴り響く合間、山田家の防空壕からは楽し気な笑い声が漏れていた。

昭和二十年三月十日、未明。

激しく鳴り響く警報のサイレンに千代もお初さんも飛び起きた。またか、と思いつつ防空壕へ急いだ。庭を横切るわずかの間に、いつもと違う切迫感を感じた。戦闘機の音も、爆音も、いつもより近く激しい。何かが違うと思いつつ、顔周りがふわふわの防空頭巾をかぶって、千代とお初さんは防空壕のなかで膝を抱えた。

「逃げろ！」

という声が聞こえたのはどれくらい経ってからだろうか。千代とお初さんは防空壕からはい出した。谷地さんが慌てふためいた様子で「逃げろ、火がくる。逃げろ」とわめいていた。

リュックはすでに背負っている。「上野に逃げましょう」お初さんと頷きあって千代はイヌ

ツゲの脇を抜けて外に出ようとした。するとお初さんは、

「もう少し、両手に何か持っていきましょう」

と言って家の中に入って行った。千代もつられて家に入って二階に上がり、しかしいざとなると何を持って逃げていいかわからず、行李の中から例の綺麗な缶の箱だけをつかんで階下に降りた。

お初さんは、右手にそばがら枕、左手に座布団を二枚抱えていた。

「上野までたどり着けたら、ひと息つけるかもしれません」

その姿で道に出たら、重田さんとばったり会った。

重田さんはお初さんを見て一喝した。

「座布団なんて、そんなもの置いていきなさい！」

「でも、上野まで逃げられればきっと役に立ちますよ」

「余計なもの、とくに燃えやすいものを持っているとあとで大変なことになるんだ」

重田さんにそう言われても、お初さんはなかなか座布団を手放せなかった。そこで重田さんはさらに語気を荒らげた。

「私は、震災のときの被服廠《ひふくしょう》の生き残りだ」

千代もお初さんも息を吞んだ。そういえば重田さんは以前菊川のあたりに住んでいたと聞いた。菊川から両国《りょうごく》の被服廠はすぐだ。被服廠跡の敷地は広く、多くの住民が家財を持って逃げ込んだ。火災旋風で多くの人が無残にも亡くなったが、火災旋風の被害が大きくなった理由のひとつに、燃えやすいものが多く集まっていたことが挙げられている。

「とにかくリュックだけで逃げるんだ」

そう言いながら重田さんは千代が抱える缶箱にちらと目を向けたが、これは燃えやすくないものと判断したのかそのまま目線を逸らした。

「浅草のほうはもうかなり焼夷弾にやられている。早く上野の山に向かいなさい」

重田さんはそう言葉を残して自分の家のほうに向かった。これから奥さんといっしょに避難するのだろうか。

千代とお初さんは上野に向けて歩き出した。下谷もすでにあちらこちらで火の手が上がっていて、熱気と煙をもろに頰で受けた。千代は、今日、自分は死ぬのかもしれないと初めて実感した。

お初さんと肩を寄せ合うようにして、下谷から西に向かった。こんなときでもお初さんは、「千代さん、先に」と雇い主である千代を先に進ませようとする。「いやですよ。いっしょに逃げましょう」と千代が声を強めて言うと、お初さんは唐突に、

「私、ずっと千代さんに訊きたいことがあったんです」

と言い出した。

「え？　いったいなんですか？」と千代は問い返したが、大通りに出ると急に道路は人で押し詰まった。ひどく騒然として、とても話をするどころではなくなった。はぐれたら此処で落ち合いましょうという相談をしてこなかった迂闊さを千代は後悔した。しかし、いまさら声を上げてもすぐ隣のお初さんにも届かない喧噪だった。とにかく上野へ、生きて、たどり着こう。それからあとはどうにでもなるだろう。

熱気はどんどん迫っていた。吸う空気は熱く、千代は防空頭巾の裾で口を覆った。ともかく前へ進もう。上野へ行こう。そう決めて足元に集中していたら、ある文句が頭に浮かんだ。

良かった、良かった。

なにが良いのだろうと我ながら不思議だった。頭巾に降ってくる火の粉を払いながら、千代はそれでも心の中で、良かった、良かったと繰り返していた。

そのとき、トラオのむくむくした姿が浮かんで、千代ははっとした。

この空襲を、火の粉を、爆音を、あの怖がりなトラオに味わわせずに済んで、ほんとうに良かった。

いまトラオが生きていたら、どんなに怖がったことだろう。トラオは、日の当たる座布団の上で、うーんと気持ちよく体を伸ばして天にのぼった。だからこの生き地獄に出遭わずに済んだ。トラオが、あのときに大往生してくれて、イヌツゲの下で眠ってくれていて、不幸中の幸いだった。ほんとうに良かったのだと千代は心から思った。

避難する一団をとりまく空気はどんどん熱くなっている。おそらくもうこと切れているだろうぐったりした赤ん坊を背負った女性がすぐそばを歩いている。もうずっと物を売っていない商店の店先で、呆然と座り込むお婆さんの姿が見える。家族に置いていかれたのだろうか。手を取って一緒に逃げてやりたいが、人波に押されて近づくことすらできない。熱気と混乱に取り巻かれながら、千代はとにかく、頭のなかで「トラオがここにいなくて、良かった、良かった」とだけ繰り返しながら無心で足を前に動かした。

上野の緑が見えてきたとき、お初さんが周りにいないことに気がついた。

さっきの、座り込んだお婆さんの姿が目に浮かんだ。

ひょっとして、お初さんはあのお婆さんを助けに行ったのではないか。

何の根拠もないことだが、お初さんがしそうなことである。しかしとにもかくにも、お初さんは千代の見える範囲にはいない。男と混じっても頭一つ背の高いお初さんである。防空頭巾の柄だってよく覚えている。だけど、それが見えない。お初さんが、この避難する一群のなかにいない。

「お初さん！　お初さん！」

千代は叫んだが、声は喧噪にかき消された。それでも千代は叫んだ。上野に着いてから落ち着いて探す手もあろうが、いま見つけなければ、二度と会えないような厭な予感にとらわれた。

「お初さん！」

叫ぼうと息を吸うたび、熱い空気が喉に貼りつく。千代の声はどんどん嗄《か》れてくる。だけどかまわず叫び続けた。

「邪魔だ。さっさと行け！」

すぐ後ろにいた、茶簞笥を背負った男に小突かれた。千代はよろめきながらも缶箱は胸に抱き、「お初さん！」と叫び続けた。さっきまでトラオがこの場にいないことを「良かった」と胸のなかで繰り返していたのが、こんどは遮二無二《しゃにむに》お初さんの名を叫び続けている。自分はもう狂っているのかもしれないと思った。狂ってもおかしくない状況だった。

人々の頭の間から、西郷《さいごう》さんの像が見えた。上野の山に着いたのだ。

幸い、山に火の手は回っていなかった。千代は寛永寺《かんえいじ》のほうに向かいながら、相変わらずお初さんの名を呼びつづけた。ただそのように人の名を呼んでいる人はたくさんいて、だんだんしわがれてきた千代の声はおそらく誰の耳にも届いていなかった。

なんの目算もないまま、美術学校へいき、護国院《ごこくいん》の向こうの坂を下り、なつかしい池之端を横目に不忍池《しのばずのいけ》を周り、清水観音堂《きよみずかんのんどう》から西郷さんに戻った。お初さんらしき姿は見えない。無事にたどり着いて千代を探しているような気もするし、途中でお人好しでもして命を落としてしまったような想像もできる。千代は頭をぶんと振った。

千代はあらためて、自分はもうずっと、お初さんといっしょに暮らしてきたのだということを身に染みて感じていた。嫁入りの日から、お芳ちゃんがいなくなってからも、茂一郎が草加に移ってからも、高助が死んでからも、お初さんは、ずっと千代といっしょに居たのである。

「私、ずっと千代さんに訊きたいことがあったんです」

先刻のお初さんの声が甦る。あの続きを、あの声を、もう二度と聞くことはできないのではないかと、千代は縁起でもない予感に支配されていた。お初さん、お初さんと、避難にはそぐわない白い缶箱を抱えて、千代はそれから、何時間も叫び続けたのであった。

自立　昭和二十四年（一九四九年）

「おばさん、もうちょっと飯盛ってくれよ」

「おばさん、今日の晩飯は雑炊かよ」

「おばさん、すいとんだなんて戦争中じゃあるまいし」

ずけずけと「おばさん」と呼びかけられ、話の内容といえば飯のことばかりの毎日である。じっさい、一日の大半を飯の準備に追われているのだった。

それでも、

「おばさんの炊いた飯は、麦飯でも臭くない」

「おばさんの雑炊はいやにコクがあって飽きがこない」

「おばさんのすいとんだけは旨いと思うよ」

などといった褒め言葉も聞けるので、張り合いはある。

朝から晩まで肉体労働に従事する若者の腹を満たすのが千代の仕事なのである。限られた食糧と時間で、最大限お腹いっぱい食べさせ、しかもどうせなら旨いと喜んでほしい——、そう心を砕いて台所に立っているので、腹がくちくなった若者たちから満ち足りたような感想を聞かされると、千代はますます腕に磨きをかけようと心の中でふんどしを締め直す。

千代が製紙会社の寮母になって丸三年以上が経つ。昭和二十四年になっていた。枕詞のように「おばさん」と呼ばれるのにもすっかり慣れた。千代は今年で四十二歳になるのである。若者が中心の寮生たちから見れば押しも押されもせぬおばさんだ。

終戦の年の十一月、千代は疎開先の茨城から東京に戻ってきた。

焼き尽くされた東京には、もはやなんのツテも頼りもなかった。住んでいた下谷の家も、実家だった貸家も焼けた。ともかく泥水をすすってでも生きていこうと決意しての帰京であった。会社や商店を見かけるや、飛び込んで職はないかと尋ねて回った。一週間後にたまたま寮母を探していた千住の製紙会社に出合えたのは、幸運としかいいようがなかった。

「寮母の婆さんがリウマチがひどくて使い物にならなくなってね、一昨日出て行ってもらったばかりなんだ。早速寮母になりたいってのが何人か来たけど、見るからに狡《ずる》そうなのとか料理も出来ないのばかりで、決めあぐねてたんだよ。あんたみたいな地味で真面目そうなのがいちばんいいんだ」

そう言った事務長の口調には選ぶ側の尊大さがにじみ出ていたし、なにより一昨日追い出されたお婆さんの行く末が気になりもしたが、住み込みの仕事を得られたのはこの時代においては命拾いとしかいえない僥倖《ぎょうこう》だった。事務長ははじめ千代のがらがら声に驚いていたようだが、「空襲で家族とはぐれまして」と手短に説明すると、事情を察したのか黙ってうなずいていた。

寮に住むのは男ばかりが三十人。この全員に朝食を作り、昼用の握り飯を持たせ、夕食を用意する。家事には覚えのある千代でも、こう大人数となると勝手が違った。

まず飯炊きである。朝から五升も炊く。はじめは早起きして少量ずつ丁寧に米を研いでいたが、そのうち肘から下全体を押しつけるようにして五升をいっぺんに研ぐようになった。水加減は適当に多めにして、やや弛《ゆる》く炊くと備蓄の外米でも美味しく炊けることをすぐに体得した。

食材は定期的に補充されるが、時期によってばらつきはある。銀シャリを炊けるのはまれだ。麦が三割混じるときは吸水時間を長めにとったり、麦だけは洗わずに混ぜたりして食べやすくなるよう工夫した。米が足りなくてやむなく雑炊にするときは、あの浅草の屋台の雑炊の味を思い出してコクを出すことに腐心した。意外なことに、戦時中いやいや使っていた油粕がいい出汁になることを発見した。どんな粗末な食材でも、事前に炒ったり叩いたり、あるいはわざと焦がしてみたり、とにかく手間をかけて味を良くしようと、千代は実験するかのように調理に熱中した。

寮母としての千代の仕事は、食事の仕度のほか、食堂と寮の共有部分の掃除、それと工場の制服の洗濯があった。寮の部屋の掃除や、制服以外の私物の洗濯は寮生が各自でやる決まりになっている。

それでも千代が入った当初は制服に下穿きだの寝巻だのをくるみ、一緒に洗わせようとするちゃっかりした寮生もいた。しかし千代が一日中こまねずみのように働いているのが目についたのだろう、いつしか余分なことをやらせようとする者はいなくなった。

だからといって寮生たちに慕われているかというと、別段そういうわけでもなかった。寮生から見ると母親に近い年代の千代だから、甘えられてもおかしくはないと思うのだが、わりと皆淡泊に接してくるのである。

千代はその理由を、この特徴のない外見のせいではないかと推測している。

じっさい、寮の外で千代とすれ違っても気づく寮生は皆無だし、顔を合わすたび「初めまして」のような顔で会釈をしてくる寮生もいる。先日雑炊を作ったときは、「この前来てたおばさんが作った雑炊より旨い」などと妙な褒められ方をしたこともあった。むろん、この前の雑炊だって千代が作ったのである。どうもこの寮生は寮母のおばさんが複数いて、交代で来ていると勘違いしているらしい。

おそらく、千代がほとんど声を発さないせいもあるだろう。なにせこのガラガラ声だから、いくらおばさんといえども若い男に聞かせるのは恥ずかしくて、話しかけられても頷き返すだけで済ませている。だから余計印象に残らないのだろうと思われた。自ら気配を消しているようなものである。

寮母の仕事は激務だが、千代は夜九時には床につくようにしている。朝七時の朝食に間に合わせるには、四時過ぎには起きねばならない。ともかく起きている間は独楽が回るように働き続け、夜九時からの七時間はきっちり眠るように決めていた。四十を過ぎてからめっきり体力が衰えたことを千代は実感していた。勤め続けるには工夫が必要だ。

製紙会社の寮は二階建てで、二階はすべて寮室、一階に食堂と風呂と便所、千代の住む三畳の寮母部屋がある。

三畳とはいえ、一間の押し入れがあるので狭いとは感じなかった。もともと荷物が少ないから、押し入れの下の段は布団で埋まるものの、上の段はわずかな衣類と、空襲のとき持って逃げた白い缶箱や少々の荷物が入っているだけでスカスカだった。布団を敷けば三畳間はいっぱいになるが、つくろいものだの古雑誌を読んだりは布団の上で出来るので不便はない。

それに、寮の隅の狭い一室とはいえ、個室に住んでいるとまるでひとり暮らししているかのような解放感がある。

疎開先では、十分恵まれていたとはいえやはり気詰まりだったのだと、終戦を挟んでの八カ月あまりを、千代はときおり振り返った。


昭和二十年三月十日の大空襲のあと、千代は上野で三晩を過ごしたが、結局お初さんには会えなかった。

あきらめて下谷に戻ろうとしたが、道端のあちこちに焼け焦げた死体が転がっているのにひるんで、一度は上野に引き返した。しかしあの死体のなかにお初さんが混じっているかもしれないと思い、意を決してまた歩き出した。

残念ながらそれは意味のない決意だった。白や黒に焼けた遺体はもはや性別の区別もつかない物体と化していた。千代は遺体から目を逸らして下谷の自宅を目指した。

まとまって焼け残っている区域もちらほらあるので、もしやと千代は期待したが、残念ながら山田家の周辺の一帯は見事に焼き尽くされていた。もとの山田製罐の本社も、水道管と蛇口しか残っていない。

千代は、あの立派な家があった下谷の敷地にへたりこんだ。

トラオを埋めたのはあのへんだっただろうかと、道との境に目をやった。イヌツゲもマンサクも、なんの跡形もなかった。風呂場のタイルだけが残っている。

呆然とタイルの上に座っていたら、「無事だったか」と急に声を掛けられた。はっと顔を上げると、相変わらず肌艶のよい谷地さんがいた。

「谷地さん、ご無事でしたか」

けして好感を持っている相手ではないが、焼け跡で知った顔に出会えたのはなんとも心強かった。

「ああ、命拾いしたよ」

あの大空襲の晩、谷地さんは隣組幹部の使命感で町中に避難を呼びかけているうち、上野への避難路を見失ったのだそうだ。人混みに押されているうち、たどりついたのは地下鉄銀座線の稲荷町《いなりちょう》駅で、やむなく地下に潜ったのだという。

「あのへんは焼けなかったんですか」

「いや、地上に出たら焼けてたよ。よく蒸し焼きにならなかったと不思議なくらいだ」

アデカ同様、谷地さんも運が強いのかもしれない。あの日、座布団を置いていくよう諭して家の方向に消えていった重田さんの生死を知りたかったが、確かめる気力はなかった。

谷地さんは、まだ焼けていない日暮里の親戚の家に身を寄せていると言って、去って行った。

千代は、それから三日三晩を風呂場のタイルの上で過ごした。お初さんが戻ってくることを期待してのことだった。

四日目の昼間、千代は焼け残った地域の小学校まで水筒に水を汲みに行き、山田家の跡地に戻ってくると、男が二人、敷地内に屈み込んでいた。

知り合いかと近づいてみると、男二人はハッとしてこちらを振り向き、「何の用だ」と押し殺すような声で訊いてきた。

「あの、ここにあった家の者で……」

千代はそう言ったあと、いや、自分はここの家の者ではない、ただの居候だと気づき、口をつぐんだ。そして男たちが何をやっているのだろうかと彼らの手元を覗き込んだ。彼らは、地面から突き出た水道の鉛管を握っていた。

もう水の出ない水道である。ひょっとして直そうとしてくれているのか――とお礼を言おうとした瞬間、男のうちの一人が鉛管を地中から引っこ抜き、その勢いでよろめいた、ように見えた。

男が持った鉛管が、ゆっくりこちらに回ってきた。千代は避ける間もなく、鉛管をもろに額で受けた。「痛っ！」と声に出したところまでは覚えているが、すぐに目の前が真っ暗になった。

「ちょっと、山田さん、ちょっと」

頰を叩かれて千代は目を覚ました。千代はさっき男たちが屈んでいたところのすぐ脇に、大の字の形でひっくり返っていた。

千代の頰を叩いていたのは、見覚えのない中年の女だった。山田さん、と呼びかけているということは、向こうは千代のことは知っているらしい。どこかの商店の店員だろうか。

「――あら、私ったら、どうして地べたなんかに……、痛たっ」

額に触れると、濡れている。指先を見ると血がべっとりと付いている。さっき男がよろめいたときに鉛管が当たったことを千代ははっきり思い出した。

「遠くから見てましたよ。わざわざあんなところに近づいていくんだもの。危ないったらありゃしない」

女は呆れたような口調で続ける。女によると、このへんの焼け跡で水道の鉛管やら電柱やらを地中から掘り出す火事場泥棒が横行しているらしい。女は千代が男たちに近づき、そして鉛管で殴られるところの一部始終を目撃していた。男たちが引き抜いた鉛管を持って立ち去ったあと、千代がいつまでも起き上がらないので様子を見にきたという。

「女ひとりでいつまでも転がってたら、身ぐるみ剝がされちまいますよ」

そう言って千代の手を引いて起こし、上野のほうに去っていった。千代は女の後ろ姿に向かって頭を下げた。

しばらく防災頭巾で押さえていたら、額の出血は止まった。

落ち着いてから、あの鉛管がぶつかってきた瞬間を思い返した。すると全身に震えが走った。男がよろけた勢いで鉛管がこちらに向かってきたのかと思ったが、あれはわざとだったのだ。わざと千代を殴ったのだ。

それは、千代が生まれて初めて受けた暴力だった。

敵国だって、街に爆弾は落とせど、面と向かって千代の肉体を傷つけることはなかったのだ。それが、同じ日本人に、鉛管で殴りつけられた。これが今の日本、今の東京なのだ。

千代はしばしば膝を抱えて身体の震えがおさまるのを待った。ようやく鎮まると、ひどく腹が空いていることに気がついた。はっとしてリュックの中を探る。配給のバナナを干したのと、干飯《ほしいい》が数日分、手つかずで残っていた。千代はさっきの女がすぐに起こしてくれたことにあらためて感謝した。

干飯をちびちび食べながら、もう、ここには居られないと思った。

ここで寝続けていては、またどんな暴力に遭うかわからない。それだけではない。このわずかな食糧だって遠からず尽きる日が来るのだ。

千代は、空襲の日よりも烈しく生命の危機を実感した。

持ち続けていた白い缶箱を開けると、お芳ちゃんからの葉書が出てきた。ここ一年ほどの間に、お芳ちゃんは幾度か、千代とお初さんに茨城に疎開するよう促す葉書を送ってきてくれていた。夜間空襲が始まってからは心が動かないでもなかったが、迷惑を掛けるのも気が引けたので、下谷は大丈夫、という返事を送り続けた。そのお芳ちゃんからの葉書のうち一枚だけを缶箱に入れておいたのである。葉書には、お芳ちゃんの家の住所が書いてある。千代はそれを食い入るように見つめた。

日暮里はまだ焼けていないと谷地さんは言っていた。それならば駅舎も残っているだろうし線路も無事だろう。焼死体の間を縫って上野駅に戻る気にはならないので、千代は日暮里駅に向かった。

疎開した母からの便りには住所がなかったので、頼ることができない。でも、お芳ちゃんの住む茨城なら行けるかもしれない。命の危機を前にして、もう遠慮も何も消え去っていた。千代は日暮里駅で丸一日待ってようやく電車に乗った。電車はあまりに混んでいて、苦痛と疲労とで移動中の記憶はほとんど残っていない。ただたまにガラスに映る自分のひたいが、時間を追うごとに腫れ上がっていくのを朦朧として見ていた。

神立のお芳ちゃんの家は駅から近く、わりとすぐに着いた。しかし家には誰もいなかった。幸い隣家に人がいたのでお芳ちゃんの行方を訊ねたところ、旦那さんの親戚のいる山木《やまき》という村に疎開したという。お芳ちゃんは連絡先として隣家に移転先の住所を残していた。ここいらはまだ戦禍を被っておらず、隣家のひとは千代の額の傷を不気味そうに見つめている。教えてもらった住所を頼りに、千代は何度も人に道を尋ねながら山木に向かった。田舎の人たちは、額に傷のある一人の女に思いのほか親切ではなかった。物乞いと間違えられたのかもしれない。

山木に着く前日に、持っていた食べ物はすべてなくなった。幸い途中で井戸や川があったので、水だけはたっぷり飲むことができた。

三日かけて教えてもらった住所にたどり着いたとき、ちょうどお芳ちゃんは家の外で洗濯をしているところだった。背中には三人目の子と思しき赤ん坊を負ぶっていた。お芳ちゃんが女中をやめてから十年以上が経っていたが、見た目は当時とまるで変っていなかった。相変わらずふっくらとして、目も鼻もどこもかしこも丸っこい。

足を引きずるようにして近づく千代に気づき、お芳ちゃんは洗濯の手を止めじっと見つめた。

「お芳ちゃん……」

「――えっ?」

「来てしまってごめんなさい。神立の家のお隣さんにここの場所を教えてもらって……」

「――千代さん? 千代さんなんですか? その声は、おでこはどうしたんです?」

立ち上がったお芳ちゃんが小走りに寄ってくる。千代はもう安堵と空腹とで力が抜け、その場にへたりこんだ。

「千代さん、まあ、よくこんなところまで。こんなに土埃をかぶって。怪我までして」

お芳ちゃんは目に涙を浮かべて膝をつき、座りこんでいる千代に抱きついた。

「お一人ですか？　お一人でいらしたんですか？」

「――ええ。ご覧のとおりの一人です」

「お初さんは、お初さんはどうなさったんですか」

「お初さんは――」

それだけ言うと、千代はたまらず泣き出してしまった。死の恐怖の下に押し隠した不安を、まざまざと思い出したのである。ずっと一緒に過ごしてきたお初さんと自分ははぐれてしまった。お初さんはどこに居るかわからない。それがどんなに心細いことか、ここに着くまであまりに必死で忘れてしまっていた。お初さんまでも失ってしまった事実を、千代は初めてきちんと直視し、そして途方に暮れた。

返事もせず泣き崩れる千代を見て、お芳ちゃんは当然誤解をした。

「お初さんが、まあ……」

顔をゆがめて大粒の涙をこぼし始めた。

「三月十日の、夜中でしたよね。あの晩、この山木からも、東京のほうの空が赤く染まっているのが見えました。これはただごとではないと、大人たちはみんな夜通し外に出て南の空を呆然と眺めていたんです。あのときの空襲で、お初さんは……」

そこまで話してお芳ちゃんも千代に負けない勢いで大泣きした。どうやら変な思い違いをさせてしまったらしいとわかると、今度は千代が冷静になった。

「お芳ちゃん。お初さんは死んだわけじゃないの。逃げている間にはぐれてしまって、山田の家も焼けて、どうしているのか私にもわからないのよ」

お芳ちゃんは一瞬きょとんとしたが、すぐに眉間に皺を寄せた。

「わからないってことは、亡くなっているかもしれないんですよね？」

それはもっともな問いだった。千代は目撃してきた数々の焼死体を思い浮かべた。

「そうかもしれない。でも、生きているのかもしれない。もしかしたら怪我でもして、動けないのかもしれないわ」

後から考えればまさにそれが正解だったのだが、そのときの千代とお芳ちゃんにはその想像はいかにも頼りない望みに思えた。

「千代さん、ともかく家に上がってください。傷の手当をしましょう」

お芳ちゃんの肩にかつがれるようにして、千代は山木の家に上がらせてもらった。そこはお芳ちゃんの旦那さんの弟の家だった。今はみな畑に出ているらしく、誰もいない家でお芳ちゃんは千代の額の傷を消毒し、お茶と、醬油をまぶした餅を出してくれた。

千代はそれを夢中で食べた。途中で何度も餅が喉に詰まり、そのたびお芳ちゃんがお茶を注ぎ足してくれた。

飢えが充たされると千代は心身ともに落ち着いてきて、その場に座り直してお芳ちゃんに頭を下げた。

「ご迷惑は重々承知です。でも、日暮里から電車に乗れるとわかったらお芳ちゃんのことを思い出してしまって、考えなしに夢中でここまで来てしまったの。玄関先でも、納屋でも、どこでもいいから、雨風だけしのげるところに置いてもらえませんか」

ひれ伏す千代に、お芳ちゃんはきっぱりと言った。

「玄関先とか納屋なんて、そんなこと金輪際言わないでください。私がどれだけ山田の家にお世話になったかおわかりでしょう。千代さんは、私が寝てる部屋でいっしょに過ごしてもらいます」

その言葉の通り、お芳ちゃんはそれからの八カ月あまり、千代を家に置いてくれたのだった。旦那さんやその弟一家がどう思っているかはわからなかったが、ともかく千代は畳の上で過ごすことができたのである。夜、千代はお芳ちゃんと三人の子供と並んで眠り、お芳ちゃんの夫はその間廊下に布団を敷いて寝てくれていた。

世話になっているぶん、千代は畑仕事にも子守にも精を出した。上の男の子たちは十一歳と九歳で、やんちゃではあるが手はかからない。高助が亡くなったのが二番目の子が生まれたころで、葬式に出られなかったことをお芳ちゃんは心からすまながっていた。千代は慣れない手つきで三番目に生まれた女の子のおむつを替えたりあやしたりした。

東京と比べると安穏としていたが、生活には余裕がなかった。

お芳ちゃんの義弟の山木の家は、もともと農家ではなく、醬油を作っていた。戦局の悪化とともに働き手が兵隊にとられ、醬油を作っていた蔵をつぶして畑にしている。敷地もさほど広くはないし、作物をつくる知識も技量も不足していた。

穫れる野菜は、下谷で千代とお初さんが作っていた量の三倍もあっただろうか。そのくせ人間の数は三倍じゃきかないのである。弟夫婦にも二人の子がいる。みんな腹いっぱい食べられる状況ではなかった。

千代は申し訳なくて、畑仕事や子守の手伝いの合間をぬってイナゴをつかまえて佃煮にしたり、タニシを籠いっぱい獲って塩ゆでしたりしてなんとか食材の提供に貢献したが、子供が五人もいる家のなかで口が一人でも増えているのはどう考えても厄介なことだった。義弟夫婦の口数の少なさも気になった。自分がこのまま居続けてはお芳ちゃんの立場が悪くなるばかりかもしれない。

それで終戦から三カ月後の十一月、額の傷跡もすっかり消えた千代は、東京に帰ることにしたのである。

「帰って、どうなさるんですか」

お芳ちゃんは必死に引き留めた。しかし千代は、

「鈴木の家があった池之端にはご近所さんが戻っているかもしれないし、下谷の焼け跡も気になるから、とにかく一度帰ってみるわ。なにせ私は上野の周りでしか住んだことがないから、やっぱり気になるのよ。もしどうしても暮らせないようだったらまた戻ってお世話になるかもしれないから、そのときはよろしくお願いします」

じっさいはもう山木に戻る気はなかったが、お芳ちゃんを安心させようとそう言って義弟の家を出たのである。

千代が上野駅に着いて駅の外に出てみたら、蓆《むしろ》をかけた遺体がごろごろしていた。

「これは……」

そう呟いて呆然としていたら、通りかかったおじさんが「餓死だよ。気の毒に、子供も結構いる」と苦虫をかみつぶしたような顔で教えてくれた。千代は決意を翻して山木にとんぼ返りしたくなったが、ともかく生きる手立てを探し始め、そして寮母の職を得たのであった。

茂一郎との離縁を考えていたころには想像し難かった女一人で生きていく道に、千代は成り行きとはいえたどり着いたのだった。食事・部屋つきなので現金収入はほんのわずかだが、朝炊事場に立つとき、工場に行く寮生を見送るとき、大量の皿を洗っているとき、そんな仕事の合間の些細な瞬間に、一人で立っているということに武者震いするような誇りを感じることがあった。肉体的にはきつい労働だが、千代の毎日は満たされていた。

「鈴木千代さん」

久々に氏名を呼ばれて千代はぎょっとした。炊事場にかがみこんでいたところから顔を上げると、食堂に、寮生の秋山《あきやま》さんがいた。最年長の寮生で、小耳に挟んだところでは三十半ば過ぎらしい。

千代はがらがら声を出すのが恥ずかしいので、無言のまま秋山さんに歩み寄った。秋山さんは、千代宛ての葉書を手にしていた。

「帰ってきたらちょうど郵便屋さんが来てたところで、これを渡されたんです。寮母さんの名前は知らなかったけれど、ここに居る女性は寮母さんだけだから」

寮生がみな千代のことを「おばさん」と呼ぶなかで、唯一「寮母さん」と呼んでくるのが秋山さんだった。千代は恐縮して葉書を受け取り、つい「ありがとうございます」と口に出してしまった。

あまりの千代のがらがら声に、秋山さんは明らかに驚いた顔をしていた。それで千代は動揺して、頭をぺこぺこ下げて炊事に戻ろうとした。すると秋山さんは、

「僕の母も、千代というんです。しかも旧姓は鈴木です」

と意外なことを言い出した。

「まあ、よくある名ですからね」千代は反射的にそう言ったあと、すぐにしまったと思い、「秋山さんのお母さまのお名前を、よくある名前だなんて言ってしまってすみません」と謝った。

秋山さんは、恐縮する千代に「謝らなくていいですよ。まあたしかに、よくある名前ですからね」と笑みを浮かべ、「では、今晩の夕飯も楽しみにしています」と食堂から出て行った。

そう、今はまさに晩飯の仕度の最中なのである。うっかり声を出してしまったことを羞《は》じている場合ではない。

千代は葉書を割烹着《かっぽうぎ》のポケットにつっこんで、鍋に大量の里芋を流し込んだ。今日のメインはけんちん汁である。ご飯をいっぱい食べてもらえるよう、生姜《しょうが》の佃煮もたんまり拵《こしら》えた。

一通りの材料を入れて煮込んで汁の味つけを終えたあと、千代はポケットから葉書を取り出した。

意外な人からの、意外な内容の葉書だった。

男三十人が入ったあとの寮の仕舞い湯に入る気にはなれず、千代は近所の銭湯を利用している。毎日通うわけではないが、今日は埃を流したい気分だった。

身体と髪を石鹸《せっけん》で洗ってさっぱりして、千代は湯に浸かった。そして、今日秋山さんから受けとった葉書のことを思い返した。

届いた葉書は、お春さんからのものだった。

千代はこの寮に落ち着いた時点で、お芳ちゃんと、そして草加のお春さんに居場所を知らせる手紙を送っていた。お春さんに送るべきかどうかは悩んだが、茂一郎を看取ってくれた恩人として一応知らせることにしたのだ。するとすぐに「ご無事で安心しました」という手紙と大きな荷物が届いた。手拭いやらどてらといった身の回りのものを沢山送ってくれたのだ。千代は恐縮してお礼の葉書を送り、そのあとは音信不通になっていた。

三年ぶりの知らせは、お春さんの転居を知らせるものだった。お春さんは先月結婚したそうで、結婚相手の住む西新井《にしあらい》に清志とともに居を移したのだそうだ。

驚いたのはその相手である。葉書には「〇〇製罐の、△△さん」と記されているだけだったが、千代はすぐ「〇〇製罐」が山田製罐をはじめ八社が合併してできた会社であることに気づいたし、△△さんがそこの経営者の血筋であることも思い出した。一時は軍需工場になっていた製罐会社だったが、戦後はまた本業で盛り返していたことは新聞などを見て知っていた。お春さんももう四十近いはずだが、美貌は相変わらずなのだろう。つくづく製罐会社の跡取りに惚れられる人だ。

銭湯からの帰り道、千代はこんどは葉書を持ってきてくれた秋山さんのことを考えた。

二十代前半の若い工員が多いなかで、秋山さんは珍しい南方の戦地からの帰還者だった。南方に出征した兵隊さんの多くが餓死したことはすでに知られており、帰還者にはなんとなく荒《すさ》んだ雰囲気をまとった人が多かったが、秋山さんはその丸顔と相まって、地蔵のような安穏としたたたずまいの人だった。

童顔で、にこやかで、小柄なので、千代は秋山さんを若い人だと思っていた。食堂で話す寮生たちの噂話から、秋山さんが寮の最年長であることや、南方でほぼ壊滅した部隊の生還組であることなどを知った。さぞつらい経験をしただろうに、そうとは思えないくらい、いや、あるいはその経験のせいか、秋山さんは至極温厚で、そしてだいたいいつも独りで行動していた。食堂ではいつも端っこの席にちんまりとおさまり、黙々と行儀よく食事をとっていた。工場では完成品の選別をする班にいるらしかった。

いつも「寮母さん」と呼びかけてくる秋山さんの、「鈴木千代さん」という声が千代の耳に残っていた。自分は寮のおばさんではなく、鈴木千代なのだということを、久しぶりに思い出した気がした。

日曜の午後だけが千代に与えられた休日だ。ふだんより簡単な朝飯を用意したら、あとは自由時間である。

週に半日の休暇を、千代はほとんど寮母部屋で過ごす。古雑誌などをめくり、そのままうつらうつらする。文字通り身体を休め、翌日から六日半つづく労働に備える。

ただ、月に一度だけは外に出ることにしていた。

毎月最後の日曜の夕方に出向くのは、南千住に向かう途中の隅田川沿いにある雑炊食堂だ。行くたび具材も味つけも違っていて、しかも毎回美味しいので、千代は月に一度、寮のご飯づくりの参考にするという口実で自らに外食を許している。

「いらっしゃい」

店に入るとおかみさんが気さくな笑みを投げてくる。見た目に特徴のない千代でも、三年も通っていればさすがに顔を覚えられる。千代がおかみさんと年齢が近そうなこともあってか、親しく声を掛けられるようになった。

今日の雑炊にはねぎや牛蒡《ごぼう》などの野菜に加え、ちくわの切れ端も入っている。千代が夢中で啜っていると、おかみさんが寄ってきて千代の椅子の脇にしゃがみこんだ。

「今日は、これ持ってって」

新聞紙の包みを持たせてくれる。千代が「いいんですか、いつも」と小声で訊ねると、いかにも働き者といった感じに頬のこけたおかみさんは「いいのよ、いっぱい手に入ったんだけど、モヤシは傷みやすいから」と言って厨房のほうに去っていった。

三年通う間に、千代が寮母であることは知られていた。少ない食材でやりくりしているのだろうと、おかみさんはときおり野菜や乾物を持たせてくれるのである。

お勘定のとき深々と頭を下げ、千代は店を出る。

途中、人通りが少なくなったところで後ろから足音がついてくるのに気づき、千代はモヤシの包みを胸の前で抱きしめた。終戦前後ほどではないが、薄暗くなってから女一人で歩いていると物騒な目に遭うこともある。お金は雑炊代しか持って出ていないから、今の千代が守るべきはこのモヤシだけだ。

ひたひた近づいてくる足音に耳を澄ましていると、思いがけずその音の主に声を掛けられた。

「寮母さん、いや、鈴木さん」

弾んだ声に振り返ると、秋山さんの丸い顔があった。

「………」

千代は安堵して頬をほころばせ、声は出さずに会釈した。

「鈴木さんも、どこかにお出かけだったんですか」

「はあ、雑炊食堂へ……」

「えっ、どこへ？」

千代はがらがら声が恥ずかしくて吐息のような声で答えたのだが、秋山さんには聞こえなかったらしい。そういえば先日葉書を持ってきてくれたときに会話をしたのだったと思い直し、千代はしわがれ声を張った。

「雑炊食堂に行ってきたんです」

「ああ、川沿いのですか？　あそこはうまいですよね」

秋山さんは千代の声を覚えていたのか、驚く様子もない。

「秋山さんは、どちらへ？」

「ああ、僕は外食券食堂です。焼き魚を食べてきました」

「外食券食堂は私は行ったことがないですけど、おいしいものですか？」

「まあまあですけど、味は雑炊食堂のほうがいいかな」

「ええ、あそこは味がいいですよね」

「でも、僕は寮母……、いえ、鈴木さんのつくる飯がいちばん旨いと思いますよ。だから日曜は物足りなくて」

「あら、そんな……」千代は照れくさかったが、何より嬉しい褒め言葉なので立ち止まってきちんと頭を下げた。「そんなふうに言ってくださって、ありがとうございます」

千代が顔を上げると、秋山さんは目を丸くしていた。

「鈴木さんはずいぶん丁寧だな……」そう言って頭を掻き、「でも、まじめな人だから旨い飯を作りつづけていられるんでしょうね」と独り言のように呟いて頷いた。そして二人並んで歩き出すと「その、大事そうに抱えている包みは何なんですか？」と訊ねてきた。

「これは、モヤシです」

「へえ、ずいぶん沢山ですね。じゃあ明日の飯に出てくるのかな」

「ええ、大根や里芋といっしょに、お汁にでも入れようかと」

「そうですか。実は、僕はあんまりモヤシは好きじゃなくて」

「あら、そうなんですか。味がお嫌いですか」

「いや、味というか、なんだか、根っこみたいでしょう……。髭のところがからまったりして、どうも食べづらくて。もちろん出されればいただきますけどね」

「さつまいもはもう沢山、ってかたは結構いらっしゃいますね。戦争のときそればかり食べたから」

「僕は甘党だから、むしろそちらのほうが好きですね。もっとも戦争中のさつまいもはあまりうまくなかったような気がしますね」

さつまいもや栗のようなポクポクした食感は男性には好まれないと思っていたので、千代はあまり食堂では使わなかった。さっそく何か作ってみようと心に留める。

「——鈴木さんは、雑炊食堂には毎週行かれるんですか？」

秋山さんはふと訊ねてきた。

「いえ、毎月最後の日曜だけです」

「ああ、お給料が出た次の日曜に行ってるんですね。では、来月もいまぐらいの時刻に出かけたら鈴木さんに会えそうですね」

「はあ……」

そうこうしているうちに寮に着き、秋山さんは「じゃあ」と手を上げて二階に駆けあがっていった。

千代は炊事場にモヤシをしまいにいき、ついでに、モヤシの髭をすべて毟《むし》った。すべての髭を取り去るのに一時間近くかかった。

翌日、髭のないモヤシの入った汁を秋山さんはきれいに食べ、「ごちそうさまです」と満面の笑みで食器を返しにきた。

それからさらに数日後、千代はサッカリンを入れて甘くしたさつまいもの煮物をこしらえた。食器を戻しにきた秋山さんに千代が鍋を洗いながら会釈をすると、

「お芋、甘くて旨かったです」

と、はにかむように頭を掻きながら食堂を出ていった。

翌月、いつもの雑炊食堂から出ると、向かいの電柱の脇に秋山さんが立っていた。

よく似た人かと思って目をこすったが、たしかに秋山さんである。丸顔の中の目をどこか気まずそうに細めて会釈している。「また会えそうですね」と秋山さんが言っていたのは覚えて

いたが、ただのお愛想だと思っていた千代は驚いた。

「今日も外食券食堂ですか」

千代が訊ねると、秋山さんは、

「いえ、今日は浅草に行ってきました。これ、鈴木さんに」

と、白くて丸いものを差し出した。

「私に？　これ、なんですか？」

「軟膏です。毎日炊事や洗濯をやってればさぞ手が荒れるだろうと思ったんですが――」秋山さんはそこで千代の手を見つめ、「でも、鈴木さんの手、ちっとも荒れてやしませんね」がっかりしたような顔をする。

「いえいえ、よく見たら荒れていますよ」千代は手を身体の陰に隠す。

「いえ、きれいなもんですよ。鈴木さんにはモヤシの根っこをとったものとか、さつまいもを甘く炊いたのとか出してもらってますから、何かお礼にと思って浅草に出てみたんです。でも、女性に何を買っていいかわからなくて」

「まあ」お礼をわざわざ買いに行ってくれたのか、と千代は恐縮する。「たまに包丁やおろし金で怪我はしますから、軟膏はとても助かります。ありがたく頂戴します」

受け取った白い瓶を押し抱く。すると秋山さんは「そう言ってもらえると、僕も差し上げた甲斐があります」と神妙な顔で頭を下げ、ふたりで寮に向かって歩き出した。

「――今日もモヤシですか？」

秋山さんは先刻から千代が手に持っている紙包みを覗き込む。

「ああ、今日はモヤシじゃないんですよ。なんでも、余ったから少し持っていってくれって言われて――」

雑炊食堂のおかみさんは、今日は中身は何かを告げず千代に紙包みを手渡したのだった。たしか「いい出汁が出ますし、そのあと炒めたりしても……」と言っていた。

歩きながら包みの端をめくってみると、白っぽいものが見えた。よくわからなくてさらに口を広げてみる。秋山さんも覗き込んできて、そして「うわっ」と大声を上げて後ずさった。

包まれていたのは、鶏の足だった。白っぽい足先ばかりが数十個詰まっている。

戦争中、鶏を絞めたあとは足先まで調理してきれいにしゃぶったものである。しかし足ばかりがこれほど詰まっているのは千代も初めてみたので一瞬ぎょっとしたが、秋山さんの驚きようにはもっと吃驚《びっくり》させられた。

「鶏の足ですよ。苦手ですか?」千代は鶏どころか戦時下では牛蛙《うしがえる》だって捌《さば》いたことがある。

「ああ、なんだ。鶏の足ですか――」秋山さんはびくびくしながらふたたび紙包みを覗き込む。

「たしかに、鶏の足ですね。なんだって見間違えたんだろう」

「何と見間違えたんですか?」千代は訊ねる。

「ウジですよ」

「えっ」

「ウジのほうがずっと小さいのに、白っぽくて細いものがまとまっているからかな。なぜかウジの大群に見えてしまって……」

「はあ、ウジ……。近頃は見なくなりましたけど、たしかに以前はずいぶん――」ウジのわいた遺体は千代も終戦前後に何度か目にしたことがある。南方の戦地にいた秋山さんは見たことがあるどころではないだろうと、千代は口をつぐむ。すると秋山さんは、

「僕にも、ウジがわいたんですよ」と、静かな声で言う。千代は眉をひそめた。

「戦地で、山の斜面を滑り落ちたとき脛《すね》にひどい傷を負いましてね。気づいたら傷口にウジがわいていて——、あれはおぞましかったな」

思わず千代は秋山さんの脛のあたりを見下ろす。千代の視線に気づいた秋山さんは、

「いや、大丈夫。今は治っていますよ」ズボンの膝のあたりを叩いて笑う。「ウジは死んだ細胞だけを食べるから、たからせておいたほうが治りが早いって、同じ部隊の仲間が教えてくれたんです。それで、気持ち悪いけどたからせたままにしておいたんですよ。そうしたら本当に治りました」

「たからせたまま……。までも、治られてよかったです。教えてくださったかた、命の恩人ですね」

「そうですね——。ま、命の恩人は、そのあとすぐに死んでしまったんですけれど」

千代ははっと口を押さえる。

「マラリアに罹《かか》りましてね。そういえば、やつの死体にもウジがわきました。食うところなんてないだろうってぐらい痩せていたんですが……。や、すいません。すっかり話が逸れました。気味が悪いことを聞かせてしまった」

「——いえ、私のほうこそ、中味も知らずに、変なものお見せしてしまいまして」

「いや、ただの鶏の足ですよ。鈴木さんが謝ることじゃありません」

秋山さんは前を向いてふたたび歩き出し、包みを抱えた千代はがっくりうなだれて半歩後ろをついていった。

せっかく軟膏をもらったというのに、鶏の足先なんか持っていたせいでつらいことを思い出させてしまったと、千代は自分の間の悪さを呪いたい気分だった。せめて前回のモヤシだったら——と恨めしく思うが、やはりモヤシでも秋山さんは蛆虫と見間違えたかもしれず、復員兵が抱える傷の深さに直面して気がふさいだ。「命の恩人ですね」なんて軽々しい感想を述べたおのれの愚かさも腹立たしい。

「鈴木さん」

黙りこくってとぼとぼ歩いていたら、いつの間にか秋山さんがこちらを振り返っていた。

「あ、はい。なんでしょう」

「ずいぶん恐い顔になってますよ」

自分を責めていたから、しかめっ面になっていたのだろう。千代は眉間の力を抜く。すると秋山さんは、

「あと、落ちています」と地面を指さす。

何のことかわからず、千代はぽかんとする。

「落としてますよ、鶏の足」

足元を見回すと、たしかに鶏の足が点々と落ちている。きちんと包み直せていなかったらしい。

「あらやだ」

慌てて鶏の足を拾う。秋山さんも道を戻って手伝ってくれた。彼が鶏の足をつかむ手つきにいささかのためらいもないのを横目で見て、千代は安堵した。

「はい、これで全部かな」

秋山さんから受け取った鶏の足を包みに戻し、また二人は歩き出した。しばらくは黙って歩いていたが、秋山さんがにわかにフッと噴き出した。

千代が驚いて横顔を見ると、

「や、失礼しました」秋山さんは頭を下げ、「さっきの光景を思い出したら、なんだか可笑《おか》しくなっちゃって」と、口元を握りこぶしで隠しながら言う。

「だって、路上に鶏の足が点々と落ちているんですよ」

「――――」

「それで、それをばらまいている張本人は、何も知らずに苦り切った顔で黙々と歩いてるんですから」

「はあ……」それの何が可笑しいのかと、千代は当惑する。

「あそこに猫か犬でも通りかかっていたら、さぞ喜んで拾い食いしながら後をついてくるだろうな、とか想像したら、可笑しくって」

「まあ」

その想像は千代の笑みを誘った。二人は低い声で笑いながら寮に戻った。

「お気遣いいただきまして、ありがとうございます」

千代があらためて軟膏のお礼を言うと、

「いや、鈴木さんが意外とおっちょこちょいなことがわかって、楽しかったですよ」

秋山さんはいつもの穏やかな表情で二階に上がっていった。

その顔色が心なしか白っぽいのが気にかかったが、千代はそのまま炊事場に行って、鶏の足を鍋にかけた。日曜なので夕食は休みだが、明日の朝雑炊にするつもりである。朝から出汁をとりはじめていては間に合わない。

しばらく煮立たせたところで火を止める。鶏の足は秋山さんの目に触れないよう、明日ぜんぶ濾《こ》すつもりだ。千代は寮母部屋に戻り、指に軟膏をすりこんでから眠りについた。


翌朝、何人もの寮生が「うまかった」と言いながら雑炊の椀を戻しにきた。出し殻の足は千代が自分の昼食にしゃぶった。

その日の夜中、千代は、階段がきしむ音で目を覚ました。

夜半に厠《かわや》に降りてくる者もいるので、普段は気にせずそのまま寝入ってしまうのだが、この日はなぜか胸騒ぎがして布団の上で半身を起こした。

玄関の引き戸を開け閉めする音がかすかに聞こえる。

千代はしばらく耳を澄ませたが、戻ってくる気配がないので、どてらを肩に掛けてそうっと外を覗いてみた。

風の音の合間に犬の遠吠えが聞こえ、寮の前の道には紙屑が舞っている。ひどく冷える晩である。

人影はないので気のせいかと思って中に戻ろうとすると、建物の角に植わった赤松に寄りかかるように、人がしゃがんでいるのが目に入った。

酔っ払いかとも思ったが、いやに薄着である。寝巻一枚で頭を垂れている。凝《じ》っと見ると、男性にしては薄い肩が小刻みに震えているのがわかる。寮生のなかで、あのように小柄な人は——。

「——秋山、さん？」

おそるおそる声を掛ける。丸い顔がこちらを仰いだ。秋山さんはいつもの柔和な表情ではなく、眉を寄せ、ひたいには青筋が立っている。

「やあ、鈴木さん。すいません、起こしちゃいましたか」

「……どうなさったんですか」

「目が覚めてしまいましてね」

そう言って笑みを浮かべようとしているのか、口元を歪ませた。

「目が覚めたからって、なにも外に出なくても」

「こうなるともう、寝ないほうがいいんです。寝てしまうとまた——」

「また？」

「いや、気にしないで、もう戻ってください。鈴木さんは朝が早いでしょう」

そう言われても、明らかにおかしな様子の秋山さんを置いて眠れるとも思えない。千代はちょっと思案し、そして言った。

「もしよろしかったら、食堂へ行きませんか」

千代の提案に秋山さんはいったん首を横に振ったが、「いずれにしても私は気になってここを去れません。このままじゃ二人とも風邪をひいてしまいます」と畳みかけると、ゆらりと立ち上がってふらつきながら食堂までついてきた。鍵を開けて中に入ると千代はすぐに湯を沸かし、湯呑の底に梅干しを置いて熱々の番茶を注いだ。

「ふうふうしながら飲んでください」

秋山さんは素直に頷き、左手で湯呑の縁を持って番茶を啜った。何度か啜るうちに肩の震えはおさまってきた。

しばらくは足元を見下ろしてじっと固まっていたが、やがて番茶を食卓に置き、離れたところに立っている千代を見上げた。血色が戻った顔で秋山さんは千代を見つめ、そして、

「やあ、鮮やかですね。こちらの気持ちまで晴れるようです」

と、目を細めた。少年のような邪気のない顔だった。

何のことかと一瞬千代は呆けたが、すぐに羽織っている赤いどてらのことだとわかった。

「ああ、これは知り合いにいただいたもので……。私にはだいぶ派手なんですけれど」

ここの居場所を知らせたあと、お春さんから送られてきた荷物に入っていたどてらだった。女の子の晴れ着のような赤い大きな花柄の銘仙で縫われている。なんだってこんな狂い咲きみたいな派手派手しい柄を──と荷物を開けたときは仰天したが、綿がたっぷり入っていて温かいので毎冬たいへんに重宝している。なにやら切羽詰まった様子の秋山さんの気休めになったのであれば、なおさらありがたい。

秋山さんはほっと息をつき、「おかげさまで落ち着きました」と頭を下げる。

「いいえ、あの……」

事情のわからない千代がまごついていると、秋山さんは、

「――今日みたいに夜中起きてしまって、外で過ごすことが時々あるんです」

と、静かな声で話し出した。

「ただ目が覚めるのではなく、ひどくうなされて飛び起きるんですよ。同室のやつによると、うなされるというより、だいぶ騒ぐんだそうです。言葉にはなっていないらしいんですが、何か喚き散らすような――」

「……」千代は無言で頷く。

「悪い夢を見ている自覚はないんですが、起きたときはひどく動悸がして、身体中が震えています。そのまま寝ようと思えばできそうですが、また同じように騒ぐんじゃないかと気が気じゃなくて、落ち着くまで外で過ごすんです。同室のやつにこれ以上迷惑を掛けたくないし」

「――」

「たぶん、戦地の夢でも見ているのでしょう」

自分などが迂闊《うかつ》に口を挟める話ではないと、千代は黙って聞いているつもりだった。しかしどうしても気になることがあり、秋山さんがふたたび黙り込んだのを機に、

「あの、今夜うなされたのは――」と切り出した。「ひょっとして、昨日鶏の足を見たせいですか」

「はっ？」秋山さんはぽかんとしている。

「ウジと見間違えた鶏の足です。あれのせいで、戦地のことを思い出したんじゃないですか？」

「いやいや」秋山さんは顔の前で手を振る。「この発作――といっていいのかな、は、結構頻

繁に起こるんですよ。それこそ月に何度も。昨日ウジと見間違えたのと、今日の発作は関係ありません」

「でも、今朝だって――」千代は布巾をいじくりながらうつむき、「今朝の雑炊は、あの鶏の足で出汁をとったんですよ。秋山さんがあんなに吃驚していたのに、姿さえ見えなければいいと思って、あれを煮込んで、お出ししてしまったんです」

そう言いながら千代は後悔で目が潤んできた。蛆虫と見間違えるようなもの、処分すればよかったのである。ただでもらったものを、ケチな自分は長時間煮込んで朝飯に供し、寮生に褒められて悦に入っていた。あんなに驚いていた秋山さんに悪い作用があるかもしれないなどと考えもせず――。

涙ぐむ千代に、秋山さんは目を丸くしている。

「いや――、鈴木さん。そんなの発作にはまったく関係ないですよ。どうしたんです、泣いたりして」

「いえ……、私は昔から、浅知恵で人を傷つけることがあったんです。ほとほと自分が厭になってしまって」

「……参ったな」秋山さんは中腰の姿勢で頭を掻いた。「傷つくどころか、朝の雑炊はずいぶん旨かったですよ。また手に入ったら作ってほしいくらいです」

「そんな、お世辞を言って」

「いや、本当ですよ。……じゃあ、僕はそろそろ部屋に」

逃げ出そうという態《てい》の秋山さんを、千代は呼び止めた。

「秋山さん、今度また今日のようなことがあったら、遠慮なしに私を起こしてください」

「いえ、そんなわけには」秋山さんは怯えたように立ち止まって首を振る。

「外で過ごしていたら風邪をひいてしまいますよ。どのみち私は気になって寝ていられません。ここだったら二階の人を起こさないで済みますし、温かいものも淹《い》れられます」

千代は先刻から、自分の不用意な発言で茂一郎やタケを怒らせてしまったことを思い出していた。今となってはどんな言葉でどのように怒らせたかは記憶にないのだが、悔いたことだけははっきり憶えている。もし自分が間接的にでも秋山さんをつらい目に遭わせたのなら、できるうちに償いをしておきたかった。

「寮生のみなさんに元気でいてもらうことが、私にとってはご褒美のようなものなんです」

千代が念を押すと、

「――では、もし困ったら声を掛けさせてもらいます」

秋山さんは深くお辞儀をして、足音を立てぬよう階段を上がっていった。


ふたたび夜中に外へ出る音で千代が目を覚ましたのは、それから十日ばかり経ったころのことだった。外を覗くと、やはり木の陰で秋山さんがしゃがみ込んでいた。「起こしてくださいと言ったのに」と千代は小言を言い、食堂に追い立てて番茶を飲ませた。秋山さんは温まってから恐縮した様子で部屋に戻っていった。

その半月後、秋山さんは夜中に寮母部屋の戸を叩いた。千代はどてらを羽織り、食堂で熱いお茶を淹れ二人で飲んだ。

やがて千代は、階段がきしむ音がするとすぐ跳ね起きるようになった。寮母部屋の戸を開けると、ひたいに脂汗を浮かべた秋山さんがすまなそうに立っている。千代は鍵を持って食堂に向かう。秋山さんはあとからついてきて、食堂の椅子に崩れるように座り、千代が湯を沸かしているあいだ肩を震わせながら足を踏み鳴らしたりしている。千代がお茶を持っていくと、少しずつ啜り、飲み終わるころに落ち着いてくる。

それから半刻ほど、二人で話をするようになった。

秋山さんは、千代より五つ下の子《ね》年であること、長野に近いほうの静岡県の出身であること、復員してから田舎には一度も帰っていないこと、応召してからは繰り返し出征させられ、フィリピンに行く前は釜山《プサン》や上海にも赴いたこと、などを話し、千代は、弟が中国で戦病死したことなどを話した。

「ご家族に会いに行かなくていいんですか？　皆さん喜ばれるんじゃ……」

千代が問うと、秋山さんは「いや……」とうつむいて首を振るばかりである。千代はそれ以上何も触れないことにした。

秋山さんに問われるまま、かつて結婚していたことも千代は話した。夫は数年前に死んだと言うと、秋山さんは空襲で死んだと勘違いしたのか「大変な思いをされましたね……」と腕を組んでうなだれていた。動物好きらしく、トラオの話をすると喜んだ。

しばらくは食堂で半刻だけ話をしていたのが、いつしか千代の狭い寮母部屋で、夜明けまでをともに過ごすようになった。もしそのときが寒い季節でなかったら、そのようなことにはなっていなかったかもしれない。

いくら炊事場の火があっても、熱いお茶を飲んでも、冬の食堂の底冷えはどうしようもなかった。ある晩、秋山さんの肩の震えが何杯お茶を飲んでもおさまらず、千代は彼を寮母部屋に押し込んだ。部屋には布団が敷いてあるし、湯たんぽもある。尖った肩に布団を掛けて千代は部屋の外から様子を見ていたが、ようやく落ち着いてきた秋山さんに「鈴木さんも、廊下にいては冷えるでしょう」と招じられ、素直に従って体を預けるようにしたのは、どてらを着ていてもひどく寒かったからだ。

もう誰とも肌を合わせることなどないと決めていたのに、いざとなると千代は大胆にも秋山さんの手を自らの過剰な箇所にみちびいた。驚かせるより前に、知らせてしまったほうがいいと思った。秋山さんの手は一瞬止まったようだったが、すぐに理解したかのようにまた動き出した。千代はただ身を任せていただけだったが、なんなく彼を受け入れることができた。身体を離すと、秋山さんはそのまま千代の横で寝入ってしまった。布団だけでいっぱいになってしまう三畳の寮母部屋で、秋山さんの深い寝息を聞きながら、千代は、かつての夫のことを思い出した。夫とはあれほどうまくいかなかったのに、今秋山さんとはすんなり結ばれた。身体のことだけが理由ではなかったのかと、千代はいつかの母との会話を思い返す。互いに思いやりさえあれば……と母は言っていたのだった。

つい先刻までの秋山さんとの交わりのさなか、千代は自分の内に熱情がひそんでいたことを知った。それは、夫との間には欠けていたものだった。身体のせいでも、ましてや夫のせいでもなく、通じ合えなかった原因は自分の心のうちにあったのか――と、千代は初めておのれのことがわかったような心持ちで、眠りに就いたのだった。

梅が散り、桜の季節になっても秋山さんは月に二、三回は寮母部屋にやってきた。何度訪れようと秋山さんが戸を叩く音は控えめで、千代が中から戸を開けるといつも肩をすぼめて寒そうに立っているのだった。

もともと二人とも喋るほうではないから、静かに抱き合い、ひと眠りしてから秋山さんが二階に戻るのが常である。小柄な秋山さんの思いのほか節くれだった手はかつての夫よりも巧みで、千代は声を出さないようこらえる我慢を初めて味わった。

寮母としての仕事のすべてが秋山さんにつながっているので、千代は、炊事も掃除も洗濯も、今までよりさらに熱をこめていそしんだ。かつて山田の家でお初さんやお芳ちゃんと働くのも楽しかったが、それとは一味違う、腹の底から滲み出るような甘やかな充足感があった。秋山さんがいるときに他の寮生から「おばさん」と呼ばれると、妙に恥ずかしくなるのだけは参った。

深い仲になって半年になるころ、古新聞のある記事が目に入った。

それは、傷痍《しょうい》軍人の結婚保護に関する記事だった。

傷痍軍人への保護対策の一環として、医療や職業だけでなく結婚も斡旋《あっせん》されているという記事である。戦争により傷ついた軍人が結婚し、社会的にも男性としても再起した事例が美談として紹介されていた。千代は食い入るように記事を読んだ。秋山さんは傷痍軍人ではないが、心が傷ついていそうなので無意識に関連づけたのかもしれない。

秋山さんも、いつかは結婚するのだろうか——と、女のひとの輪郭が頭に浮かんだ。千代は、それが自分であることも一瞬頭を掠《かす》めたが、すぐに振り払った。自分はたまたま寮生とそういうことになった寮母に過ぎない。それだけはわきまえておこうと、少なくとも表面上では自らをそう戒《いまし》めた。

実のところ、自分たちが恋仲だという実感が千代にはなかった。幾度身体を重ねようと、千代も秋山さんも互いのことをよく知らない。秋山さんが、甘い物が好きなことと、五歳下であることと、静岡の北のほうの出であることと、いくつかの出征先は知っているが、彼が今何を考えているのか、何を楽しいと思うのか、何をだいじと思っているのか、千代は知らない。つまり、これからにつながるようなことを千代は何も知らないのである。

いちど、秋山さんがぽつりと呟いたことがある。

「千代さんは、何も訊ねないからいいですね」

そう言われたとき、千代はかつて茂一郎から同じようなことを言われたのを思い出して慄然《りつぜん》とした。のろまで、大人しいのが取り柄。かつての夫は自分をそう評したのだった。

秋山さんは、眠っているときたまにうなされている。

はじめは例の発作かと身構えたが、騒ぐというほどには至らない。控えめなうなり声の合間に「すまなかった」とか「仕方なかったんだ」とか言っている。そんなときの秋山さんはひどく汗を掻いて、目をぎゅっと閉じて誰かに弁明している。

秋山さんは、戦地で人を殺しているのかもしれない、と千代は思った。

思うだけで、たぶん自分は何も訊ねないだろうと千代はわかっている。訊ねない間は、たぶんこうして寮母部屋を月に何度か訪れてくれるのだろうと信じている。そんな自分は大人しいだけの妻だったころから何も成長していないようで情けなくもなるが、それでも千代はいいと思った。千代は秋山さんのことが好きだし、寮母としても、女としても、今このときが豊かに満たされていると実感していたからだ。

鬱陶しさを感じる間もなく梅雨が過ぎ去った。珍しく甘みが強いトウモロコシが手に入り、千代は夕食に茹でることにした。さぞ秋山さんは喜ぶだろうと一本一本髭をきれいにむしりとる。

しかし夕飯の時刻になっても秋山さんは現れなかった。

寮生が出入りするたび千代は入口を見つめたが、秋山さん以外の全員が食べ終わっても彼が来る気配はない。仕事が忙しいのだろうか。千代は十時まで待ったところでご飯をおむすびにし、トウモロコシといっしょに寮母部屋に運んだ。訪ねてきたら食べさせるつもりだったが、秋山さんは来なかった。

翌朝の朝食にも来なかった。

食堂を出る最後の一人が秋山さんと同部屋の若い寮生だったので、千代は呼び止めた。

「秋山さん、ゆうべからご飯に降りてこないんですけど、具合でも悪いんでしょうか。いえ、ご飯片付けていいものかわからないから」

そう訊ねると、若い寮生はぽかんとした顔をして、

「秋山さんだったら、昨日から帰ってません。――直接工場に行ってるんじゃないでしょうか」

と言って立ち去った。

たしかに、外泊する寮生がいないわけではない。酒を飲みに出て朝そのまま工場に出勤するものもなかにはいるようだ。しかし千代の知るかぎり、秋山さんは酒を飲まない。酒場から朝帰りして工場に直行するような不真面目な人とも思えなかった。

ゆうべ何か用があって外出して、出先で面倒なことにでも巻き込まれたのだろうか。もしくは具合が悪くなったりして、動けなくなっているのではないだろうか。

悪いことばかりが頭の中を渦巻いて、上の空で仕事をこなした。週に半日の休み以外ネジ巻き人形のように働いてきた成果か、洗濯も掃除も手が勝手に動いてやってくれた。

夕飯の支度をしているとき千代はふいに楽観的になり、秋山さんはたぶん夕食時に何食わぬ顔で食堂に現れるだろうと、ようやく気持ちが静まった。食器を下げにきたとき昨日のトウモロコシを渡してあげようと、流しの脇に用意した。

しかし、「あー、腹減った」とぞろぞろやって来た寮生の群れのなかに秋山さんはいなかった。食器を下げる同部屋の若い寮生に「あの」と声を掛けると、何を訊ねたいのか察した彼は「工場にも来ませんでしたよ。いったい何をやってるのかなあ」と、あどけない口元をとがらせて二階に上がっていった。

玄関の外に出て、千代は秋山さんの帰りを待った。

寮の脇の赤松の根元にしゃがみこんでいた彼の姿を思い出す。今どこで何をしているのだろう、発作が起きたりしていなければいいがと、千代は赤松の木肌に手をやる。

ふと、彼が女性のところにいる場面が、頭のはしに浮かぶ。

まさか――、と夜空を見上げる。傷痍軍人の新聞記事を読んだとき、千代は秋山さんがいずれ結婚するかもしれないと考えはしたが、この半年あまりの間、彼に女性の影を感じたことはなかった。日曜の夜に外食券食堂に行く以外、どこかに出かける様子もない。

でも、千代は、夫であった茂一郎の不義にも気づかなかったのだ。

今、タケのように千代に何かを耳打ちしてくる存在はない。だから千代は、自らの感覚を頼るほかない。

千代は、寮母部屋での秋山さんの手の温もり、身体の重み、静かな寝息、そしてときおり漏らすうわ言を思い返した。そのどれもが早くも懐かしかった。そして、今秋山さんがどこにいようと、そんなことはどうでもいい、自分はここに戻ってきた秋山さんと今まで通り向き合っていこうと、自らに言い聞かせた。

夜中まで赤松に寄りかかって帰りを待ったが、秋山さんは戻ってこなかった。

次の日の朝食も、夕食にも顔を出さなかった。同部屋の寮生は、なんでもない顔をしてご飯を食べ、食器を下げて軽い足取りで二階へ上った。

その翌日、ようやく秋山さんは帰ってきたが、寮には寄らず、会社の事務室に戻ったのだった。

秋山さんはすでに荼毘《だび》に付され、骨になっていた。

警察からうちの寮生が亡くなったと連絡があって、焼き場から骨を引き取ってきたから、今後食事は一人分減らすように、と、洗濯物をとりこんでいる千代に、事務長は不機嫌そうに告げたのだった。

ひょっとして、それって、秋山さんのことですか、秋山さん亡くなったんですか、と千代が青ざめて訊ねると、事務長は頷いて、「ここ何日か工場に出てきていないとは聞いていたんだが……」とだけ言って会社のほうに戻ろうとする。

「あの、お骨は」

千代が取りすがると、「事務室にある」ということなので、手を合わせさせてください、と頼み込んだ。事務長は怪訝《けげん》そうにしながらも、千代がついてくるのは拒まなかった。

事務机に載せられた骨壺は、白い布でくるまれていた。秋山さんがいくら小柄といえど、この包みのなかに彼がすべて納まっているとはどうしても信じられなかった。

千代は震える手を合わせ、「事故ですか、それともご病気で……」と問うた。事務長は、「三日前の晩、うつ伏せで川に浮いていたそうだ。たぶん酔っ払って落ちたんだろう。すぐ引き揚げられたが、なかなか身元がわからなかったらしくて――」と、机にある書類を本棚に移しながら答えた。

川に、酔っ払って――。信じられない言葉に凍りつく千代にかまわず、事務長は、「故郷には電報を打ってあるから、明日あたりお骨と荷物を引き取りにくるだろう。荷物は同部屋の若いのにまとめとくよう言ってあるから……。まあ、荷物といっても大したものはないだろうけど」とため息まじりに言い、「じゃあ、代わりが入ったら知らせるから、それまで飯は一人分減らすように」と念を押し、千代に事務室から出るよう目線でうながした。

まさか、死んでいたなんて――。

最悪の結果だった、ということは理解できたのだが、千代の感情はすぐには動かなかった。

ただ、うつ伏せで川に浮いている秋山さんの後頭部と背中を、ずっと頭の中に描き続けていた。

簡単な夕飯を拵え、同部屋の寮生に「聞きましたか」と声を掛けられ、ようやく秋山さんの背中が視界から消えた。

「昼間、事務長に聞きました」

「僕もです。秋山さんの荷物をまとめておくように言われました」神妙な表情のなかに、わずかに不満をにじませる。

「酔っ払って川に落ちたって――。秋山さんて、お酒を召し上がるかただったんですか？」

つい責め立てるような口調になってしまう。

「さあ――」若い人は細い首をひねり、「でもたまに、風呂から上がってすぐに出かけることはありましたね。僕は寝るのが早いから、帰ってきたとき酔っ払っていたかどうかはわかりませんけど」と、食卓に向かった。

みなの食事が終わり、空っぽの食堂ですべての椀や皿を洗い終えてから、ようやく千代は落涙した。

三日三晩、秋山さんの帰りを待ち続けたのである。昨日の今頃も、誰もいなくなった食堂で、「腹が減りました」とはにかんだ顔で今にも帰ってくるかと身を揉んでいたのである。それがもう、二度と帰ってこないなんて――。

夜中、身体の震えがおさまるまで座っていた椅子に目をやり、彼が使った湯呑を手にし、千代は、喉の奥からせり上がる呻《うめ》きを必死で抑えながらしばらく泣いた。

二人で過ごした寮母部屋に戻る気にはなれず、秋山さんのお骨が置かれた事務室につながる入口の段差に腰かけて、夜が明けるのを待った。

次の日千代は憔悴しつつ、秋山さんの家族がやって来ることだけ気にしていた。親か兄弟か、誰が来るのかはわからないが、どうしても彼の家族が見たかった。見たところで気持ちが落ち着くとも思えないが、せめて彼と血のつながったひとと悲しみをともにしたかった。そして、彼をくるんだ白い布が、自分のもとを去っていくのをなんとしてもきちんと見送りたかった。

しかし、誰かが訪ねてくるような気配が感じられないまま夜になってしまった。都合がつかなくて今日は来られなかったのだろうか。

翌朝、表を掃きながら事務長の出勤を待った。

事務長がやって来ると、挨拶のついでを装って、千代は「そういえば、秋山さんのご家族はいついらっしゃるんですか」と訊ねてみた。

事務長は、

「昨日、暗くなってから来たよ」

と思いがけない返事をした。

「えっ」

千代は箒《ほうき》を握りしめて固まった。暗くなってからということは、夕飯の時間のころだろうか。それならば、自分はとても気づくことはできない。愕然と肩を落とす千代を不審げに見おろし、事務長は続けた。

「一昨日田舎を出発したらしいんだが、静岡といってもずいぶん不便なところで、丸一日以上かかったらしい。登戸《のぼりと》のほうに妹がいるとかで、そこに泊まると言って、お骨と荷物を抱えてすぐ帰って行ったよ」

「親御さんがいらしたんですか」

「いや、奥さんだよ」

「えっ、誰の？」

「そりゃ、秋山君のだよ。秋山の家内です、と名乗ったから。年の頃も彼と同じぐらいだ」

「あ、そうなんですか……」

千代は動揺を気取られぬよう頭を下げ、地面を掃きながら寮のほうに戻った。

事務長の言葉を何度か反芻して自分の理解が間違っていないことを確認すると、大声で笑い出したいような気分になった。千代は感情を殺してその日の仕事を消化した。

夜は寮母部屋に帰った。布団の上にぺたりと座り、天井を見上げた。かつて秋山さんの肩越しに見つめた木目があった。

奥さんがいたなんて――。

千代は、秋山さんがそのような素振りを見せたことがなかったかを、懸命に思い返そうとした。しかし甦るのは静かな喋り声やときおり漂う身体の匂いばかりで、昼間の笑いたいような気分も消え、自分はやはり秋山さんのことが好きだったのだと、自分は初めて男性に恋心を抱いていたのだと、もはや居なくなってしまった相手に思いを馳せ、千代はやはり涙に暮れてしまうのだった。

月末の日曜は雑炊食堂に向かった。

食欲はないが、秋山さんと親しくなるきっかけとなった道筋をたどりたくなったのだ。

夕飯には早い時刻のせいか店は空いていて、食べ終わったあとおかみさんが寄ってきた。

目を光らせ、しかし声は低く落として話し掛けてくる。

「そういえば、あなた、そこの製紙会社の寮母さんだったわよね」

「ええ、はい……」

「こないだ川で亡くなったの、製紙会社の工員さんだっていうじゃない。知ってる人？」

そうだ。秋山さんはこの店の前を流れる川で死んだのだった。迂闊にもそのことを考えていなかった。千代は動揺を隠して「お顔を知ってるくらいで……」と言葉を濁す。

「すぐそこで引き上げられて、はじめはどこの誰だかわからなかったらしいのよ。でも、背格好をお巡りさんから聞いて、並びの屋台のおじさんが、それだったらうちによく来てた客じゃないかって。おじさんはその人が製紙会社に勤めてるって聞いてたのよね」

「……並びって、どこの屋台でしょうか」

「うちを出て右にちょっと行ったとこよ。今日は来てないけど。カストリとかバクダンとか出してて、酔っ払いばっかり集まるとこよ」

「………」

「その工員さんも、来るとだいぶ深酒してたらしいわよ。隣に座ってる客と喧嘩になることもあったみたい」

「そうですか……」

「せっかく生きて帰ってこれたっていうのに、もったいないったら」

「……」

千代はふらつきながら店を出た。今日はおかみさんは何の食材も渡してこなかった。

千代は帰り道を朦朧と歩いた。秋山さんが千代に軟膏を渡して、大量の鶏の足を見てあとじさった道だった。

涙をこらえながら、千代は心の中で秋山さんに問いかけた。

あなたは、屋台でカストリをたくさん飲んだりしてたんですか。

酔っ払って、人と喧嘩をすることもあったんですか。

田舎に奥さんがいたのに、なぜ帰らなかったんですか。

知らないことばかりなのを突きつけられ、あれこれ心のなかで質問を投げかけていると、まるで秋山さんがまだ生きているような錯覚をしてしまう。あんな、お骨の入った包みしか見ていないのに、どうして信じられるというのだろう。今度寮母部屋にやってきたら問いただしてやろうと息巻いて、そんな機会は二度と訪れないのだとすぐに気づかされ、そのたび失望する。

「何も訊ねないからいいですね」そう秋山さんは言っていた。千代は、本当は何か訊ねるべきだったのではないだろうかと自問する。格好つけて黙っていたりせず、秋山さんのことをいろいろ聞き出していれば、きっと秋山さんは嫌がっただろうけど、ひょっとして、死なずに済んだのではないだろうか。これでは結局、茂一郎に向き合えなかった時と変わらないではないか。

仕事中も、疑問と悲しみにかわるがわる支配され、頭が動かなくなってしまった。

掃除や洗濯はまだいい。身体を動かすだけだからだ。朝夕の献立を考えるのがどうにも億劫で、毎日、麦飯と、味噌汁と、魚の干物と適当な煮物を出した。ともかく味がついていればいいだろうと、心が無のまま煮炊きした。寮生たちが千代をじろじろ見ていることにはまったく気づいていなかった。

ある日、最後に食器を戻しにきた寮生が唐突に声を掛けてきた。

「おばさん、恋人がいなくなったからって手抜きはよくないよ」

千代は頭をぶん殴られたような気がした。言葉の意味をとっさに咀嚼《そしやく》できたわけではないが、空襲直後、下谷の家の焼け跡で水道管で頭を殴られたときの衝撃に似ていた。

千代は、皿を洗う手を止めゆっくりとその寮生を振り仰いだ。秋山さんの死後、最年長となった寮生だった。

彼は顔色を失った千代を見ると、片頬を上げて薄ら笑いを浮かべた。

「最近同じ飯ばっかりじゃないか。麦飯だってやけに固い日もあればお粥みたいなときもあるし――。あんまり気が抜けてるんで、秋山さんとの噂は本当だったんだって話が広まってるぜ」

秋山さんの名が出たので、千代はかっとした。なぜ急に秋山さんのことを――。こんなニヤニヤした顔でその名前を口にしてほしくない。一気に紅潮した顔で、千代は食ってかかった。

「秋山さんがどうしたっていうんですか。亡くなった人のことを言うのは――」

「秋山さんが夜中一階へ降りてったのを見たやつがいるんだよ」

思いがけぬ言葉に、千代は凍りついた。

「どこへ行くのかと階段の上からこっそり見ていたら、おばさんの部屋に入っていったっていうじゃないか。しかも出てくる気配がない。それで、おばさんは秋山さんの恋人なんじゃないかって言い出すやつもいたんだけど、まあ、夜中に具合が悪くなって介抱でもしてもらったんだろうって、いったんは落ち着いたんだ。でも近頃のおばさんの心ここにあらずの感じじゃあ、やっぱり恋人だったんじゃないかって——」

彼はそこで口をつぐんだ。言葉を失って小刻みに震えている千代を見て、さすがに気の毒に思ったのかもしれない。

「……ま、飯さえちゃんと作ってくれれば僕は文句ないですよ」

そう言って降参するかのように両手を挙げて食堂を出ていった。彼の足音が聞こえなくなると、千代はその場にへたりこんだ。

翌朝、ともかくご飯はしっかり作った。水加減も火加減も慎重にし、朝からごまを擂《す》って和え物なども出した。みなが旺盛に平らげているところを確認して一息ついたが、何人かが食事中こちらを見てニヤついているのが目に入った。

夜も品数を増やした。秋山さんと同部屋だった若い寮生が食器を下げにきたとき、千代はちょっと会釈してみたが、彼は強張った顔をして目をそむけた。

この若い寮生にまで、千代と秋山さんの醜聞が広まっているのか——。千代は愕然とした。

それから千代は、ひどい頭痛に襲われるようになり、睡眠時間もますます短くなった。いろんなことがいっぺんに頭の中を渦巻いて揺り起こされてしまうのだ。

秋山さんは、なぜ奥さんのもとに帰らなかったのだろう。戦地で人を殺しているのかもしれないことが関係しているのか。「すまなかった」とうなされていたのは、あるいは奥さんに向けてだったのか。寮生は千代を秋山さんの「恋人」と言ったが、千代は秋山さんにとって本当は何だったのだろうか。

自分が知っていた秋山さんと、実際の秋山さんは、全然別の人なのかもしれない――。

本当はただ悲しみに暮れていたいのに、考えることが多過ぎて、秋山さんとの思い出をひとつひとつ嚙みしめるひまがない。寮生に気づかれるくらい投げやりな仕事をしてしまったことも、秋山さんとのことが露見したのに負けないくらい恥ずかしかった。

寮生たちの好奇の目はおさまらず、ついに「おばさん、俺も夜中に部屋に行っていいですか」などとからかう者が出てきたとき、千代は、寮を去ることを思いついた。

三年以上地道につづけてきた寮母の職である。秋山さんと過ごした場所でもある。辞めたくはないが、おそらく千代は、寮生の信用を失った。以前のように業務に没頭するだけの日々に戻るにはかなりの時間が必要だろう――、と、そこまで考えて、千代は大きく頭を振った。

以前のような日々になど、戻りたくない。

秋山さんとのことがまるでなかったかのように、ここで以前と同じ毎日など送りたくない。

そう思って、いざ勇んで事務室に向かうと、ドアの手前で足がすくむ。

ここを辞めて自分は食べていけるだろうかと、不安で目の前が暗くなり、とぼとぼと寮に戻って掃除の続きにとりかかる。頭がひどく痛んで、ときおり手が止まる。そんな、辞める辞めないの間で揺れ動く日々が何日か続いた。

ある晩、ごく短時間寝入ったとき、下谷の家の夢を見た。

家には誰もおらず、千代がひとりで暮らしている。夢の中の家は実際とは違う間取りで、居間の一隅の畳をめくるとそこに湯をたたえた浴槽があるような奇妙な造りだった。千代は畳を濡らさぬよう気を使いながら湯に浸かったり、やけに豪奢な仏壇の前でお寺にあるような巨大なりんを鳴らしたりしていた。

なんということもない夢だったが、目覚めてから涙ぐんだ。

あのまま、山田家から籍を抜かなかったら今頃自分はどうしていただろう、と初めて想像した。

お春さんの婚家に清志もついていっただろうから、下谷の土地はあのままずっと千代が使えただろう。そうしたら今頃あそこに掘っ立て小屋でもなんでも建てて、高助が遺したお金で細々と食べていけたかもしれない。

その想像は一瞬千代をなぐさめたが、すぐに、いや、その道を選んでいたら秋山さんには出会えなかったのだ、という葛藤に舞い戻って嗚咽する。

夢を見た翌日、千代は事務室に行き、寮母を辞めることを告げた。

自分がここにいる以上、あの温厚で行儀のよかった秋山さんは、千代もろとも寮生たちのからかいの対象となり続けるだろう。それだけはどうしても耐えられない。

それに、山田家にすがりついていたほうがよかったのでは、などと一瞬でも想像した自分が情けなかった。籍を抜けることを決めたのは自分なのに――。

事務長は多少驚いていたようだが、次が決まるまではいてもらわないと困るよ、とだけ面倒くさそうに言った。

そしてそれから二日後、次の人が決まったから、明日にでも出て行っていいと、この日までのお給金を置いていった。

夕飯を終えると、千代はすぐに荷物をまとめた。背負えるだけしかない荷造りには半刻も要さず、風呂敷を眺めおろすと身軽さが胸に迫った。

少しだけうつらうつらして、空が白みだしたころ寮をあとにした。

大きな風呂敷を背負って、千代は上野の方角に向けて歩き出した。まだ頭痛は続いていた。風呂敷の結び目から手を離し、げんこつを作って耳の上をきつめに叩く。

いよいよ工場が見えなくなるというところで振り返った。もうここには戻れない。あの食堂にも、寮母部屋の布団にも、二度と戻れないのだと思うと涙がにじんだ。自分はあそこで十分に秋山さんの死を味わっていない、存分に嘆き悲しめていないということが無念だった。弔いを終えないまま思い出の詰まった場を去るようで、足取りは重かった。

それでも千代は歩いた。腰を折って、途中何度も立ち止まっては荷物を背負いなおして、ただ地べたを見て歩いた。上野に着いたらすぐ口入屋《くちいれや》を訪ねるつもりだが、おそらく仕事はすぐには見つからないだろう。ましてや住み込みとなると、職に出合う前に手持ちのお金が尽きてしまうかもしれない。そうなったら自分は行き倒れるのだろうか。飢えて地べたに突っ伏して、そのまま息絶えるのだろうか。

日が昇り、地面に映る自分の影を見下ろしていると、秋山さんが川に浮かぶ姿を想像してしまう。でも、もう涙はにじんでこなかった。べつに行き倒れたっていい、と千代は嗤《わら》う。いっそ爆弾でも落ちてこの身を吹き飛ばしてほしいとすら思うが、もう爆弾は降ってこない。

やぶれかぶれの心持ちで、何軒もの口入屋を訪ねた。案の定千代がすぐに就けるような職はなく、夜は寺の隅などで寝ながら町をさまよった。下谷には近づかないようにした。

一週間後、浅草今戸のほうで出会った口入屋が、「住み込みの女中の口なら一件だけあるけど、これはどうかなあ……」と、首をひねりながら紙切れの山を探った。

三味線のお師匠さんなんだけど、ちょっと〝目〟がなあ――、と、口入屋が見せた一枚の紙は、千代がそこに書かれた文字を読み取る前から、光を放っていた。千代が眩しさに目を細めながら恐る恐るのぞき込むと、そこに「三村初衣」の名があった。お初さんが化けて出て驚かせているのかと千代は一瞬おののいたが、この眩しさがお化けのはずもない。むしろ天の恩恵のような柔らかな光が頭の上からさしてきて、胸の中にまで沁みこんで、身体じゅうを温かく満たしているのだった。

お初さんは、生きていたんだ――。

千代はまばたきもせずお初さんの名が書かれた紙を見つめた。そして口入屋に、ここに行きます、ときっぱり伝え、問われるまま自分の名前やら年齢やらを答えた。

もはや背中の風呂敷包みはちっとも重たくはなく、このところずっと続いていた頭痛は、いつの間にかおさまっていた。

明日　昭和二十五年（一九五〇年）

「うう、気持ち悪い」

もう少しで根津藍染町に入るというところで、お初さんは立ち止まった。

「大丈夫ですか？」

千代はお初さんの背中をさする。すると、

「やめて、やめて。そんな、背中なんかさすられたら、この場で戻してしまうわ」

お初さんは千代の手から逃れ、手さぐりで電柱を探し当ててぐったりと寄りかかった。

吐くほど飲んだだろうかと千代は先刻までのお初さんの様子を思い返す。たしかに、けっこうまめにお酌を受けていたような気がする。

今夜はお弟子の和江さんが一本の芸者になったお披露目会であった。和江さん、いや、今日から富久丸《ふくまる》さんは、お初さんだけではなく女中の千代までちゃんと招待してくれた。付き添いが必要なのはわかっているから、はなから正式な出席者として招いてくれたのである。千代がお初さんの家に来てから一年以上が経ち、招待客の中には酒屋の店主など見知った顔もあった。

お初さんは会場に和江さんが現れるなり、

「どう？　和江さん綺麗？」

と、しきりに訊ねてくる。

「ええ、とても可愛らしいです」

千代はそう答えたものの、正直、島田髷や黒い着物は和江さんにはあまり似合っているとは思えなかった。なんだか、子供が芸者のまねごとをしているようにしか見えない。しかし緊張のためしゃちこばった和江さんの顔は、厚い化粧の下のむくむくした素顔を想像させてやはり可愛らしいのであった。

その和江さんは、会の後半でお初さんにお酌をしにやって来た。むっちりした白い手で徳利を傾けたあと和江さんは、お初さんの前でぴしりと両手をついて言った。

「お師匠さんのおかげで無事に一本になれました。これからも精進して、立派な地方《じかた》になります」

これにはお初さんも大感激だった。

舞を舞う「立方《たちかた》」に対し、三味線を弾いたり唄ったりするのが「地方」である。唄や楽器を練習しても華やかな立方になりたがる若い娘は多い。そんななか、和江さんははじめから地方になると決めているのである。

和江さんをきっちり仕込んできたお初さんとしては、嬉しくてつい酒が過ぎてしまったのだろう。

「ううっ」

えずきながらもお初さんは必死に吐き気をこらえている。道端で戻すというのはお初さんの美学にはそぐわないことだ。千代だってできれば外で吐きたくなんかない。

「そういえば、お師匠さん」

千代は、お初さんが倒れないように腕をつかむ。

「和江さん、いえ、富久丸さんのお姐さん衆のなかに、すごく仇《あだ》っぽい人がいましたよ。すらっと背が高くて、姿勢が良くて、どことなくお師匠さんに似てました」

お初さんの気を紛らわせるために、千代はわざとなんでもないようなことを話す。お初さんは、

「そう、私に似た……」

と喘ぐように言ったあと、ひたと黙り、そして、

「おえええええ！」

ついに胃の中のものをすべて吐き出してしまった。

千代は遠慮なく背中をさすり、お初さんはしばらく電柱にもたれかかっていたが、やがて「帰りましょう」と杖を持ち直して歩き出した。千代は足で砂利を蹴飛ばして吐物を気持ち隠し、お初さんに寄り添った。

戻したあとでもまだお初さんの顔は青白かった。ようやく家が見えてきたころ、お初さんは肩で息をしながら言った。

「千代さん――」

「はい？　まだ気持ち悪いですか？」

「いえ、だいぶいいです。で、さっき、和江さんのお姐さんが私に似ているって話がありましたけど――」

「ああ、ええ」

「和江さんも、誰かに似ているのではないですか?」

「和江さんが?」

「ええ、稽古中手を触ったりすると、ぽちゃぽちゃしていて、ひょっとして似ているんじゃないかなあと思っていたんです」

「和江さんが、誰に似てるんですか?」

「和江さんは、もしかして、お芳ちゃんに似てやしませんか?」

思いがけぬ質問に千代が顔を強張らせていると、お初さんは、

「ああ、着いた着いた」と、自ら手さぐりで鍵を開けて、先に二階に上がって座布団の上に引っくり返った。


翌朝、お初さんはいつものお初さんに戻っていた。もう気持ち悪そうでもないし、お芳ちゃんのことを千代に訊ねてきたりもしない。

あれは、酔ったうえでの世迷言《よまいごと》だったのだ、と千代は思うことにした。珍しく深酔いしてしまい、昔と今がごちゃまぜになってしまったのだろう。

お初さんは澄ました顔でお弟子さんに稽古をつけている。二階から「千代さん」と声をかけ、これまで通りに用を頼んでくる。千代が「あの、千代」だと気づいているふしはない。

もし気づいているとしたら――。千代はハタキを叩く手を止める。いつ気づいたのだろう、なぜ気づかないふりをしているんだろうと頭をめぐらす。そして、気づいているはずがないと

得心する。二人がはぐれた大空襲のさなかですら、お初さんは千代を主人として立てていたのだ。自分が雇っている女中の千代がもし以前の主人だとわかったら、お初さんは千代を使い続けてはくれないだろう。

そう考えてみてもどこか不気味で、千代はお初さんをなんとなく避けてしまう。

お初さんの様子がおかしいと気づいたのは、和江さんのお披露目会の日から三日後のことだった。いつも食事をきれいに平らげるお初さんが、朝ごはんを半分も残したのである。

「どうしたんですか」

「……風邪かしら。なんだか熱っぽくて」

失礼します、と千代がお初さんのひたいに手を当てると、たしかに熱がある。千代はすぐ布団をのべてお初さんを寝かしつけ、近所の医者を呼んだ。

「ま、風邪でしょうかね。世間じゃ別に流行ってないようだけど」

老齢の医者は頼りない見立てをし、粉薬を置いていった。

薬を飲んでもお初さんのひたいは熱いままだ。千代は風邪とは違うのではないかと疑い始めた。お初さんは咳もしていなければ鼻水も出ていないのだ。

「どこか痛いとこありませんか」

翌朝訊ねると、お初さんは、

「ここがちょっと痛いんですけどね」

と布団から左手を出した。

お初さんの手のひらを見て千代はぎょっとした。親指の付け根のふっくらしたところにじくじくしたかさぶたがあって、その周りが真っ赤に腫れているのだ。

「どうしたんですか、これ」

千代が問いただすと、お初さんははじめは「さあ」「はて」などとしらばっくれたが、やがて恥ずかしそうに話し出した。

「あの、この前、戻したじゃないですか。あの、お披露目会のあと……」

「ああ、あの日ですか」千代はお初さんが電柱にもたれていた後ろ姿を思い返す。

どうも、あの電柱がささくれ立っていたらしく、お初さんはもたれた際に手のひらを怪我したのだと言う。たいした怪我ではないから治療もせず黙っていたのだそうだ。たぶん、吐いた上に怪我までしたと言うのが決まり悪かったのだろう。

「ばい菌が入ったんじゃないですか。まあ、言ってくれればすぐにヨードチンキをつけたのに」

千代は青ざめ、そしてふたたびお初さんのひたいに手をやった。熱い。

「医専に行きましょう」

すぐ近くに大学病院がある。歩いて数分の距離だから、千代はお初さんをおぶって行こうとした。とにかく一刻も早く病院に連れていきたい。身長差があってもなんとかなるだろうと千代は意気込んだのだが、お初さんは頑として受け入れない。

「そんな、医専ぐらいだったら歩いて行けますよ」

「だって、熱があるじゃありませんか。おんぶが厭だったら、戸板でも用意してもらいますか」千代は手伝ってくれそうな近隣の男衆の顔を思い浮かべた。

「厭ですよ、そんな大げさな。歩きますから、千代さん肩を貸してください」

お初さんが頑強に嫌がるので、千代はお初さんに肩を貸して大学病院まで歩いた。もたれかかるお初さんの身体は熱いが、足取りはしっかりしているので大病ではないかもしれないと千代は楽観した。

しかし予想に反して、お初さんはすぐに入院することになってしまった。やはり傷からばい菌が入り、炎症が腋《わき》のほうまで及んでいるという。千代が肩を貸した際に感じた熱は、広がった炎症によるものらしい。

千代は急いでいったん家に戻り、お初さんと自分の着替えやら身の回りのものを用意して病院にとんぼ返りした。ふたたび病室に着いたときにはもう半泣きだった。

「お師匠さん、すみません。私が早く気づいていれば……」

千代の涙声を聞いて、ベッドの上のお初さんは呆れかえった。

「そんな泣いたりして、縁起でもない。たしかに身体は熱いけど、ちょっとだるいぐらいで、たいして具合が悪いわけじゃないんですよ。ここまでだってきちんと歩いて来れたでしょう？」

「でも、私がお師匠さんのことをちゃんと見てなかったから……」

身元がバレているのではなどと思案していたせいで、お初さんの変化に気づけなかったのだ。目の明るい自分が見つけなければいけなかったのに……。

お初さんの治療は抗生剤の点滴を打つのみであった。点滴を入れ始めてすぐにお初さんは「寒い」と言い出し、顎まで布団を掛けると気持ちよさそうに寝入ってしまった。夕食の時間には目を覚まし、お粥をしっかり平らげた。「点滴のおかげかしら。もう気分が良くなってきましたよ」と唇をすぼめて食後の白湯を啜り、また布団を被って眠った。

お初さんの静かな寝顔を見ていたら、千代はまた泣けてきた。

「お師匠さん、いいえ、お初さん。すみません、こんなになるまで見過ごしていて……」

豆電球だけが灯った病室で、こんこんと寝入っているお初さんは急に年を取ったように見えた。自分より二十歳上のこのひとは、もう還暦を過ぎているのだ。年より若く見えるのは昔からだが――。

千代はベッドの脇に敷いた布団の上に座り、首を伸ばしてお初さんの横顔に震える小声で話し掛けた。

「お初さん、良くなってくださいよ。せっかく再び会えたのに。また一緒に暮らせたのに、先に逝ったりしないでくださいよ。私たち、ずっと一緒に暮らしてきたじゃないですか。いちどは離れ離れになって、お初さんは目を、私は喉を痛めましたけど、こうして会えたんですから、これからは、死ぬまで一緒ですからね。でも、まだお初さんを看取るには早いですよ。また元気になってくれなきゃ――」

そう言って洟《はな》をすすって目をこすると、仰向けだったはずのお初さんの顔がこちらを向いていた。

「ひいっ」千代は膝を崩す。

「誰が誰を看取るですって?」

「あ、起きてたんですか――。よく眠ってらっしゃるから、てっきり点滴に眠り薬でも入っているのかと……」

「横でズルズル洟をすすられちゃ眠ってられないですよ」お初さんは目をつむったまま眉を歪

める。

「すみません。寝顔を見ていたらなんだか心配になって……」

「縁起でもないことばかりいろいろ喋ってましたね。もう一度訊きますけど、誰が誰を看取るんですって？」

「はあ、それは……」

「ようやく、お初さんと呼んでくれましたね」

「――」千代は、はっと息を呑む。

「これからは、死ぬまで一緒ですね」

「全部、聞いていたんですね」

「そりゃそうですよ。こんな近くで泣きながら喋られたら自然に耳に入ってきます」

「――いつから、気づいていたんですか？」

「何をですか？」

「私が、鈴木千代、いえ、もとの、山田千代だってことです」

「そんなの、最初からですよ」

「えっ？」

「最初に、紹介状持って〝ごめんください〟って現れたときから気づいてましたよ」

「ええっ？」

「千代さんは、根っこがのんびりなところは相変わらずですねえ」お初さんは顔をほころばせる。「いくら喉がつぶれてたって、声の性みたいなところは変わらないんですよ。あとは喋る諏子とか、言葉遣いとかね。こっちは耳が敏いんですから、ああ、千代さんが私の居所を探し出してくれたんだ、ってすぐにわかりましたよ。まさか女中として雇ってくれって用件だとは思いませんでしたけどね」

「――どうして、すぐにそう言ってくれなかったんですか」

「だって、千代さんが変な芝居をしてるものだから、付き合ってやろうと思ったんですよ。なんだか面白そうだと思って」

千代が啞然としていると、お初さんはあくびをかみ殺し、

「また眠くなってきましたから、もう寝ますよ。千代さんもゆっくり休んでくださいね」

と言い、すぐに規則正しい寝息を立て始めた。


点滴を入れることが寒さを催すとは千代には意外だった。昔、高助が入院していたときにはそんな様子は見られなかったが、冷たい液体を身体のなかに落とすのだから、たしかに冷えるというのは合点がいく。

お初さんは入院の翌日からも布団をすっぽり被ってよく眠った。バレていることがわかった以上千代にはお初さんに訊ねたいことがいろいろあったが、ひたすら傍で見守り回復を祈った。お初さんの熱は目覚めるごとに下がっていった。

「あと一、二日病院に連れてくるのが遅かったら危なかった」

と主治医は言っていた。重症にならずに済むぎりぎりのところで治療を始められたので、わずか一週間で退院できることになった。

翌日には退院するという日、べつの科の看護婦が訪ねてきた。

「ああ、やっぱりそうだ。お久しぶりですね」

千代とお初さんのちょうど中間ぐらいの年配の看護婦は、お初さんの手をとって声を掛けた。

「その声は……、ひょっとして大橋《おおはし》さんですか？」

「ええ、そうですよ。背が高くて、目の悪い女性が入院してるって聞いて、ひょっとして三村さんじゃないかと思ってきたんです。その後、目の調子はいかがですか？」

「ええ、ご覧の通り何も見えちゃいませんけどね、痛みはないので大丈夫ですよ」

その大橋さんという看護婦とお初さんはずいぶんと馴染みのようだった。

病院での最後の晩、すっかり回復したお初さんはもう眠くはなさそうで、千代とようやく昔を振り返ることができるようになった。

「あの晩、上野に逃げる途中ではぐれましたね」

お初さんは、まな裏に空襲の光景を浮かべているかのような深遠な表情で呟いた。

「そうですね。お互いの声も聞こえないくらいごった返して、ひどい熱気で――」

千代も当時の混乱を思い返し、お初さんに問われるままあの日からのことを話した。お初さんの名を呼び続けて喉がつぶれたこと、鈴木の家の焼け跡で三日三晩を過ごしたこと、それから谷地さんに会って、一枚だけ持っていた葉書を頼りにお芳ちゃんの茨城の家に疎開したこと。

「お芳ちゃんのところに行かれたんですか？」お初さんの表情がぱっと明るくなる。「お芳ちゃんはどんな様子でした？　相変わらずころころしてましたか？」

「ええ、お芳ちゃんはちっとも変っていませんでしたよ。山木という村で、八カ月もお世話になったんです」

お芳ちゃんが、お初さんは死んだと勘違いして泣いたことを話すと、お初さんは笑いながら指先で目尻をそっと押さえた。それから千代は、東京に戻って寮母の職を得たこと、そこで三年半も働いたこと、お春さんから再婚を知らせる葉書が届いたことなどをひといきに話した。

「まあ、お春さん。私はお会いしたことないですけど、きれいな人なんでしょうねえ。そうですか、荷物をたくさん送ってくれて。へえ」お初さんは眉間を広くし、今回は〝いやな女ですねえ〟とは言わず、感心したように何度も頷いた。そして、

「その、寮母の仕事はどうして辞めたんですか？」

と訊いてきた。千代は、

「――訳あって、居られなくなってしまいまして」

と、言葉を濁す。まだ、秋山さんのことを振り返られる気分ではない。お初さんは、

「まあ、人間、いろいろありますからね。でも寮に居られなくなったおかげで、うちに来てくれることになったんですから」

と、深追いはしないでおいてくれた。

今度は千代が訊ねる番だった。

「お初さんは、私とはぐれたあと、どうされたんですか？」

空襲の火の粉で目をやられたということだけは、女中に入った当時に聞いた。それ以外のことは何も聞いていない。

「あの日、千代さんと逃げていて――」お初さんは天井を仰いで、ぐるりと見渡すように首を

回したあと、「道端に、置きっぱなしになった大八車が目に入ったんですよ」
一拍置いてから話し出した。

千代と並んで熱風のなかを逃げているとき、お初さんは群衆のわずかな切れ目に、大八車が置いてあるのを見た。千代がいるのとは逆の方向だった。

お初さんが首を伸ばして人々の頭の上からあらためてそちらを見やると、大八車に積まれた荷物の上に、お爺さんがちょこんと、無表情で腰かけていた。おそらくお爺さんの家族は家財とともにお爺さんを大八車に乗せたのだろうが、押して逃げるには重すぎて、道端に打ち捨てていったものと思われた。家族に置き去りにされたお爺さんは、逃げ惑う群衆からも完全に黙殺されていた。みな一刻も早く避難せねば命が危ういのだ。

お初さんはどうしてもお爺さんが気になって、押し寄せる人々を跳ねのけて大八車にたどり着いた。上野まで逃げれば千代にはすぐ会えるだろうと高をくくっていたのだそうだ。

「ご家族はいらっしゃらないんですか?」

お初さんが耳元でそう訊ねても、お爺さんは黙っているだけだった。聞こえないのか、耄碌《もうろく》しているのか、あるいは置き去りにされたショックで絶望に沈んでいたのかはわからない。

お初さんはお爺さんに背中を向けて屈んだ。

「さあ、おぶって行きましょう。私の背中に乗って」

お初さんがそう声を掛けても、お爺さんは身じろぎひとつしない。目には目ヤニと、うっすら涙がにじんでいるようにも見えた。

「さあ、早くしないと火が回ってきますよ」

そう言ったまさにその瞬間、大八車が打ち捨てられた場所のすぐ後ろにある家屋に火が移った。窓枠からぶすぶすと煙が滲《にじ》み出てくる。目が沁みて、お初さんは顔をしかめた。

「早く！」

そう叫んだ瞬間、二階の窓が窓枠ごと吹き飛んできた。それは猛然とした火をまとい、二階から大きな鳥が躍り出たかのように見えた。

火の玉となった窓枠は、お爺さんの頭上にもろに降ってきた。お初さんは慌てて身を翻したが、逃げ遅れたのか頭に強い衝撃を受け、気が遠くなりかけたその瞬間からもう目を開けられなくなった。なにか熱いものが目の玉に飛び込んで、まぶたが勝手に絞られるようになり、開けようにもどうにも開けられないのだ。

お初さんはその場に丸まった。お爺さんがいたあたりから熱気がもうもうと伝わってくる。お爺さんはたぶんもう駄目だろう。そして自分もここで焼かれるのか——と観念した瞬間、誰かがお初さんの腕をつかんだ。

「早く走りなさい！」

そう、男の声が聞こえた。お初さんは目を開けられぬまま、手をつかむその人に引っ張られてよろよろと走った。途中でいろんな人やら固い物やらにぶつかったが、ともかく引かれるまま前に進んだ。目が痛い、目が痛いと思いながらただ足を動かした。

「上野に着いたぞ」

半刻も経ったころそう声を掛けられたが、あたりはまだ騒然としている。ただ、熱気だけは

たしかになくなっていた。お初さんは安堵し、その、自分の手を引く誰かわからぬ人に、

「すみません、ひどく目が痛くて、濡れ布巾を目に当てていただけませんか――」

と頼みこんだ。濡れ布巾なんぞこの場にないのはわかっていたが、頼まずにはいられなかった。

「目を、目を冷やしたくて――」

そう言ったところで、お初さんの意識は途絶えた。

次に目が覚めたときには、医専で横たわっていたのだそうだ。

「その、手を引いた人がここに運んでくれたんですか?」

「そうなんです。命の恩人ですね」

「医専には、その人はもういなかったんですか?」

「いいえ、その人と奥さんがかわるがわる様子を見に来てくださいました」

「まあ、奥さんまで。親切なかたに助けていただいたんですね」

「それが、避難しているときはわからなかったんですけれど、助けてくれた本人も、その奥さんも、もともと私の知り合いだったんですよ」

「ええ?」

「あの、隣組の、重田さんだったんです」

幹部の谷地さんより人望のあった隣組最年長の重田さんは、避難の最中、燃え上がる大八車の横で屈み込むお初さんを見つけて、手を引っ張ったのだそうだ。上野に着いてから気を失っ

た初さんの目が重傷であることに気づき、医専まで抱えて行ってくれた。

「重田さん、ご無事だったんですね」千代はほっとする。

「重田さんの奥さんの遠縁が本郷《ほんごう》にいて、幸い焼けなかったそうです。私を医専に預けたあとはそこに身を寄せられて」

「まあ、それでその後重田さんとは」

「重田さん夫妻にはそれからも大変お世話になりました。医専を退院したあと、しばらくはその本郷の親戚の家に置いてくれたんです。なにせいきなり目が見えなくなったので……。今の家を見つけたのも、三味線を手に入れて商売をやる下地を用意してくれたのも、すべて重田さん夫妻です」

「そんなことまで……」

千代は感激した。谷地さんは余計なことを言っていたが、やはり重田さんは立派な人物だったのである。

「千代さんのことも気にしていましたよ。何度か下谷の焼け跡も見に行ってくれたんですが、たぶん千代さんとはすれ違いになったんでしょうね」

「――重田さんとは、今も連絡を取ったりしてるんですか？」

「その本郷の家が櫛《くし》を作っている家だそうで、重田さんはしばらくは櫛づくりを手伝っていたんです。重田さんはもとは提灯職人でしたが、やはり手先が器用なんでしょうね。櫛づくりもずいぶん熱心にやって身に付けたそうです。でも――」お初さんはうつむいた。「千代さんがうちにくるほんの少し前に、病気で亡くなられました」

「ああ――、そうなんですか」千代は肩を落とす。

「千代さんがうちに来たのがあと一年早かったら、会っていただけたでしょうね」

お初さんは軽く洟をすすってから、千代に向きなおった。

「ところで千代さん。なんだって、自分の正体を明かさずに私の家の女中になったんですか？」

「そ、それは――」千代はまごついたが、「こんな言い方は横柄かもしれませんけど……」と、言葉を選んで話し出した。

「昔は、私からお初さんに、お給金を渡していたわけじゃないですか」

「ええ、そうですね。私は長いこと千代さんからお給金を受け取っていました」

「それが、逆の立場になるのは、お初さんが嫌がるかもしれないと思ったんです」

「私が？　なぜ？」

「なぜって……。お初さんはほら、防空壕へ入るときなんかも、私を先に入らせたりしていたじゃないですか」

「そうでしたね。私は山田家に仕える身でしたから。それで、あとは？」

「あとはって……。それが全部です」

「まあ。それだけですか。私、千代さんに、昔より料理の腕が上がりましたねって何度も言いかけて、慌てて口をつぐんでいたんですよ。拵えるものはみんな味に厚みがあるし、その割には仕度が早いから、感心していたんです。なのに、それっぽっちの理由だったんですか。へえぇ」

お初さんはさも意外といったふうに眉を上げて驚いている。千代は自分の気づかいが馬鹿にされたようでむっとした。

「千代さん、人は変わるんですよ」お初さんは腕組みをして言う。「なにせ日本が敗けたくらいですから、人なんて簡単に変わります。事実、私は目が見えなくなったし、千代さんはガラガラ声になった」

「……そうですね」

「たしかに、昔だったら千代さんに女中に来てもらうなんて考えつきもしませんよ。でも、この通り身体は不自由になりましたし、歳もとりました。生き永らえただけで感謝しなきゃいけませんけど、それでもね、本当は、寂しかったんです。懐かしくてたまらなかったんですよ、千代さんと暮らしていたときのことが」

「――――」

「なによりね、うれしかったんです。千代さんが突然生きて現れて。ああ、また一緒に暮らせるんだと思ったら、どっちが主人でどっちが女中かなんて、どうでもよかった」

千代は黙って頷いた。その気配を、きっとお初さんは感じ取っただろう。

「私にも、お初さんに訊きたいことがあったんです」しんみりした空気を払うように千代は訊ねる。「あの、空襲の日、家から出る前に、お初さん言いましたよね」

「私が、何を言ったんですか?」

「〝私、千代さんにずっと訊きたいことがあったんです〟と、おっしゃったんですよ」

「私がですか? いつ?」

「リュックを背負って、最後に山田の家を出たときですよ」

ぶっきらぼうに答えながら、千代の耳にはあのときのお初さんの声色がはっきりと甦って、胸が絞られる感じがした。

「そんな大変なときにですか？　へえ――、この先しばらく会えなくなるって予感があったんですかねえ。たしかに私には、千代さんにずっと訊いてみたいことがありましたけど」

「訊いてみたいことって、何ですか？」

「それはね――、まあ、今さら訊ねるのも変な話なんですけど」

「なんなんですか。気になります」

「んー、あのですね。千代さんとずっと一緒に暮らしているときにですね、旦那の看病したりとか、畑やってるときとか、防空壕にもぐってるときとか、私、たまに怖くなることがあったんです」

「だから、何をですか？」

「千代さんは、私のことを不潔だと思っているんじゃないだろうかって。――今の今そう思ってないとしても、いつか私が不潔だということに気づいてしまうんじゃないかって」

思いがけない言葉だった。「どうしてそんなことを」

「だって、私は妾ですよ」

「ええ、お義父さまの」

「……それで、若旦那にはずいぶん嫌われました。じゃあ千代さんはどうなんだろう、って。千代さんは若旦那がお春さんと懇《ねんご》ろになったことで悲しい思いをして、言ってみれば妾に苦しめられた立場ですよ。千代さんから見たら、私のような立場の女は敵でしょう」

「敵だなんて、思ったこともありませんよ。お初さんとお義父さまの間のことじゃないですか。それでどうしてお初さんが私の敵になるんですか」

「それだけじゃない、例の、芸のことだってあるでしょう」

「芸が、どうかしたんですか」

「私は、自分がやったこと自体は、もう納得しているんです。私は芸者だったし、ああいった芸を身に付けて、披露する機会があったまでのことです。でも、山田の家の人たちは別です。みんな素人さんです。私は今になっても、やっぱり若旦那はあのことを知っていたんじゃないかと思えて仕方ないんです。若旦那の私を嫌うあの感じには、なんというか、年季が入ってました。普通だったら長年一緒に住んでいるうちに打ち解けてもよさそうなものですけど、若旦那の嫌い方は、一本筋が通ってるというか、根気がありましたよ。それはやはり……」

「お初さん」千代はお初さんの言葉を遮った。「茂一郎さんが知っていようといまいと、もうあの人は死んでしまったんです。それに、お義父さまは大して気にしていなかったんでしょう？」

「……まあ、それはそうですが――」

「さっきご自分でおっしゃったじゃないですか。日本は敗けたし、お初さんは目が見えなくなった。私の声はこんなふうにガラガラになった。そしてお初さんは芸をしたことがある。それだけのことですよ」

「――」

「それに、茂一郎さんの嫌い方が根気があったとおっしゃいますけど」

「……はい」

「あの人は、元々そういう執念深いところがありましたよ。私に対してだって、気に障ることがあるとしばらく口を利かなかったりとか、しょっちゅうでした。蛇みたいにしつこいもんだから、巳《み》年生まれなのかと思ったくらいです。数えたら子年でしたけど」

「まあ」お初さんは苦笑した。

「それにしても、――なあんだ。お初さんがずっと訊きたかったことって、そんなことだったんですか。へええ」千代はさもつまらない質問だという声色で呆れてみせる。

「ま、さっきの仕返しですか」

そこで二人で声を揃えて笑った。

千代は笑いながらも、さっきから脳裏にくっきりと浮かんでいるお初さんの姿を反芻していた。空襲の日の家の前で、「私、千代さんにずっと訊きたいことがあったんです」と言ったときのお初さんである。

まるですぐそこに山田の立派な家があって、トラオが埋められたイヌツゲの生垣があって、防災頭巾を被ってリュックを背負ったお初さんがしゃんと立っているかのように、何もかもをくっきりと思い出せるのだった。「私、千代さんに……」と話すお初さんの瞳は、大きくはないけれど目尻が切れ上がったところが仇っぽくて、黒目にはまだ千代の姿がちゃんと映っている。お初さんの瞳はもう二度と千代をとらえないけれど、ああ、あのときの言葉の続きを、お互いが生き延びてようやく聞くことができたのだと、千代は胸がいっぱいになる。お初さんはふたたび口を開いた。

「――私ね、目が痛いうちはそれがつらくて、とにかく痛みがなくなってくれって、そればかり祈ってたんですけれど、いざ痛みがひいてみると、ああ、二度と目が見えなくなってしまったんだって、それはそれは気持ちが落ち込んだんですよ」

千代ははっとした。

今の今まで千代は、お初さんが生きていてくれたことがありがたくて、目が見えなくなったお初さんの心情に思いを寄せてこなかったのだ。なにしろお初さんは再会したその日から明るかったし、生活にもさほど不便していなかった。なにより、肉体上の困難をまるで感じさせないくらい、お初さんは凜として、そのくせいつでもどこでも寛いでいて、不足などどこにも存在しないかのようだった。

「もう、夕焼けも、朝顔も、見ることができないんだって。夜空を見上げたって、お星さんを数えることもできやしない。秋刀魚《さんま》の焼いたのの皮が焦げてその下の脂が覗いてるところとか、とろみのある餡かけの湯気がたって膜が張ったみたいにぬらぬらと光ったおいしそうなとことか、もう見られないんだと思うと、情けなくって――」

途中から食い意地が張った話になったので、千代は目を細めた。

「でもね、重田さんの親戚の家に移ってからは、夜は奥さんと布団を並べてたし、さすがに嘆いてもいられなくなったんですよ。せっかく命を助けていただいて、さんざん世話を掛けて、それでめそめそ泣いてるわけにはいきませんからね」

お初さんらしい、力強いことを言う。

「私が何より残念だったのは、夕焼けや朝顔より、人の顔が見られなくなったことです。それで、せめて知っている顔は忘れないようにしようって、毎晩布団で、みんなの顔を思い浮かべてたんです。千代さん、旦那、若旦那。お芳ちゃん、両親。芸者のときの朋輩、お姐さん、お客さん、あの、大阪から流れてきた芸者さんも――」

そう話すお初さんの顔はどんどんほころんで、千代もつられて微笑む。

「そうして、みんなの姿を頭に浮かべているとき、その、見えている世界が――、見えてるっていっても、頭の中でですよ――、ふわあっと、明るい光に包まれだしたんです」

「世界が、ですか？」千代は、口入屋が手にしたお初さんの求人の紙が、光を放っていたことを思い出す。

「そうそう。なんともいえない優しい光でね。すごくまばゆいんだけど、柔らかいんです。それがとっても気持ち良くてね。みんなの姿も輝いて、一人一人がすごく嬉しそうにしているんです」

「――私も？」

「もちろんです。でも、それで、嬉しそうなみんなを見てると、余計懐かしくなって、今度は悲しくなってきちまうんです。寂しくて、会いたくて、でももうこの目で見ることができないんだって、つい涙ぐんだりすると、とたんに世界が暗くなるんです。みんなも一斉に下を向いて」

千代の目尻にも涙が浮かぶ。

「それで、いけないって私がしゃんとすると、また世界が明るくなるんです。千代さんも旦那もみんな、楽しそうに戻って。私の心持ちひとつで世界がこんなふうに変わってしまうのなら、こりゃ責任重大だってんで、いつも頭の中を明るくするようになったんですよ」

「――そうなんですね」

「そうなんですよ。そしたら自分も本当に元気になりましてね。ありがたいことです」

お初さんはそう言って何かに向かって会釈すると、布団を顎の下まで引き上げて静かになった。

千代も隣の布団に横たわった。

思い出すのは、秋山さんのことだった。秋山さんの穏やかな丸い顔だった。

そして、お初さんの家に来てから、秋山さんのことをあまり考えていないことに思いをめぐらせた。

もちろん頭の隅には秋山さんの残像がある。会いたさや、問いただしたいことも胸のなかにわだかまっている。だけど、めそめそすることはない。昼間は家事に精を出し、夜はお初さんの布団と襖《ふすま》一枚へだてた部屋で、昔のようにことりと寝入って朝までぐっすり眠っている。

お初さんが、光で包んでくれていたからかもしれないな、と思う。

いつかお初さんに秋山さんのことを話そう。お初さんはきっと、喜んでくれるに違いない。

千代は目をつむり、まな裏に秋山さんの姿を描く。秋山さんは、座ったり、立ったり、歩いたり、千代の頭の中で、自由に動き回っている。千代はその秋山さんを柔らかい光で包んだ。どうか明るく暖かいところで楽しそうに、快適に過ごしてくださいと願いながら、秋山さんの周りを光で覆って、そのまま眠りにおちた。

お初さんが退院してひと月が経った。通院しての点滴も終わり、もう丸薬を飲むだけで済んでいる。手の腫れもすっかり引いた。

先週から稽古も再開している。

今日は和江さんが稽古に来ている。一本になってからというもの、和江さんは千代にもわかるほどの勢いで腕を上げている。一人前であるという自負と誇りが、撥《ばち》さばきや声の張りに滲み出ているようだ。

負けちゃいられない、と、千代は夕食の支度に精を出す。

牛の舌みたいな贅沢な材料こそ使えないが、寮母のころの予算の乏しさや口の多さと比べると、今の生活には制約などないようなものだ。旬のもの、新鮮で滋味深そうなものを商店で選びぬき、手間を惜しまず調理する。

お初さんが退院し、半粥を卒業して何でも食べられるようになったころから、千代はさらに腕によりをかけて凝ったものを拵《こしら》えるようになった。

今夜は鶏を叩いてつくねにし、生姜をたっぷり入れたスープ仕立てにした。細切りにしておいた大根は春菊と混ぜて天ぷらにする。乾いた大根が菜種を吸って香ばしく揚がった。すりおろした蓮根ははんぺんと干しエビと合わせ、団子状にしたものを火鉢でじりじりと焼く。あとは自家製の白菜の漬け物。ゆずの皮と糸切こんぶを混ぜて漬け込み、醬油で薄く味をつけている。隠し味は大蒜《にんにく》だ。

和江さんの稽古が終わろうというころ、雨が降り出した。季節でもないのに夕立のような激しさである。

「おやまあ、大変なざんざん降りだ」

「しばらくやみそうにありませんね」

ふたりが一階に降りてきた。玄関を開けてみるまでもなく、音だけで雨脚の勢いがわかる。

「……傘をお借りしてよろしいでしょうか」

和江さんがすまなそうに言う。するとお初さんは首を横に振り、

「こんな雨の中出るこたないですよ。夕方に稽古に来てるってことは、今日はお座敷はないんでしょう？」

「ええ、はい。久しぶりのお休みで」

「じゃあ、雨が止むまでうちにいればいいじゃないですか。ちょうどご飯どきだし、食べていったらいいわ。いいですよねえ、千代さん？」

お初さんが台所のほうを振り仰ぐ。千代の正体に気づいているのを明かしてから、お初さんの口調はだいぶ気安くなってきた。千代も「ええ、もちろん」と同意する。スープも天ぷらも団子もたっぷり拵えてある。一人増えたところで支障はない。

それで、三人でちゃぶ台を囲むことになった。

楽しいわねえ、賑やかねえ、とお初さんはいつにも増してご機嫌である。和江さんは丸い身体を捻るように縮こませて恐れ入っていたが、千代とお初さんとでしつこく促すと、ようやく漬け物に箸を伸ばした。

「ま、なんですか、これ……」

白菜を口に入れた和江さんは、音も立てずに飲み下して呆然としている。童子のような顔を

強張らせているので、千代は大蒜が口に合わなかったかと心配になった。

「白菜と、昆布と、柚子《ゆず》の皮です。あとほんの少し大蒜も。もしかして、苦手だったかしら——」

千代が恐る恐る尋ねると、和江さんは吃驚《びっくり》したように目と鼻の穴を丸くした。その形相があまりに愛らしいので、千代は鼻で小さく噴き出した。

「それだけで、こんな味になるんですか。私、こんなに美味しいもの生まれて初めていただきました」

今度はお初さんも噴き出す。あまりに大げさな反応に千代は面食らった。

「そんな、ただの白菜の漬け物ですよ。もっと美味しいもの召し上がってるでしょう」

「いいえ、お座敷ではいただきませんし、置屋の女中さんが作るものも、べつに不満はありませんけど、この漬け物は段違いです」

「まああ、漬け物だけでなく、他も食べてちょうだいよ」

お初さんが促すと、和江さんはつくねのスープを飲み始めた。天ぷらと蓮根団子も差し出すと、目を丸くしたまま素早く箸を往復させる。さすがに所作は美しく、姿勢を崩さぬまま行儀よく素早く食べていく。

あらかた平らげたところで我に返ったのか、和江さんは頬を赤らめて箸を置いた。

「失礼しました、がっついてしまって……」

「いいえ、失礼なんてことないですよ。千代さんのごはんは、美味しいでしょう」お初さんは満面の笑みである。

「はい、私、吃驚してしまって……」和江さんはそこで千代のほうを向いて座り直し、「千代さんは、以前は板前さんをされていたのですか?」思いがけないことを問うてきた。

「そんなわけないですよ。そんな、お世辞だとしても……」千代がまごついていると、

「では、食堂をされていたのですか?」

大真面目に訊いてくる。

「千代さんは、以前は会社の寮母をされてたんですよ」お初さんが代わりに答えると、和江さんは、

「そうなんですか。こんなご馳走が出てくるのなら、私もその寮に入りたいぐらいです」

目をキラキラさせて言うので、千代はさすがに閉口した。

雨が上がってから和江さんは、何度も頭を下げて帰って行った。

それ以来和江さんが夕方に稽古にくる日、千代は夕食を多めに用意するようになった。お座敷を務める和江さんの稽古はふだんは昼前だが、たまの休みやどうしてもお初さんの都合がつかない日などは夕方にやってくることもある。

和江さんは万事において控えめな気遣いを見せるはにかみ屋だが、よほど千代の料理を気に入ったのか、夕食の誘いにだけは「よろしいんですか」と躊躇なく乗ってくる。日によっては「召し上がっていって」と声を掛けた途端お腹を鳴らし、それが返事の代わりになることもあった。

お初さんも以前から千代の料理を褒めてくれていたが、和江さんが加わったことがさらに大きな励みとなった。もともと好意を持っている相手だし、目を白黒させて端から美味しそうに

平らげていく姿も微笑ましい。そのうえ和江さんは料理の見栄えや手間をかけた箇所に目敏く、「火を通しても菜っ葉が青いままできれいですね」とか「南瓜を濾《こ》して丸めるのは大変な手間でしょう」など、細やかな感想を述べるのである。和江さんの稽古の日、千代はいっそう腕を振るった。

この前は何十年かぶりに胡麻豆腐を拵えた。和江さんは「お座敷で見たことはありますけど、これはたいへん手のかかったものですね」と唸りつつ、わずか二口で平らげた。

三人での団欒《だんらん》は、千代にもお初さんにも、お芳ちゃんがいた頃を思い出させた。表から入ったらすぐ裏に突き抜けてしまいそうな小さな借家は、かつての立派な山田の家に負けないくらい、毎度賑やかに沸き立った。

年が明け、千代は三村家の玄関にささやかな松飾りをほどこした。庭に立派な松のある近所の家が枝を分けてくれ、そこへ南天と、奉書紙の代わりに新聞紙の端の白いところを切ったものをあしらった。

長い付き合いのお弟子さんがちらほら新年の挨拶に訪れる。茶菓子の代わりにと、千代は大掃除の合間に蒸しておいたパンを出した。お初さんがかつて重曹を使って膨らませたものを真似したのだ。表面に小豆を散らして丸く蒸し上げたパンは、お弟子さんたちにたいへん喜ばれた。

和江さんも松の内に挨拶に訪れた。

「本年もご指導のほどお願い致します」

きっちり三つ指ついて深々とお辞儀をする。一本になってからというもの、童女のような可愛らしさの端々に落ち着きが滲み出て、素人衆とはちがう粋な風格が身についてきている。お初さんにはまだ及ばずであるが、いつかは和江さんも仇っぽくなるのだろうと千代は楽しみに思う。

「これもお手製ですか。まあ」

蒸しパンを口にした和江さんは、とろけるように相好を崩す。ちょっとずつ千切ってパンを食べ終えると、にわかにハッとしたように姿勢を正し、お茶を一口飲んで咳払いをした。そして「すみません、本当はお茶をいただく前にお話ししなければいけなかったのですが」と前置きをし、

「新年早々なんですが、今日はお願いがございまして」

ふたたび三つ指をついて頭を下げる。千代が気を利かせて席を立とうとすると、

「いえ、千代さんも聞いていてください」

と和江さんが呼び止めた。お初さんは「どうしたんですか？　あらたまって」と前のめりになり、千代はお盆を抱えたままその場に座る。

「不躾《ぶしつけ》なんですが……」和江さんは頭を下げたまま言う。「千代さんに、お料理の先生をやっていただきたいんです」

「へ？」

千代とお初さんは声を揃える。千代は和江さんの言う意味が飲み込めなくて呆然とするが、お初さんは、

「なんだか、面白そうな話ですね」と先をうながす。

顔を上げた和江さんは、「実は……」と、いくぶん気まずそうに話を始めた。

師走の早いころ、料亭でのお座敷で、馴染みの客と食べ物の話になったのだそうである。そのお客さんは半玉のころから和江さんを孫のように可愛がっている大きな材木問屋のお爺さんで、日頃から和江さんのぽちゃぽちゃした体型をからかっているそうだ。

その日のお座敷でも、

「一本になったのにちっともすっきりしやしない。いったい何を食べたらそんなにころころしていられるんだ」

と、和江さんの富久丸さんはさんざん茶化されたそうである。そこまで聞いて千代は、そのお爺さんが和江さんをどれほど愛おしく思っているかを理解した。からかわれてふくれっ面になる和江さんの姿を想像しただけでも幸せな気分になる。

「それで私、そりゃあ美味しいものいただいているんですから、って、ムキになって、こちらでいただいているご飯のこと、端から説明したんです」

和江さんの富久丸さんは、からかわれてふくれるだけでは終わらず、お爺さんを羨ましがらせる作戦で仕返しをしようとした。和江さんはわざとうっとりした顔をして、三味線のお師匠さんの家でいただく料理の数々は、料亭の板前さんが作るものより遥かに美味しいのだ、と講釈をたれ出した。お師匠さんの家のちゃぶ台で供される魚はいずれも薫り高く、お肉は滋味深く、お野菜は生気に満ちている。焼いたものは香ばしく、揚げたものは歯ざわりが愉しく、叩いたものは複雑玄妙で、洗いは清流のように爽やかである。すりおろした蓮根を団子にしたものに魚介のようなコクがあり、蕪《かぶ》の炊いたのに肉のような甘味があるとは、誰が信じられようか。そこにはお師匠さんの家の女中さんの秘儀中の秘儀が隠されているのである。あの家では、白菜の漬け物に煎じ薬ほどの効能があり、おみおつけにも万病を癒す滋養がある。それでいて家庭料理の温かみは失われていない。そんなものをいただいているから、自分は連日のお座敷にも疲弊せず、このように元気潑剌《はつらつ》でいられるのだ――と。

「そんな、大げさな……」

千代は青ざめた。和江さんが褒め上手なのは知っていたが、いくらなんでも誇張しすぎだ。

「はあ、たしかに私も調子に乗ってしまったんです。それで……」

はじめそのお爺さんは、千代を女中に迎えたいと言い出したそうなのである。和江さんは冗談と受け止め、「それはお師匠さんが困ります」と軽く受け流した。するとお爺さんはにわかに真顔になり、では自分の息子の嫁と孫に料理を教えてやってもらえないものか、と打診してきたのだそうである。

「うちの嫁は料理が苦手で女中にも馬鹿にされているんだが、本人はもうあきらめて精進しようとしない。孫は縁づいていい年ごろだが、お母さんの娘だから貰い手がないと、これもあきらめている。富久丸がいうような美味しい料理があるのなら、ぜひそれを食べさせて、発奮させたうえで教えてやってほしい、と、そうおっしゃるんです」

「そんな、とんでもない」

千代は激しく首を振った。腕に一応の覚えはあれど、あくまで素人料理だし、他人に教えるなど考えたこともない。自分は、お初さんと、そしてたまに和江さんに食事を作るだけで満足しているのだ。

「千代さん、やりましょう」

お初さんが突如張りのある声で言い放ったので、千代は血相を変えた。

「無理ですよ。私は人にものを教えたことなんてないし、だいたい、ここの仕事がおろそかになるじゃありませんか」

「私だったらもう大して手が掛からないでしょう？　手も治ったことだし」

「そんな……」

「だいたい、そのお爺さんのお嫁さんもお孫さんも、あきらめきってるってとこがよくありませんよ。別に皆が皆料理上手になる必要はありませんけど、気力がないのはいけません。千代さん、人助けだと思って、引き受けてください」

「……」

「これは、主人からの命令です」

「よかった。助かります」千代の返事を待たずに、和江さんが身体を弾ませる。「だいじなお客さんのお願いごとなので、置屋のお母さんからも、なんとか引き受けてもらえないかって頼まれてたんです」

「そう。じゃあなおさら請け負わなきゃ。ねえ、千代さん」

「――」千代には踏ん切りがつかない。どう考えても自分は、ひとりで地道に仕事をするのが性に合っているのだ。

「何を教えましょうかねえ、千代さん」お初さんは千代には構わず教える献立を挙げ始める。

「こないだの幽庵《ゆうあん》焼きは絶品でしたねえ。千代さんは魚全般が得意ですよ。刺身だってただ切るだけじゃありませんからね。まあでも、たまには洋食もあったほうがいいですかね。こんな、蒸しパンなんかも毛色が変わっていいじゃないですか。あと――」

お初さんはポンと手を打つ。

「お大尽の家だったら、牛の舌なんかも手に入るでしょう。どうです？　例の、タンシチューなんか」

「………」千代はハッとした。

タンシチューはお初さんの十八番で、千代は拵えたことがない。でも、今の自分なら、お初さんに口伝えででも教えてもらえば、作ることができるだろう。それを別の人に教えたら――。

「わかりました。やらせてもらいます」

千代は肚を決めた。自分が人に料理を教えることが、今はもう料理をしなくなったお初さんの味を伝えることにもなるのだと、意義を見出したのだ。

「でも、和江さん」

千代は安堵した様子の和江さんを見据え、

「万病を癒すとか、清流のように爽やかっていうのは言い過ぎだって、取り消しておいてくださいね」と釘を刺した。

「はい。それは……、すみませんでしたっ」

和江さんは球体のように丸まって謝り、千代とお初さんは高らかに笑った。

その晩、お初さんはお茶漬けを啜りつつ、

「シチューといえば、千代さんもお芳ちゃんも、けっして生の牛の舌を見ようとはしませんでしたね」

と、楽し気に述懐した。

「ええ。今だから言いますけど、あれを煮込んだり切り刻んだりするお初さんを、相当な肝っ玉だと恐れ入っていたんですよ。恐れ入るというか、正直言って薄気味悪かったです……」

「まあ、だって旦那の好物なんですから、仕方ないじゃないですか」

「それに、お芳ちゃんといえば——。薄く切った牛の舌、あれが一頭分の舌だと思っていたそうですよ。それが家族全員分あるものだから、いったい何頭の牛を殺したんだろうって、怯えていたらしいです」

「怯えるどころか、おいしそうに平らげていましたけどね」

お初さんは懐かしそうに口元をほころばせる。

そこで千代は、お芳ちゃんへの連絡が絶えていることを思い出した。

この家に来てすぐ、お芳ちゃんに葉書は送ったのだ。しかし何しろ寮を辞めたばかりで混乱していたし、お初さんに身元を明かさないつもりでいたので、詳細は書かなかった。ただお初さんが生きていることだけを伝えたのだ。

そのあとは、放ったままになっていた。

「お初さん、お芳ちゃんに会いましょう」

千代は勢いこんで言った。沢庵をつまみ上げようとしていたお初さんは、はたと箸を止めた。

「お芳ちゃんに？　まあ、ぜひ会いたいです」

身を乗り出して声を弾ませるお初さんの、心なしか語尾が震えているようだった。珍しく感情を昂らせている様子に、千代はこれまでの自分の迂闊《うかつ》さを悔いた。

「すみません、お初さん。私、お芳ちゃんにちゃんと連絡していなくて――。これから、すぐ手紙を書きましょう。ここの住所と、二人で一緒にいることを伝えましょう。そうしたら、お芳ちゃんきっと大慌てで飛んできますよ」

「まあ、来てくれるかしら。子供がまだ小さいんじゃ――」

「そうですね、下の子は五歳になるかならないかです」千代は疎開したときの赤ん坊の顔を思い浮かべて指折り数えた。「でも、もしお芳ちゃんがすぐに来られなかったとしても、私たちが行けばいいんです。一緒に行きましょう。神立まで」

「千代さんはともかく、私が行けますか？」

お初さんは目を閉じたまま微笑んでいる。千代は自分の提案がまずかったかと口を押さえたが、すぐに気を取り直した。

「お初さん、行けますとも」

茶碗を置いて、力をこめて言う。

「大変かもしれませんけど、二人一緒なら、どこへでも行けます。だって、生きているんですもの」

にわかに千代の体内に、闘志のようなものが漲《みなぎ》ってきた。そして性急にも体力を蓄えるがごとく、お櫃《ひつ》からご飯をお代わりして盛大に番茶をかけた。

「春になって、お初さんの体力が完全に戻ったころ、行きましょう。お芳ちゃんの家へ」

高い音を立てて沢庵をかじり、お茶漬けをかっこむ。するとお初さんは「千代さん。私にも、お代わり」と、空になった茶碗を差し出した。

「そうですね。なんだって、やってみればいいんですよね。また三人で揃うことができるなんて、なんだか夢のようですね」

もうそこにお芳ちゃんがいるかのように、頬を紅潮させている。

お櫃のご飯は、お初さんのお代わりをよそったらちょうどなくなり、沢庵もお初さんがお茶漬けを食べ終えるところで最後の一切れがなくなった。片付いた食卓がまるで旅立ちを急かしているようで、千代は腕まくりをして台拭きで磨いた。

本書は書下ろしです。

作中に、今日では不適切とされる表現が一部含まれていますが、当時の時代性を反映させるために用いたものです。

嶋津輝（しまづ・てる）

一九六九年東京都生まれ。二〇一六年、「姉といもうと」で第九六回オール讀物新人賞を受賞。一八年発表の「一等賞」が、日本文藝家協会編『短篇ベストコレクション　現代の小説２０１９』に収録される。一九年、デビュー作を収めた『スナック墓場』（文庫化の際に『駐車場のねこ』に改題）刊行。アンソロジー『女ともだち』『猫はわかっている』にも作品が収められている。

襷《たすき》がけの二人《ふたり》

二〇二三年　九　月　三十　日　第一刷発行
二〇二四年　六　月　十五　日　第五刷発行

著　者　嶋《しま》津《づ》輝《てる》
発行者　花田朋子
発行所　株式会社　文藝春秋
〒一〇二―八〇〇八
東京都千代田区紀尾井町三―二三
☎〇三―三二六五―一二一一（代表）

印刷所
製本所　大日本印刷
組　版　言語社

万一、落丁・乱丁の場合は送料小社負担でお取替えいたします。小社製作部宛、お送りください。定価はカバーに表示してあります。
本書の無断複写は著作権法上での例外を除き禁じられています。また、私的使用以外のいかなる電子的複製行為も一切認められておりません。

©Teru Shimazu 2023
Printed in Japan

ISBN978-4-16-391751-1